SIGRID NEUREITER

Dolomitenrot

ROSENGARTENFLUCH Beim Oswald-von-Wolkenstein-Ritt, einem jährlichen Reitturnier im Naturpark Schlern-Rosengarten, kommt eine junge Frau ums Leben. Der Fall wird schnell zu den Akten gelegt, denn alles sieht nach einem Unfall aus. Monate später besuchen die PR-Beraterin Jenny Sommer und Lenz Hofer zu Recherchezwecken die Gegend. Dabei finden sie bei einer alten Säge, einer Touristenattraktion des Naturparks, eine Leiche. Alles deutet auf ein Gewaltverbrechen hin. Für Kommissar Aldo Klotz ist Paul Traminer, der Lebensgefährte von Lenz' Tante, der Hauptverdächtige. Aber Jenny und Lenz werden Informationen zugetragen, die die Sache in ein anderes Licht rücken. Die Hinweise führen zu einem alten Familienstreit um die Pachtrechte einer Almhütte. Zudem treten Zweifel am Unfalltod der jungen Frau beim Reitturnier auf. Sind Jenny und Lenz einem Doppelmörder auf der Spur? Und sind die Parallelen, die sie zur Sage um König Laurin ziehen können, ein Hinweis?

© Kurt Keinrath

Sigrid Neureiter, geboren in Salzburg, studierte Germanistik an der dortigen Universität und arbeitete als Journalistin und PR-Managerin. Sie betreibt eine eigene PR-Agentur in Wien. Ihre Mutter ist Innsbruckerin, ihr Vater wurde in Meran in Südtirol geboren. Mit »Dolomitenrot« legt die Autorin bereits ihren dritten Südtirol-Krimi vor.

Bisherige Veröffentlichungen im Gmeiner-Verlag:
Kurschattenerbe (2013)
Burgfrieden (2012)

SIGRID NEUREITER

Dolomitenrot

Kriminalroman

GMEINER SPANNUNG

Personen und Handlung sind frei erfunden. Ähnlichkeiten mit lebenden oder toten Personen sind rein zufällig und nicht beabsichtigt. Die Rosengartenhütte des Romans ist eine Erfindung der Autorin.

Besuchen Sie uns im Internet:
www.gmeiner-verlag.de

Im Ehnried 5, 88605 Meßkirch
Telefon 07575/2095-0
info@gmeiner-verlag.de

1. Auflage 2015

Lektorat: Sven Lang
Herstellung: Benjamin Arnold
Umschlaggestaltung: U.O.R.G. Lutz Eberle, Stuttgart
unter Verwendung eines Fotos von:
© sergioboccardo / shutterstock.com
Druck: GGP Media GmbH, Pößneck
Printed in Germany
ISBN 978-3-8392-1680-4

Für Uli in dankbarem Gedenken

INTRO

Die Organisation der Vereinten Nationen für Bildung, Wissenschaft, Kultur und Kommunikation (UNESCO) ermutigt die Staaten, Natur- und Kulturerbestätten, die für die Menschheit von herausragendem Wert sind, zu identifizieren, zu schützen und zu erhalten. Das Außergewöhnliche am Konzept ›Welterbe‹ ist seine universelle Anwendung. Unabhängig von den Ländern, in denen sie sich befinden, gehören die Welterbegüter allen Völkern dieser Erde.

Aus der Broschüre ›Dolomiten. Unesco Welterbe‹

Am 26. Juli 2009 wurden die Dolomiten von der UNESCO in die Welterbeliste aufgenommen und zum Weltnaturerbe erklärt. Die neun Berggruppen sind nach dem Entdecker ihres Gesteins, Déodat de Dolomieu, benannt und verteilen sich auf die fünf Provinzen Belluno, Bozen, Pordenone, Trient und Udine. Zu einer dieser neun Gruppen gehört der landschaftlich besonders reizvolle Naturpark Schlern-Rosengarten in Südtirol. Spitze Felstürme wechseln sich hier mit mächtigen Hochplateaus ab, bleiche Gesteinswände kontrastieren mit dem Grün der Wälder.

Ein spektakuläres Farbenspiel bietet das Bergmassiv des ›Rosengarten‹. Von einem zarten Rosa bis zu Rot und Violett reichen die Schattierungen der zerklüfteten Felsen. In einem von ihnen befand sich der Sage nach das Reich von König Laurin, der über unermessliche Schätze verfügte. Sein größter Schatz war sein Rosengarten, seine Liebe gehörte der schönen Prinzessin Similde.

ANFANG JUNI

EINS

Sie war wie eine Königin,
stolz und herausgeputzt,
übertraf sie alle anderen.
Ihre Kleider waren kostbar;
die Krone, reich verziert,
stand ihr gut zu Gesicht.
Frei nach ›Laurin‹

Sylvia Karbon tätschelte den Nacken ihrer Haflingerstute Stella und beugte sich nach vorn. »Bisch a gonz a Brave«, murmelte sie dicht am Ohr des Tieres. »Oamal no, nor homm mir's gschofft.«

Wie zur Bestätigung hob das Pferd den Kopf, senkte ihn wieder und stieß ein zustimmendes Schnauben aus. Sylvia zog die Zügel straffer. Mit festem Schenkeldruck dirigierte sie das Tier den Weg hinauf zum Schloss Prösels.

Auf der Wiese vor der mächtigen Burganlage war die letzte Station des Oswald-von-Wolkenstein-Ritts. Das Turnierspiel, das alljährlich von den Ortschaften Kastelruth, Seis und Völs im Naturpark Schlern-Rosengarten zu Ehren des Minnesängers ausgerichtet wurde, hatte Reiterinnen und Reiter aus ganz Südtirol herbeigelockt. In Mannschaften zu je vier Teilnehmern kämpften sie um den Sieg.

Einem dieser Teams, der Mannschaft ›Prösels König Laurin‹, gehörte Sylvia an. Es war nicht das erste Mal, dass sie und ihre Reiterkollegen an dem Turnier teilnahmen. Aber so gut wie in diesem Jahr hatten ihre Siegeschancen nach den ersten drei der vier Stationen noch nie gestanden.

Um sieben Uhr waren sie unten im Eisacktal in Waidbruck bei der Trostburg aufgebrochen. Schon da hatte Sylvia ein gutes Gefühl gehabt. Heute oder nie, hatte sie beim Anblick ihrer drei Mitreiter gedacht, die mit ihren roten Gilets, den schwarzen Hosen und der blauen Tiroler Schürze darüber diesmal besonders schneidig wirkten.

Sylvia trug die gleiche Tracht. Ein frühmorgendlicher Blick in den Spiegel hatte sie davon überzeugt, dass ihr die den sportlichen Anforderungen entsprechende maskuline Kleidung ebenso gut stand wie das Dirndl mit dem buntgeblümten Rock und dem tannengrünen Mieder, das sie am Vortag beim großen Festumzug angehabt hatte. Die lange blonde Mähne trug sie zu Zöpfen geflochten hochgesteckt. Das sah gut aus und verhinderte, dass ihr die Haare während des Ritts ins Gesicht flogen und sie genierten.

Während sie mit Stella das letzte Wegstück über den steil ansteigenden Hang zum Turnierplatz ritt, ließ sie die bisherigen drei Stationen gedanklich Revue passieren: Beim Ringstechen auf dem Kastelruther Kofel* waren sie sofort in Führung gegangen. Im schnellen Galopp hatten sie ihre zweieinhalb Meter langen Bannerstangen durch die hoch über ihnen hängenden Ringe geworfen und sie anschließend wieder aufgefangen. In der Bestzeit von 54,48 Sekunden hatten sie die erste Station bewältigt.

Beim zweiten Tournierspiel, dem Labyrinth in Seis, unterliefen ihnen Fehler, die mit empfindlichen Strafsekunden geahndet wurden. Sie hatten die Führung abgeben müssen und waren auf den vierten Platz zurückgefallen. Beim Hindernis-Galopp am Völser Weiher, bei dem im Ritt Kanonenkugeln aufgenommen und anschließend in einen Bottich geworfen werden mussten, ging zunächst alles gut.

---

* Kalvarienberg

Alle vier Reiter lenkten die Pferde über die Cavaletti, ohne einen einzigen Balken zu berühren. Beim Abwurf der Kugel unterlief Sylvia ein Missgeschick: Das Geschoss prallte am Rand des Behälters ab und landete knapp daneben. Dafür erhielt das Team fünf Strafsekunden.

Anschließend weigerte sich Orlando, der Araberhengst ihres Verlobten und Mannschaftskollegen, den Zieleinlauf wie gefordert im Rückwärtsgang zu passieren. Bis sein Reiter das eigenwillige Tier zur Räson gebracht hatte, war wertvolle Zeit verstrichen. Ihre schärfsten Konkurrenten hatten jedoch ebenfalls gepatzt, sodass Sylvias Mannschaft den vorläufigen vierten Gesamtrang hatte verteidigen können. Ihre Chancen auf den Sieg waren intakt geblieben.

Die letzte Herausforderung lag vor ihnen: der Tor-Ritt vor der eindrucksvollen Kulisse des Renaissance-Baus, der mit seiner weiß gekalkten Fassade, den Türmchen und Erkern den ursprünglichen mittelalterlichen Kern ummantelte. Auf der Schlosswiese war eine Tribüne errichtet worden, von der aus die Zuschauer das Geschehen auf dem Parcours mitverfolgen konnten. Es galt, mit dem Stecken in der Hand zwischen den mit rot-weißen Südtiroler Fähnchen beflaggten Stangen hindurchzureiten, ohne sie zu berühren. Gelang dies nicht, ertönte ein Glöckchen und der Reiter erhielt pro Fehler drei Strafsekunden.

Obwohl diese Station besonders große Geschicklichkeit erforderte, war Sylvia überzeugt, dass sie sie glänzend meistern würde. Denn keiner der vier Turnierplätze war ihr so vertraut wie der vor dem Schloss. Hier hatte sie schon als Kind mit ihren Kameraden gespielt und auf dem Rücken von Ponys ihre ersten Reitversuche unternommen. Die Burg auf einem Hang nahe der Ortschaft Völs am Schlern war bis heute Sylvias Wegbegleiterin geblieben. Bald würde dort das wichtigste Ereignis in ihrem bisherigen Leben stattfinden: ihre Hochzeit.

Sylvia betrachtete dies als gutes Omen. Hinzu kam, dass Stella sich beim Probetraining vor zwei Tagen in Bestform gezeigt hatte. Sie hatte die Stute zunächst am Zügel zwischen den Slalomstangen durchgeführt, um ihr ein Gefühl für den Parcours zu geben. Das Tier war aufmerksam und willig gewesen, den anschließenden Ritt hatten sie in persönlicher Rekordzeit und fehlerlos bewältigt. Sylvia war voller Zuversicht, dass ihnen dies auch heute gelingen würde.

Zufrieden betrachtete sie die Schlossmauern, deren Inneres für sie wie eine zweite Heimat war. Ihr Blick wanderte zur Menge, die sich hinter den Absperrungen drängte. Der Platzsprecher verkündete das Ergebnis der vorhergehenden Mannschaft und verabschiedete sie. Sylvia machte sich bereit. Sie war die Erste ihrer Staffel. Gefolgt von den drei Teamkollegen ritt sie an den Start, die Zügel in der linken und die Bannerstange in der rechten Hand.

»Wir begrüßen jetzt die Mannschaft ›Prösels König Laurin‹«, tönte es aus dem Lautsprecher. Sylvia vernahm ihren eigenen Namen sowie den jeweiligen ihrer drei Teamkollegen. Anschließend wurde ihre bisherige Platzierung bekannt gegeben und die Zeit genannt, in der ihre Staffel diese Station bewältigen musste, um die begehrte Trophäe mit dem Konterfei des einäugigen Ritters Oswald von Wolkenstein sowie die Siegesprämie zu ergattern: Eine Minute und sieben Sekunden. Das war zu schaffen, wie Sylvia vom Training her wusste.

Auf das ›Start frei‹ des Sprechers gab sie Stella die Sporen; sie preschten los. Geschmeidig bewegten sie sich zwischen den Slalomstangen, eine nach der anderen umkurvten sie in hohem Tempo, ohne dass das Glöckchen, das einen Kontakt anzeigte, erklang. Jetzt kam die scharfe Kehre und es ging auf dem gleichen Weg zurück, um an dessen Ende den Stab dem nächsten Reiter zu übergeben. Beinah wie im Flug erreichte sie das Ziel fehlerfrei.

»Karbon, Sylvia, super Ritt!«, lobte der Sprecher. Nun kam es auf ihre Teamkollegen an. Gebannt verfolgte Sylvia, wie jeder der drei Männer die Strecke meisterte, ohne die Torstangen zu berühren. Pferde und Reiter wirkten so elegant und harmonisch wie Profitanzpaare auf dem Parkett.

Geschafft! Sie waren ohne eine Strafsekunde durchgekommen. Die Zeit, die sie benötigt hatten, war allein für das Ergebnis ausschlaggebend. Sylvia übergab den Staffelstab an eine der Ordonanzen und erhielt dafür die Stange mit dem Banner ihres Teams. Es zeigte Schloss Prösels und die Silhouette des Sagenkönigs Laurin mit seinem langen Bart und seiner Krone. Stolz schwang Sylvia es an der Spitze ihrer Mannschaft, die begleitet von kräftigem Applaus die Ehrenrunde drehte.

»1:05,30«, verkündete der Sprecher. Sylvia und die drei Reiter brachen in Jubel aus. Sie wussten, dass sie dieses Spiel gewonnen und den ersten Platz in der Gesamtwertung zurückerobert hatten, noch ehe das Endergebnis durchgesagt wurde. Es war ihnen gelungen, ihre schärfsten Konkurrenten zu überholen. Die Mannschaften, die nach ihnen folgten, lagen zu weit abgeschlagen, um ihnen den Sieg noch streitig machen zu können. Das Team ›Prösels König Laurin‹ stand als Gewinner des diesjährigen Turniers fest.

Sylvia hatte ihre Stute abgesattelt und schickte sich an, sie an dem dafür vorgesehenen Holzgeländer festzubinden. Einige Pferde standen schon dort und frasen friedlich das Heu, das ihre Reiter von einem nahe gelegenen

Versorgungswagen für die Tiere geholt hatten. Auch Stella machte sich über ihr Futter her, kaum dass Sylvia es gebracht hatte. Liebevoll betrachtete sie die kauende Stute. Sie war ein freundliches, gutmütiges Pferd. Sylvia würde sie bis nach der Siegerehrung hier lassen und anschließend für den Transport verladen.

Sie sah zu den Anhängern, die am Parkplatz bereitstanden. Der Araberhengst Orlando befand sich bereits in seiner Box. Er war äußerst temperamentvoll und wurde leicht nervös. Ihr Verlobter hatte es daher zu riskant gefunden, ihn im Freien zu lassen, wo Kinder spielten und den Pferden nahe kamen.

Von ihrem Standort aus hatte Sylvia das Pferd genau im Blickfeld. Der Anhänger, in dem sich Orlando befand, war auf der Rückseite geöffnet. Ihm näherte sich ein als mittelalterlicher Gaukler verkleideter Händler, der während des Reiterfestes verschiedene Waren feilbot, und gab dem Tier einen Klaps auf das Hinterteil. Selbst auf die Entfernung bemerkte Sylvia, dass Orlando diese Geste nicht goutierte. Er begann, seine Kehrseite unruhig hin und her zu schwenken. Mit der Hinterhand trat er nach der Gestalt, die rasch zur Seite sprang und hinter dem daneben stehenden Wagen Zuflucht suchte, bevor sie im Gebüsch verschwand.

»A so a Totsch*«, sagte Sylvia zu sich. Jeder, der sich mit Pferden halbwegs auskannte, wusste, dass man sich ihnen nicht von hinten nähern sollte. Das Verhalten des Händlers war demnach äußerst unklug gewesen. Sie fragte sich, was er am Abstellplatz zu suchen hatte. Wollte er neue Ware holen?

Je länger Sylvia über den Vorfall nachdachte, desto seltsamer fand sie ihn. Sie bemerkte, dass Orlando erregt in

* dummer, ungeschickter Mensch

seiner Box stampfte und hielt nach ihrem Verlobten Ausschau. Da sie ihn nirgends entdecken konnte, beschloss sie, selbst zum Wagen zu gehen und nach dem Tier zu sehen.

Als sie sich näherte, bemerkte sie, dass der Hengst immer unruhiger wurde. Er keilte nach allen Seiten aus und warf den Kopf so weit in die Höhe, wie es das Seil, an dem er angebunden war, zuließ. Sylvia konnte sich nicht erklären, was das Pferd so erregt hatte. Ihr war klar, dass sie es in diesem Zustand nicht sich selbst überlassen konnte, ohne Gefahr zu laufen, dass es sich verletzte. Zugleich war ihr bewusst, dass es riskant war, sich dem Tier allein zu nähern.

Sie hielt nach Hilfe Ausschau, konnte aber niemanden entdecken.

Orlando gebärdete sich wie der Leibhaftige. Da seine Versuche, das Seil loszuwerden, nicht gelangen, stellte er sich auf die Hinterbeine, ließ die Vorderhufe durch die Luft sausen und preschte, kaum wieder mit allen vieren auf dem Boden, zur vorderen Boxentür. Seine Bemühung, aus dem Anhänger zu entkommen, wurde durch die Querstange vereitelt.

Sylvia trat nahe an Orlando heran, sprach ein paar besänftigende Worte und wollte ihm die Hand auf die Nüstern legen. Das Pferd schnappte nach ihren Fingern und machte Anstalten, sie zu beißen. Wieder rammte es die Stange vor sich, ganz so, als wolle es sie durchbrechen. Sylvia wusste, dass ihm das nicht gelingen würde. Doch er konnte sich selbst Verletzungen zufügen. Das wollte sie verhindern und sann nach einer Lösung. Sie wusste, dass keine Zeit mehr blieb, um zum Turnierplatz zurückzugehen und ihren Verlobten zu suchen. Die einzige Möglichkeit, Orlando zu beruhigen, sah sie darin, ihn aus seinem engen Quartier zu holen und ihn herumzuführen. Sie vermutete, dass ihm das lange Stehen in der Box nicht bekommen hatte und ein wenig Bewegung Abhilfe schaffen würde.

Entschlossen ergriff sie das Seil und löste den Knoten. Orlando hielt in seinem Treiben inne und beobachtete sie. »Brav, brav, passiert nix«, murmelte sie, klappte die Rampe herunter und öffnete die Sperrvorrichtung. In dem Augenblick riss der Hengst den Kopf erneut in die Höhe. Sylvia umklammerte mit einer Hand den Strick, mit der anderen versuchte sie, die Stange wieder in ihre Verankerung zu bringen. Doch es war zu spät. Orlando bäumte sich auf. Drohend sah Sylvia seine stahlgefassten Hufe über sich. Sie ließ das Seil los und wandte sich von dem Tier ab, um davonzulaufen. Ein harter Schlag traf sie am Rücken, sie stürzte zu Boden. Schützend legte sie die Hände über den Kopf, während das Pferd über sie hinwegtrampelte.

ENDE AUGUST

ZWEI

In der Gaststube des Turmhotels in Völs am Schlern umklammerte Paul Traminer sein volles Bierglas mit beiden Händen. Er wünschte sich, dass die Kühle der goldgelben Flüssigkeit sich auf seine Hautoberfläche übertragen, seinen Körper durchströmen und mit Ruhe erfüllen möge. Oder dass seine Hände durch einen wundersamen chemischen Prozess an dem Glas haften blieben, sich nie wieder davon lösten und er selbst zur Salzsäule erstarrte – zumindest für die nächsten paar Minuten, so lange bis sein Gegenüber angesichts von Pauls Zustand die Sinnlosigkeit seines Tuns einsehen und den Raum verlassen würde.

Doch nichts von alldem geschah. Ungeachtet von Pauls innerlicher Anspannung, die sich mangels Alternativen gerade in Form von Schweißperlen auf seiner Stirn ein Ventil bahnte, redete Konrad Saltner weiter auf ihn ein.

»Die Hütte und den Stall reißen mir ab und bauen ein Hotel hin. Und da vorne auf die Wiese kimp a Schwimmingpool. Des wert überdacht und beheizt, damit die Gäscht a im Winter eppes hobn, wo sie relaxen kennen.« Mit der flachen Hand schlug er auf eine Stelle des Bauplans, den er auf dem Tisch ausgebreitet hatte.

Paul mahnte sich zu Besonnenheit. Er würde das Vorhaben nicht gutheißen und alles tun, um es zu verhindern. Doch dazu war es wichtig zu wissen, was sein Gegenüber vorhatte.

Konrad Saltner war ein mächtiger Mann. Im Nachbarort Tiers, der – wie Völs und Kastelruth – zu den drei Naturparkgemeinden gehörte, besaß er ein gut gehendes Hotel.

Zudem verfügte er über ausreichend Grundbesitz, der ihm Einfluss verschaffte. Auch die Rosengartenhütte, um die es in den Plänen ging, war Saltners Eigentum.

Traminer löste die Hände von seinem Bierglas und beugte sich über die Zeichnung. Mit einem Blick erkannte er, dass der Architekt ganze Arbeit geleistet hatte. Jeder Quadratmeter des Grundstücks, auf dem die Almhütte stand, war zweckmäßig in die Planung einbezogen worden. Etwas abseits vom Hotel sollte eine Unterkunft für das Personal entstehen. Zugleich würde das Gebäude die Liegewiese vom Parkplatz abschirmen.

In Traminers Hirn schrillten sämtliche Alarmglocken. Hatte er tatsächlich ›Parkplatz‹ gelesen? So musste es wohl sein, denn Saltner fuhr fort: »Die Privatstraße öffnen wir natürlich für die Hotelgäschte. Und wenn mir sie ausgebaut hobn, nor lossen mir auch Reisebusse passieren. Des isch guat fürs Togesgschäft.« Mit einem Zug leerte er sein Bierglas, wischte sich den Schaum vom Mund und blinzelte Traminer verschwörerisch zu. »Der Bürgermoaschter hot mir schon sein Sanktus gebn, und der Landeshauptmann a. Jetzt kimps lei drauf on, dass du mit deine Leit von der Umweltgruppe redescht, dass se koan Wirbel mochn. Dann isch die Sache geritzt. Dein Schodn wearts net sein.«

Das war zu viel für Traminer. Er konnte sich nicht länger beherrschen. »Ja bischt denn du wahnsinnig geworden?«, fuhr er sein Gegenüber an. »Reichts net, dass du im Ort dein riesigen Hotelkoschtn hingebaut hosch? Willsch jetz a no obm auf dar Olm olls verschandeln, du gieriger Hund du?« Traminer wurde sich bewusst, dass er den anderen angebrüllt hatte. Verstohlen sah er sich in der Gaststube um und stellte erleichtert fest, dass sie die einzigen Gäste waren. Was Saltner vorhatte, war ohne jeden Zweifel unrecht, und er, Paul, würde alles in seiner Macht Stehende tun, um seine Pläne zu durchkreuzen. Doch er wusste, wie einflussreich der Hotelier war. Es war nicht klug, ihn zu provozieren – schon gar nicht vor Zeugen. Die gab's wenigstens nicht, abgesehen vom Wirt, der unbemerkt hereingekommen war und sich nun erkundigte, ob sie noch einen Wunsch hätten. Wie viel er wohl von der Auseinandersetzung mitbekommen hatte?

»Bring mir no oar Holbe, damit i mitn Paul onstoßen konn. Und du«, wandte Konrad sich an Traminer, »trinksch jetzt dei Bier und tuasch, wie i dir gsogt hun.«

»Des tet dir so passn. Du moansch woll, du konsch dir mit Geld alles kaufn. Aber mi net, des sog i dir.« Traminer sprang auf, nahm seinen Bierkrug und knallte ihn mit voller Wucht auf den Bauplan, sodass die Flüssigkeit über das Papier schwappte. Aus dem Augenwinkel sah er den Wirt, der von der Schank aus die Szene beobachtete. Er war das männliche Pendant zu einer Ratschkattl*. Traminer war das inzwischen egal, er polterte weiter: »Moansch du, mir wissen net, dass des domols net mit rechten Dingen zuogongen isch, wie du dir die Rosengartenhüttn untern Nagel grissn hosch? Loss sie jetzt wenigschtens wie sie isch, sonsch passiert no eppes. Oar Unglick isch scho g'schegn. Und wenn du so weitertuasch, nor kimp bald des nekschte.«

Kaum hatte er zu Ende gesprochen, war es mit Saltners eben noch zur Schau gestellter Leutseligkeit vorbei. »Wie konsch du so bled sein? I hätt dir die Bauaufsicht fir do obm gebn. Aber des konsch dir in die Hor schmirn. Und mitm Bürgermoaschter red i a. Wearsch scho segn, wosd von deiner Sturheit hosch.«

Traminer spürte, wie ihm erneut der Schweiß ausbrach.

---

* geschwätzige weibliche Person

Er wusste, dass sein Widersacher die Drohung wahrmachen würde. Paul war selbständiger Bauingenieur. Seine Firma ging gut, nicht zuletzt dank regelmäßiger Aufträge von der Gemeinde. Die Bauaufsicht für Saltners Projekt wollte er nicht übernehmen, darauf verzichtete er gern. Doch wenn der Hotelier den Bürgermeister gegen ihn aufhetzte, konnte das den Gang seiner Geschäfte empfindlich beeinträchtigen. Trotz dieser unerfreulichen Aussichten brachte er es nicht fertig, sich zu beherrschen. »I loss mir net drohn, und i loss mi net von dir bestechen«, stieß er hervor, fasste Saltner am Hemdkragen und zog ihn nahe zu sich heran. Die Angst in den Augen seines Widersachers verlieh ihm ein Gefühl der Überlegenheit. Er würde es diesem Falott heimzahlen, koste es, was es wolle.

Die Stimme des Wirts holte ihn in die Wirklichkeit zurück: »Aufhearn, wos follt denn dir ein? Bisch verruckt worn?« Traminer ließ von Saltner ab, der, kaum hatte er seine Fassung wiedergewonnen, losdonnerte: »Fir heint reichts, du hosch di gnua blamiert. Und jetzt verschwint und tua, wos i dir gsogt hon. Sonsch zoag i di un wegn Körperverletzung.«

Traminer erkannte, dass er zu weit gegangen war. Er hätte sich nicht dazu hinreißen lassen dürfen, handgreiflich zu werden, und beschloss, ohne weitere Widerworte, zu gehen. Die Sache musste mit den Leuten von der Umweltgruppe, deren Obmann er war, besprochen und eine Strategie gegen Saltners Vorhaben entwickelt werden. Wieder ermahnte Paul sich innerlich zur Ruhe. Seine Empörung siegte jedoch über seine Vernunft. An der Tür der Gaststube drehte er sich um.

Saltner grinste ihn an. »Hosch es dir iberlegt?«

Taminer schüttelte den Kopf, hob die Faust in die Höhe

und stieß hervor: »Verflucht sollts es sein, du und dei Bua, es werdets nie und nimmer a Freud hobn mit der Rosengartenhütte. Dafür wear i sorgn!«

*

Lisi Kirchler saß in ihrem Büro auf Schloss Prösels. Mit zusammengekniffenen Augen betrachtete sie den Bildschirm des PC. Darauf befand sich der Dienstplan für die nächsten Wochen.

Einer der Studenten, die den Sommer über für die Führungen eingeteilt waren, hatte sich krank gemeldet. Für die meisten seiner Schichten hatte Lisi schon Ersatz gefunden. Aber in der Spalte für die morgige Vormittagsführung herrschte gähnende Leere. Mit einem Seufzer trug Lisi ihren eigenen Namen in das Kästchen ein. Sie schloss die Datei, schaltete den Computer aus und erhob sich.

Der Gedanke daran, am nächsten Tag Dienst machen zu müssen, missfiel ihr. Sie liebte das Schloss, keine Frage. Immerhin hatte sie zu jener Gruppe von Leuten gehört, die vor über 30 Jahren verhindert hatten, dass das Anwesen, nach vielen über die Jahrhunderte wechselnden Besitzern, neuerlich verkauft wurde. Lisi und ihren Mitstreitern war es gelungen, Schloss Prösels in eine Stiftung einzubringen. Seither wurde es von dieser verwaltet und der Öffentlichkeit zugänglich gemacht. Von Mai bis Oktober konnten die Besucher das Schloss und dessen Interieur, so etwa die Waffensammlung, die Bildergalerie, verschiedene mit historischem Mobiliar ausgestattete Räumlichkeiten sowie Wappensteine und Fresken, besichtigen. Lisi hatte die ehrenamtliche Tätigkeit der Verwalterin inne, des »Schlossfräuleins«, wie sie allseits genannt wurde.

Trotz ihrer Leidenschaft und des Engagements, mit dem sie sich dieser Aufgabe widmete, kam ihr die Erkrankung des Studenten höchst ungelegen. Sie hatte für den nächsten Tag eine Bergtour geplant. In aller Früh hatte sie aufbrechen wollen, um übers Tschamintal auf den Schlern zu steigen. Es wäre eine anstrengende Tour geworden, aber Lisi hätte sie – wie schon öfter in der Vergangenheit – sicher problemlos bewältigt. Trotz ihrer 63 Jahre hatte sie eine gute Kondition. Solange sie sich dieser erfreute, wollte sie die schneelosen Monate ausnutzen, um ihrer Wanderlust zu frönen.

Lisi ging zum Fenster, um es zu schließen. Dabei warf sie einen Blick auf die Wiese vor dem Schloss, über die sich die Dämmerung herabsenkte. Sylvia Karbon fiel ihr ein, die dort nach dem Turnier ums Leben gekommen war. Die junge Frau fehlte Lisi. Sie war für den Betrieb des Schlosses nahezu unentbehrlich geworden. Sylvia war die Tochter des ehemaligen Stiftungspräsidenten und hatte schon als Kind viel Zeit in der Burganlage verbracht. Später hatte sie Führungen und nach und nach Restaurierungsarbeiten übernommen. Eigens dafür hatte sie in Bozen eine Ausbildung absolviert und sich ein kleines Atelier auf dem Schloss eingerichtet. Ihr war es zu verdanken, dass zahlreiche Bücher, Bilder und Ziergegenstände auf dem Schloss repariert worden waren und wieder ausgestellt werden konnten. Unermüdlich hatte sie nach Dingen gesucht, um sie mit viel Liebe und Sachverstand wieder in ihren ursprünglichen Zustand zu versetzen. Inzwischen hatte sich einiges angesammelt, was Sylvias geschickter Hände bedurft hätte. Eine Fachkraft, die mit dem gleichen Eifer und quasi für ein Taschengeld die Tätigkeit übernommen hätte, war bisher nicht gefunden worden.

Nachdem Lisi das Licht gelöscht und das Büro versperrt hatte, ging sie in den Schlosshof. Vor der Tür zu Sylvias Atelier hielt sie inne. Ihr wurde bewusst, dass sie es seit dem Tod der jungen Frau nicht mehr betreten hatte. Lisi hatte alle Hände voll zu tun, Ersatz für Sylvia zu suchen, wenigstens was die Führungen betraf. Diese hatten im Sommer, der Hauptsaison im Schloss, Priorität. Jetzt allerdings, wo ihr der Gedanke an die Restaurierungsarbeiten gekommen war, behagte es Lisi gar nicht, dass sie Sylvias Atelier so lange vernachlässigt hatte.

Sie schloss die schwere Holztür auf, trat ein und betätigte den Lichtschalter. In einer Ecke standen Farbtöpfe, auf dem Tisch stapelten sich Bücher mit ramponierten Einbänden, daneben befand sich eine Tasse aus feinem Porzellan mit abgebrochenem Henkel, ein paar Bilderrahmen lehnten an der Wand. Alles wirkte so, als würde Sylvia jeden Moment hereinkommen und ihre Arbeit fortsetzen.

Lisis Blick fiel auf einen Karton, der in einer Ecke stand. Darin befanden sich die Reisenotizen ihres verstorbenen Mannes. Er hatte alles fein säuberlich dokumentiert und aufgelistet. Nach seinem Tod hatte Lisi ihr gemeinsames Haus verkauft und eine Wohnung gemietet. Vieles hatte sie weggegeben, die Erinnerungsstücke an die gemeinsamen Urlaube jedoch behalten. Aus Platzmangel hatte sie alles in dem Karton verstaut und in den damals noch für Abstellzwecke genutzten Raum gebracht. Nachdem Sylvia ihn zu ihrer Arbeitsstätte umfunktioniert hatte, war die Kiste dort geblieben.

Sie störe nicht, hatte die junge Frau versichert. Nun würde Lisi sich darum kümmern müssen. Ewig konnte sie die Sachen nicht hier lagern.

Ob sie völlig unsentimental einfach alles wegwerfen sollte? Allerdings gehörten die gemeinsamen Reisen mit ihrem verstorbenen Mann zu ihren schönsten Erinnerungen. Lisi beschloss, die Entscheidung aufzuschieben. So rasch würde der Raum nicht benötigt werden, sie konnte in Ruhe darüber nachdenken, wie sie weiter verfahren wollte.

Beim Verlassen des Ateliers fiel ihr die Narrenkappe auf, die auf Sylvias Arbeitstisch lag. Sie gehörte zu den nachgebildeten mittelalterlichen Kostümen, die auf dem Schloss ausgestellt waren und die die Besucher anprobieren durften. Lisi erkannte, dass an einem der herabhängenden Zipfel eine Schelle fehlte. Sylvia hatte die Kopfbedeckung offenbar hierhergebracht, um sie zu reparieren. Doch dazu war sie nicht mehr gekommen.

Lisi beschloss, das Bekleidungsstück mitzunehmen. Es konnte nicht schaden, im Bedarfsfall eine Ersatzrequisite im Kostümfundus zu haben. Sie griff nach der Narrenkappe und hob sie hoch. Darunter lag ein Notizbuch, das denen ihres Mannes zum Verwechseln ähnlich sah. Ein Blick auf die Handschrift bestätigte ihr, dass es von ihm stammte. Sylvia musste es aus der Kiste genommen und hier liegen gelassen haben. Warum hatte sie das wohl getan?

Vermutlich hatte sie aus Neugierde darin geblättert und es auf dem Tisch vergessen, beantwortete Lisi sich die Frage. Sie wollte es in den Karton zurücklegen, besann sich und steckte es in die Tasche ihres Kittels. Lisi wusste noch nicht, wie sie mit den restlichen Notizbüchern verfahren würde. Dieses eine wollte sie in jedem Fall zum Andenken an ihren Mann behalten.

Nachdem sie das Atelier wieder verschlossen hatte, verließ sie die Burganlage. Ihr Handy klingelte. Auf dem Display erschien der Name ›Paul Traminer‹. Lisi zögerte, das Gespräch entgegenzunehmen. Sie war müde und wollte ihre Ruhe haben. Andererseits kannte sie den Obmann der

Umweltgruppe gut genug, um zu wissen, dass er nur anrief, wenn es wichtig war.

*

Reinhold Gamper, Wirt des Turmhotels in Völs, stand hinter seiner Schank und genehmigte sich einen Schlummertrunk. Die meisten Gäste waren bereits gegangen, sodass er der Bedienung für den Abend freigegeben hatte. Bald würde auch er Schluss machen.

Die Tür zur Gaststube wurde aufgestoßen und ein gut aussehender junger Mann kam herein. An seinem Arm hing eine herausgeputzte Blondine, die sich kichernd an ihren Begleiter kuschelte. Bei der Frau handelte es sich zweifellos um eine Touristin. Der Mann war aus dem Nachbarort Tiers: Peter Bonell.

»Hosch no eppes zum Trinken fir ins zwoa«, fragte der Neuankömmling. Gamper bejahte. Die beiden setzten sich in eine entlegene Ecke der Gaststube. Er nahm die Bestellung entgegen, füllte die Gläser und servierte das Gewünschte. Anschließend machte er sich daran, die Schank zu säubern und alles für die baldige Sperrstunde vorzubereiten.

Sein Tun wurde von einem leisen Murmeln, mit dem sein später Gast auf die Frau einredete, und von einem gelegentlichen Glucksen begleitet, mit dem sie ihre Zustimmung bekundete.

Dem sein Glück bei den Frauen müsste man haben, ging es Gamper durch den kahlrasierten Kopf. Seit Peter Bonell nach einer erfolgreichen Sportlerkarriere wieder in die Gegend zurückgekehrt war, hatte er nichts anbrennen lassen. Ernste Absichten schien er jedoch – sehr zum Leidwesen seiner zahlreichen Verehrerinnen – bei keiner zu haben.

Obwohl, wenn Gamper es recht bedachte, eine Ausnahme hatte es gegeben …

»Gipsch mir no a Schluckele von dem Weißen?« Peter Bonell war an die Bar getreten und hielt Gamper sein leeres Glas hin. Während er einschenkte, blickte Peter sich in der Gaststube um.

»Isch nit vil los heint«, stellte er fest.

»Um die Zeit nimmer.« Gamper wischte mit einem feuchten Schwamm über den Tresen.

»In der Dorfschenke hun i welche hockn gsegn: in Traminer Paul, die Kirchler Lisi und no a por von der Umweltgruppe«, informierte ihn Bonell.

Gamper begann, Gläser zu polieren. »Bei mir wor der Traminer heint a schon. Zusammen mit'm Saltner Konrad. Der Paul isch ihm an die Gurgel g'hupft, koa Spass.« Er wartete ab, ob Peter zu seiner Begleitung zurückkehren würde.

Der schien es jedoch nicht eilig zu haben. »Bisch du gscheit«, kommentierte er. Der Wirt betrachtete das als Einladung, seinem Gast über den Anlass der Handgreiflichkeit zu berichten.

*

Ein Geräusch weckte Ilona. Einen Moment lang war sie versucht, es einfach zu ignorieren und weiterzuschlafen. Doch das Stöhnen aus nächster Nähe wurde lauter, verzweifelter. Ilona öffnete die Augen und setzte sich im Bett auf.

»Jesszusmària«, flüsterte sie.

Ob sie den Schlafenden an ihrer Seite wecken sollte? Sie hörte, wie das Stöhnen leiser wurde und schließlich aufhörte. Der Albtraum war vorbei.

Obwohl es stockfinster war, stieg sie aus ihrem Bett und tastete sich zum Fenster. Sie zog die Vorhänge zur Seite und öffnete es. Kühle Nachtluft drang herein. Der Mond tauchte den niedrigen Raum in ein fahles Licht.

Ilona ging zu ihrem Bett zurück und schlüpfte unter die Decke. Sie lauschte den Atemzügen, die nun sanft und regelmäßig zu ihr drangen. Erleichtert schloss sie die Augen. Doch der Schlaf wollte nicht wiederkehren. Erneut richtete sie sich auf und betrachtete den Mann neben ihr. Eine dunkle Strähne hatte sich aus seinem straff nach hinten gekämmten, bereits schütter werdenden Haar gelöst und fiel ihm in die Stirn. Sie gab seinem Gesicht etwas Kindliches, Unschuldiges – wiewohl dieser Eindruck durch die dichten Brauen, die fleischige Nase und die Bartstoppeln, die auf seinen Wangen sprießten, Lügen gestraft wurde.

Florian Saltner war kein attraktiver Mann. Ilona hatte das mit einem Blick erfasst, kaum dass sie ihm das erste Mal begegnet war. Sie hatte in der Zeitung gelesen, dass auf der Almhütte eine Bedienung gesucht wurde, und sich umgehend beworben. In Meran, wo sie, die gebürtige Ungarin, zuvor auf Saison gewesen war, hatte sie sich mit einem Kurgast eingelassen. Seine Frau war dahintergekommen und hatte bewirkt, dass Ilona ihren Arbeitsplatz verlassen musste. Es war ihr sehr gelegen gekommen, dass genau zu diesem Zeitpunkt auf der Rosengartenhütte am Fuße der Laurinswand in den Dolomiten eine Servierkraft gesucht wurde. Mit dem Hüttenwirt Florian Saltner war sie sich rasch einig geworden; sie hatte die Stelle angetreten.

Ilona bereute ihre Entscheidung, den quirligen Kurort gegen die raue Berggegend eingetauscht zu haben, nicht. Florian war ein angenehmer Chef. Zudem hatte sie rasch festgestellt, dass, wenn es ihm auch äußerlich an Qualitäten mangelte, er einen guten Charakter hatte. Er erschloss sich all denjenigen, die sich die Mühe machten, hinter die meist schroff und abweisend wirkende Fassade zu blicken.

Es hatte nicht lange gedauert und Ilona war sich dessen bewusst geworden, dass sie in Florian weit mehr als einen netten Chef sah. Er hatte allerdings, ganz im Gegensatz zu dem verliebten Kurgast in Meran, keinerlei Ambitionen gezeigt, sich Ilona anders denn in kollegialer Weise zu nähern. Doch sie verstand es, Männer zu umgarnen. Schließlich war er ihren Reizen erlegen. Seit Kurzem teilten sie das Bett. Sie wünschte sich so sehr, dass mehr daraus wurde. Florians Vater machte ihr aber Sorgen. Er würde toben, wenn er von dem Verhältnis seines Sohnes erfuhr, und nie und nimmer zulassen, dass er eine – noch dazu ausländische – Bedienung heiratete.

Ein Wimmern, das zu einem Klagelaut anschwoll, ließ Ilona aufschrecken. Es ging wieder los. Ein neuer Albtraum quälte Florian. Ilona rückte näher an ihren Geliebten heran, umschlang ihn mit beiden Armen und flüsterte ihm in ihrer Muttersprache Koseworte ins Ohr.

DREI

Ich weiß von einem kleinen Mann,
der über ein großes Reich herrscht.
Im Wald in Tirol
hat er liebevoll
einen Rosengarten angelegt.
Statt Mauern
umspannt ihn ein seidener Faden.
Wer den zerreißt,
bekommt Laurins Rache zu spüren.
Frei nach ›Laurin‹

Jenny Sommer lief das Wasser im Mund zusammen. Auf dem Tisch vor ihr stand ein Holzteller mit zentimeterdicken Wurstscheiben, einem zartgelben Almkäse, Kren, Essiggurkerl und Streifen eingelegter roter Paprika. Die farbenfrohe Komposition umkränzte ein Stück Speck, das beinahe so groß wie ein Steak und, wie die feinfaserige, weiße Marmoring vermuten ließ, ebenso saftig war. In der Mitte des Räucherfleisches steckte ein Messer.

Das also war eine Brettljause – beziehungsweise, was die Betreiber der ›Rosengartenhütte‹, einer Almwirtschaft auf beinahe 2.000 Meter Seehöhe, unter dieser Bezeichnung verstanden. Jenny, eher an Wiener Heurige denn an Tiroler Berghütten gewöhnt, hatte sich die Speise etwas weniger deftig vorgestellt, ließ sich jedoch den Appetit nicht verderben. Was ihr allerdings Sorgen bereitete, war das Fehlen einer Gabel. Wurde etwa erwartet, dass sie ein Stück Speck absäbelte und mit der Hand zum Mund führte?

Genau das tat Jennys Begleiter Lenz Hofer. Er zog das Messer aus dem Fleisch, schnitt eine Scheibe ab – und hielt sie Jenny hin. »Kost einmal«, ermunterte er sie.

Sie beugte sich vor, umfasste sein Handgelenk und machte Anstalten, mit dem Mund nach dem Speckstück zu schnappen. Bevor sie es mit den Zähnen berührte, hielt sie inne und nahm es zwischen zwei Finger. Mit dem Messer entfernte sie feinsäuberlich den weißen Rand aus purem Fett, bevor sie den Happen verzehrte. Er schmeckte köstlich. Anschließend probierte sie den Käse und ließ die cremig-milde Substanz auf ihrer Zunge zergehen. Sie schnitt eine weitere Scheibe Speck ab, entfernte abermals die Schwarte und tunkte den Rest in den Kren.

»Vorsicht, der ist scharf«, warnte Lenz. Er reichte ihr ein Stück Brot. Skeptisch beäugte Jenny den Fladen. »Ist ein Schüttelbrot. Der Teig wird vor dem Backen gelockert, damit das Brot knusprig wird. Aber gib auf deine Zähne Acht.«

Jenny befolgte den Rat. Lenz stammte aus Südtirol und wusste um die heimischen Spezialitäten Bescheid. Zaghaft biss sie von dem Brot ab. Es war ziemlich hart, aber ausgesprochen schmackhaft. Während sie sich ihrer Mahlzeit widmete, ließ sie die zurückgelegte Strecke in Gedanken Revue passieren.

Sie hatten vom Nigerpass kommend den sogenannten ›Sagenwanderweg‹ genommen. Er führte entlang der mächtigen Laurinswand, in der angeblich einst ein Zwergenvolk gehaust hatte, das über Gold, Edelsteine und allerlei Zauberkünste verfügte. Die Wanderung hatte beeindruckende Ausblicke auf zerklüftete Felsformationen, bunte Blumenwiesen und auf die schneebedeckten Berggipfel geboten, die an der gegenüberliegenden Talseite aufragten. Das Panorama hatte Jenny für die Mühen des Aufstiegs entschädigt, der entgegen den Angaben im Reiseführer alles andere als ›leicht‹ gewesen war.

Ein wenig erschöpft, aber gesättigt ließ sie die Aussicht von ihrem Platz im Gastgarten der Almhütte auf sich wirken. Vor ihr ragten die Zacken der Vajolettürme und daneben die Laurinswand auf, die sie schon auf dem Weg begleitet hatte. Beide gehörten zur ›Rosengartengruppe‹. Der Gebirgsstock und die sich darum rankende Sage von König Laurin waren der Grund für ihr Hiersein: Lenz Hofer war Assistent am Germanistikinstitut in Salzburg und arbeitete gemeinsam mit seinem Vorgesetzten, Professor Arthur Kammelbach, an einem Handbuch über den Zwergenkönig. Ein Kapitel des geplanten Werkes sollte der Laurin-Rezeption in Südtirols touristischen Einrichtungen gewidmet sein. Jenny hatte den Vorschlag gemacht, wusste sie doch aus bisherigen Besuchen in der Provinz jenseits des Brenners, dass sich Hotels, Gaststätten, ja sogar Liftanlagen und eine Skiarena mit dem Namen der Sagengestalt schmückten.

Kammelbach, bei dem Jenny ihr Germanistikstudium absolviert hatte, gefiel die Idee so gut, dass er sie und Lenz beauftragt hatte, den Beitrag gemeinsam zu verfassen. Dafür sollten sie an Ort und Stelle recherchieren und ihre Entdeckungen möglichst auch fotografisch festhalten. »Ich plane einen Bildteil in dem Buch und kann sicher etwas von dem Material, das ihr mitbringt, veröffentlichen«, hatte der Professor erklärt.

Lenz war begeistert gewesen, Jenny hatte ebenfalls gerne zugestimmt. Seit einem Kriminalfall, in den sie und Lenz in Meran verwickelt gewesen waren und zu dessen Lösung sie beigetragen hatten, waren sie ein Paar. Sie trennte allerdings eine Distanz von 300 Kilometern: Während Lenz in Salzburg mit seinem Assistenzposten sein Doktoratsstudium finanzierte, betrieb Jenny in Wien ihre eigene PR-Agentur. Diese Konstellation bedingte, dass sie sich nur selten sahen. Der Auftrag von Lenz' Vorgesetztem und Jennys früherem Mentor Kammelbach bot daher eine willkommene Gelegenheit, einige zusätzliche Tage miteinander zu verbringen.

»Tach, ist hier noch frei?« Jenny blickte auf. Vor ihr stand ein Mann, dessen eindrucksvolle Größe durch ein kleines Mädchen, das auf seinen Schultern saß, verstärkt wurde. Die Frau an seiner Seite war zierlich und wirkte leicht verlegen.

Jenny betrachtete die Neuankömmlinge ohne Begeisterung. Sie hätte den Aufenthalt im Gastgarten lieber in trauter Zweisamkeit mit Lenz verbracht. Ein Blick auf die umliegenden Tische zeigte ihr, dass sie sämtlich besetzt waren. Sie nickte ihrem Partner zu, der sie fragend ansah.

»Nehmt's Platz«, forderte er die Familie auf.

Der Hüne ging in die Knie, half dem Kind herunter und setzte sich. Seine Begleiterin tat es ihm gleich und nahm das Mädchen auf den Schoß.

»Nett hier«, sagte der Gast, nachdem er die Bestellung aufgegeben hatte. Jenny rang sich ein knappes »Ja« ab. Sie hatte wenig Lust auf eine Unterhaltung mit Fremden. Der Tischgenosse, der seiner zackigen Sprechweise nach zu urteilen aus Norddeutschland kam, ließ sich nicht beirren.

»Ich bin der Jürgen aus Bielefeld. Das ist meine Frau Anja und die Kleine heißt Vivian. Von wo kommt ihr?«

»Bin ich aus Südtirol, kommt meine Freundin aus Wien.«

Jürgen sah Lenz an. »Ah, ein Einheimischer, hört man gleich.«

Jenny bemühte sich, ein Schmunzeln zu unterdrücken. Jürgen hielt die Marotte ihres Freundes, Subjekt und Prädikat zu vertauschen, für eine Eigenheit der Südtiroler. Damit befand er sich im Irrtum, handelte es sich doch um eine individuelle Angewohnheit von Lenz. Zwar gab er sich, wie Jenny festgestellt hatte, seit einiger Zeit große Mühe, seinen rappenden Slang zu vermeiden, er konnte allerdings nicht verhindern, dass der unorthodoxe Satzbau gelegentlich durchschlug.

Das kleine Mädchen, das bisher stumm die Umgebung gemustert hatte, machte sich bemerkbar: »Wand«, rief es und streckte begeistert seinen Zeigefinger aus.

»Ist das die Laurinswand«, erklärte Lenz dem Kind.

»Lauin« sagte die Kleine andächtig.

»Guck mal, Vivian. Da in dem Felsen hatte König Laurin die schöne Prinzessin Similde gefangen gehalten«, mischte ihr Vater sich ein.

Die Augen des Mädchens weiteten sich. »Milde« murmelte es.

»Nicht in der Wand, dahinter, im Gartl«, korrigierte Lenz. »Kennt Ihr die Sage von Laurin und seinem Rosengarten?«, fragte er die deutschen Gäste.

Jürgen nickte eifrig, Anja dagegen schüttelte den Kopf: »Nicht wirklich«, meinte sie und bat Lenz, die Geschichte zu erzählen. »Wenn es Ihnen nichts ausmacht«, sagte sie höflich.

Jennys Freund kam der Bitte nach. »War Laurin ein mächtiger König«, begann er, unterbrach sich und wiederholte das Gesagte in korrekter Satzstellung, bevor er fortsetzte: »Er herrschte über ein Volk von kleinen, aber starken Männern, die in den Bergen nach edlem Gestein und wertvollen Erzen suchten. In einem unterirdischen Palast waren unermessliche Schätze gelagert. Dort gab es Silber, Gold und Edelsteine. Laurins größter Stolz war sein Rosengarten, den er vor dem Eingang zu seinem Palast angelegt hatte. Wehe dem, der es wagte, auch nur eine Rose zu pflücken. Ihm hätte Laurin die linke Hand und den rechten Fuß abgeschlagen. Lange Zeit waren derlei rigorose Strafmaßnahmen nicht nötig. Denn Laurin hatte sein Reich mit einem seidenen Faden umspannt, der es besser schützte als jeder Wall. Niemand wagte es, die Barriere zu durchbrechen.«

Lenz legte eine Pause ein. Jürgen öffente den Mund, um etwas zu sagen, seine Frau legte ihm sanft die Hand auf den Arm und bewirkte damit, dass ihr Mann schwieg.

»Eines Tages hörte ein anderer mächtiger König von dem sagenhaften Reich«, fuhr Lenz fort. »Es war Dietrich von Bern aus Verona. Er beschloss, sich mit Laurin, dem die Kraft von zwölf Männern nachgesagt wurde, im Kampf zu messen. Dietrichs Waffenbrüder Hildebrand, Wolfhart, Wittich und Dietleib bestärkten ihn darin. Siegesgewiss ritten sie los und erreichten den wunderbaren Garten. Süßer Duft und liebliche Vogelstimmen betörten sie. Doch die Freude währte nicht lange. Übermütig begannen sie, das Paradies zu zerstören. Sie zertrampelten das Gras und rissen den Blumen die Köpfchen ab. Laurin ritt herbei und stellte sie empört zur Rede. ›Wer hat Euch, Esel, hergebeten‹, fuhr er sie an und forderte sie zum Kampf. Lange Zeit behielt er die Oberhand. Auf Hildebrands Rat hin entriss Dietrich dem König aus dem Gebirge den Zaubergürtel, der ihm seine Kraft verlieh.«

Vivian nahm den Finger, an dem sie gesaugt hatte, aus dem Mund. »Saubergürtel«, echote sie.

Lenz lächelte ihr zu. »Laurin gab sich nicht geschlagen. Er setzte seine Tarnkappe auf und wollte durch den Garten entfliehen. Doch Dietrich von Bern und seine Ritter konnten sehen, wo die Rosensträucher durch die Bewegungen des kleinen Königs geknickt wurden. So wussten sie, wo Laurin sich befand.«

Vivian formte das Mündchen zu einen großen O. Gebannt blickte sie Lenz an, der fortfuhr: »Sie überwältigten ihn und nahmen ihn gefangen. Bevor sie ihn abführten, drehte er sich um und verfluchte die Rosen, die ihn verraten hatten. Niemand sollte sie mehr sehen, weder bei Tag noch bei Nacht. Aber weißt du, was er vergessen hat?«

Die Kleine schüttelte den Kopf.

»Er hat die Dämmerung vergessen. Und wenn du am Morgen oder Abend zum Berg schaust, siehst du die Rosen leuchten.«

Lenz beendete die Erzählung, die eine romantische Erklärung für das in den Dolomiten häufige Phänomen des Alpenglühens bildete. Vivian, Anja und zu guter Letzt sogar der gesprächige Jürgen hatten gespannt gelauscht, wie Jenny zufrieden festgestellt hatte. Auch ihr hatte Lenz' Version gut gefallen, wenn sie auch Similde, die Jürgen eingangs erwähnt hatte, darin vermisste.

»Und die Pinzessin?«, fragte Vivian.

Ehe Lenz antworten konnte, trat die Kellnerin zu ihnen an den Tisch und brachte würzig duftende Knödel für die deutschen Gäste. Jenny bemerkte, dass die Frau ausgesprochen attraktiv war. Ihr langes, dunkelblondes Haar hatte sie lässig hochgesteckt, dezentes Make-up betonte die schräg stehenden Augen. Eine eng sitzende, rot-weiß karierte Bluse, deren oberste Knöpfe geöffnet waren, ließ einen wohlgeformten Busen erahnen. Die Beine steckten in krachledernen Kniehosen, die den Blick auf schlanke, sonnengebräunte Waden freigaben. Trotz der zünftigen Kleidung und der derben Bergschuhe wirkte die Erscheinung der Frau anmutig, jedoch ein wenig zu lasziv für das alpine Ambiente. Auch ihr Akzent passte nicht hierher. Denn obwohl sie sich hörbar Mühe gab, das Tirolerische nachzuahmen, klang der osteuropäische Einschlag in ihrer Aussprache unverkennbar durch.

»Zahlen«, sagte Lenz – und zu Vivian gewandt: »Die Prinzessin hat einen anderen geheiratet. Laurin wurde an den Hof von König Dietrich gebracht und musste als Gaukler die Leute unterhalten.«

Jenny und Lenz verabschiedeten sich und machten sich auf den Weg nach Tiers, von wo sie den Bus zurück nach Völs zu nehmen gedachten. Ehe sie den Gastgarten verließen, wandte Jenny sich Lenz zu. »Warum hast du nichts von Similde erzählt? Dietrich von Bern und seine Leute sind ihretwegen in das Zwergenreich eingedrungen. Schließlich hat Laurin die Prinzessin zuvor geraubt.«

Lenz ließ sich mit der Antwort Zeit. »Der Version nach, die hier verbreitet ist, hat es sich so verhalten. Da ist von einem König an der Etsch die Rede, der die Ritter aus der Umgebung zur Brautschau rief. Laurin rechnete mit einer Einladung, doch er wartete vergeblich. Schließlich gelang es ihm, mit einer List in die Burg einzudringen. Mithilfe seiner Tarnkappe machte er sich unsichtbar, entführte Similde und brachte sie in sein Königreich im Gebirge.« Lenz wandte sich zur Felswand um und betrachtete sie nachdenklich. »Im Heldenepos ist zunächst allerdings keine Rede von einer Prinzessin«, fuhr er fort. »Dietrich und seine Waffenbrüder kommen, um in Laurins Reich einzufallen, ihn zu besiegen und ihren Ruhm zu mehren. Erst in späteren Versionen taucht der Raub der Prinzessin als Vorgeschichte auf.«

Jenny hegte keinen Zweifel daran, dass Lenz' Ausführungen richtig waren. Die Erzählung war in 18 verschiedenen Handschriften überliefert. Lenz kannte aufgrund seiner intensiven Beschäftigung mit dem Stoff mit Sicherheit jede einzelne Variante, wohingegen Jenny sich nur an die grobe Einteilung in ältere und jüngere Versionen erinnerte. Ersteren zufolge war es tatsächlich so, dass Dietrich anfangs einzig und allein zu König Laurin kam, um sich mit ihm im Kampf zu messen. Das bildete das Prinzip, nach welchem Heldenepen konstruiert waren. Immer gab es irgendwo einen, der den Ruf hatte, noch reicher und stärker zu sein. Der musste besiegt werden, wollte man die eigene Position verteidigen.

Doch es ließ sich nicht leugnen, dass früher oder später jeweils eine schöne Frau ins Spiel kam. So waren denn Dietrich und seine Kameraden auch in den frühen Laurin-Versionen, nachdem sie zugegebenermaßen zunächst anscheinend grundlos das Reich des Zwergenkönigs überfallen und seine Rosen zertrampelt hatten, auf die Prinzessin gestoßen.

»Wie man es auch betrachtet, Similde s Entführung spielt eine Rolle und wirft kein gutes Licht auf Laurin«, teilte sie Lenz unumwunden ihre Sichtweise mit.

»Da ist ja der kleine König. Können wir ihn fragen, wie er die Sache sieht.« Ihr Freund hatte sich umgewandt und zeigte auf die Almhütte. An einem der Balken hing ein etwa 20 Zentimeter langes Holzstück. Das untere Ende zeigte eine offene Bruchstelle. Am oberen Ende hatte jemand Nase, Augen und Krone geschnitzt und bemalt, sodass ein Gesicht und ein langer weißer Bart erkennbar waren. Auf dem Torso stand ›König Laurin‹.

Jenny vergaß die Meinungsverschiedenheit auf der Stelle und zückte ihre Kamera, um das originelle Schnitzwerk festzuhalten. Nachdem sie ein paar Aufnahmen gemacht hatte, bückte sie sich und verstaute den Fotoapparat in ihrem Rucksack. Ihr Blick fiel auf zwei behaarte Beine, die in Schnürschuhen aus beigem Sämischleder steckten. Über dem knöchelhohen Schaft bildeten die heruntergeschobenen Enden der Kniestrümpfe aus grober Wolle einen dicken Wulst. Viele Männer und manchmal auch Frauen trugen diese Art von Fußbekleidung. Im Gegensatz zu dem meist industriell gefertigten Schuhwerk bestach dieses durch feine Handarbeit, wie Jenny an den säuberlichen Nähten erkannte, die Sohle und Obermaterial zusammenhielten. Zudem zierte eine Stickerei die linke und rechte Außenseite der Schuhe und verlieh ihnen eine individuelle Note.

Die kräftigen Wadel, die aus den Stutzen hervorwuchsen und oberhalb der Knie in eine Krachlederne mündeten, gehörten einem untersetzten Mann. Er war schätzungsweise Ende 20 und von stämmiger Gestalt. Mit beiden Händen stemmte er ein Tablett, auf dem sich Bierkrüge und üppig beladene Teller befanden. Auf seinem Kopf trug er einen Strohhut.

Letzteren fand Jenny eine ungewöhnliche Adjustierung für einen Kellner, nahm jedoch an, dass die Kopfbedeckung dem Schutz vor der Höhensonne geschuldet war. Lenz nickte dem Mann zu. Der erwiderte den Gruß nicht, sondern steuerte auf einen Tisch mit einer Gruppe Ausflügler zu, die die Ankunft ihrer Bestellung johlend begrüßten.

*

Vor dem Saltnerhof im Ortsteil Weißlahnbad der Gemeinde Tiers parkte Lisi Kirchler ihren Kleinwagen. Sie stieg aus und ging auf das Hotel zu. Der nüchterne, moderne Bau gefiel ihr nicht. Er war ein Fremdkörper in der lieblichen Umgebung aus Wald, Wiesen und traditionellen Gastronomiebetrieben am Eingang des Tschamintales. Konrad Saltner, dem Besitzer der Liegenschaft, war es gelungen, eine Genehmigung für sein Vorhaben zu erhalten. Ohne Rücksicht auf Proteste der Umweltgruppe hatte er den zuvor dort befindlichen Bauernhof, der der Familie seit Generationen gehörte, abgerissen und an seiner Stelle einen Wellnesstempel errichtet.

Ähnliches hatte er nun mit der Rosengartenhütte vor, wie Lisi gestern erfahren hatte. Es war gut gewesen, dass sie Paul Traminers Anruf entgegengenommen hatte und seiner Einladung zum spontan einberufenen Treffen der Umweltgruppe in der Dorfschenke von Völs gefolgt war. Paul hatte alle Teilnehmer davon in Kenntnis gesetzt, was Saltner vorhatte.

Anfangs hatte die Skepsis überwogen. »Damit kommt er nicht durch«, hatte manch einer gepoltert. Nachdem Paul sie an einige umstrittene Verfahren in der Vergangenheit erinnert hatte, die schlussendlich mit der Genehmigung für das jeweilige Projekt geendet hatten, änderten die meisten ihre Meinung.

Lisi war davon überzeugt, dass Konrad Saltner gute Chancen hatte, sein Vorhaben durchzusetzen. Für das Almgrundstück war Tiers oberste Baubehörde. Die Gemeinde war zwar bisher – im Gegensatz zu anderen Ortschaften und abgesehen von dem protzigen Hotel, das Lisi ein Dorn im Auge war – von allzu großangelegten Projekten verschont geblieben. Doch wer wusste schon, wie lange sich die Verantwortlichen Saltners Drängen entziehen konnten oder wollten? Er hatte Einfluss, nicht zuletzt, weil er es verstand, die Entscheidungsträger durch großzügige Spenden für sich zu gewinnen. Von Natur aus ein geiziger Mensch ließ er es sich dennoch etwas kosten, wenn er einen Vorteil darin sah. So hatte er durch Zuwendungen an die Gemeindekasse schon so manchem Vorhaben, das der Allgemeinheit zugute kam, zur Realisierung verholfen.

Es war daher durchaus möglich, dass die Zuständigen – obwohl die Alm zum Welterbegebiet gehörte und daher besonders strengen Regelungen unterlag – die Bestimmungen zugunsten Saltners auslegten und die Baugenehmigung erteilten. Zudem war die Hütte weit vom Ort entfernt. Da tat es keinem weh, wenn ein bisschen gebaut wurde, mochte sich manch einer denken. Mehr Gäste brachten der Gemeinde schließlich mehr Steuereinnahmen – eine Win-win-Situation, wie der Bürgermeister, der sich auf seine Weltgewandtheit etwas einbildete, sagen würde.

Die Aussichten für die Umweltgruppe, das Bauvorhaben zu verhindern, standen demnach schlecht. Ähnliches galt für den geplanten Ausbau der Zufahrtsstraße. Für sie war zwar nicht die Gemeinde, sondern die Landesregierung in Bozen zuständig. Doch auch da hatte es in der Vergangenheit einige umstrittene Genehmigungen für Almerschließungen gegeben – ungeachtet negativer Umweltgutachten und der Proteste des Naturschutzverbandes.

Sie müssten die Medien auf ihre Seite bringen, hatte Paul Traminer gemeint. Alle, bis auf Lisi, hatten zugestimmt und überlegt, wer bei der großen Tageszeitung oder im Rundfunk jemanden kannte, den er für ihr Anliegen gewinnen konnte. Lisi hatte ihre Zweifel. Zwar mochte es gelingen, den einen oder anderen Journalisten für die Sache zu interessieren. Aber die Gunst dieser Spezies schlug so rasch um wie das Wetter auf einem Dreitausender. Ehe man es sich versah, stand ein anderes Ereignis im Mittelpunkt der

Berichterstattung, und das, was auf der Rosengartenhütte passierte, fand keine Beachtung mehr.

Lisi hatte lange wach gelegen und überlegt, was zu tun wäre. Schließlich war sie zu der Erkenntnis gelangt, dass nur eines helfen konnte: Konrad Saltner die Freude an seinem Projekt so gründlich zu verderben, dass er freiwillig die Finger davon ließ. Der Zufall war Lisi zu Hilfe gekommen und sie hatte einen Plan entwickelt. Den würde sie umsetzen.

Derart in Gedanken wäre sie beim Betreten des Hotels beinahe mit einem Mann zusammengestoßen, der eben aus dem Gebäude kam.

»Hoppla« murmelte er.

Lisi kannte ihn. Es war Florian Saltner, Konrads Sohn. Sie wunderte sich, ihn hier zu treffen. Er verbrachte die meiste Zeit auf der Rosengartenhütte, die ihm Konrad zur Bewirtschaftung überlassen hatte.

»Isch dei Vottr do?«

»Na, i hätt in a schon g'suacht.« Er hob die Hand zum Gruß und ging an Lisi vorbei. Trotz der Auskunft, die sie erhalten hatte, beschloss sie, im Hotel nach dem Besitzer zu fragen. Vielleicht konnte jemand ihr sagen, wann er zurück erwartet wurde.

*

»Der Peter schaltet die Säge ein.« Kaum hatte die junge Frau, deren Abzeichen auf der Hemdbluse sie als Mitarbeiterin des ›Naturparks Schlern-Rosengarten‹ auswies, die Worte ausgesprochen, ertönte ein dumpfes Grollen. Das Holzrad begann sich zu drehen, Wassertropfen so groß wie Perlen stiegen in die Höhe. Obwohl Jenny den Vorgang aus respektvoller Entfernung beobachtete, musste sie einen

Schritt zurückweichen, um von der Gischt nicht durchnässt zu werden.

Lenz legte ihr den Arm um die Schultern. »Gehen wir hinein. Schauen wir beim Holzschnitt zu.« Er erklomm die Treppen, die zum oberen Stock des Gebäudes führten, in dem sich die Sägevorrichtung befand. Jenny folgte ihm.

Kurz bevor sie zur Bushaltestelle gekommen waren, hatten sie beschlossen, einen Abstecher zum Naturparkhaus zu machen. Es lag im Tierser Ortsteil Weißlahnbad. Dort hatte die Naturparkverwaltung ein ehemaliges Sägewerk mit dem Namen ›Steger Säge‹ zu einem Informationszentrum umfunktioniert. Das Haus bestand im unteren Teil aus Mauerwerk, der obere Bereich und das Dach waren aus Holz gezimmert. Drinnen informierten Schautafeln und Ausstellungsstücke über Flora, Fauna und die geologische Entwicklung der Dolomiten. Im daneben liegenden Wohnhaus erinnerten die ehemaligen Räumlichkeiten des Sägemeisters mit dem bauchigen Tirolerofen, der kargen Bettstatt und der offenen Feuerstelle an vergangene Zeiten, zu denen die Säge noch in vollem Betrieb gewesen war. Heute wurde die Konstruktion, die angeblich nach Plänen Leonardo da Vincis errichtet worden war, zu Vorführzwecken für die Besucher des Naturparks genutzt.

Die junge Angestellte hatte Jenny und Lenz, kaum dass sie den Schauraum betreten hatten, auf die heutige außertourliche Führung aufmerksam gemacht. »Normalerweise isch der Peter nur am Mittwoch da. Aber heute hat sich eine Gruppe angemeldet, da können Sie gerne teilnehmen, wenn Sie möchten.« Die Demonstration wäre gratis, hatte die Frau hinzugefügt.

Ob Peter der Sägemeister sei, hatte Jenny gefragt. »Den

gibt es hier nicht mehr. Normalerweise isch unser Chef von der Naturparkverwaltung für die Säge zuständig. Aber der hat wegen einer dringenden Sache zurück nach Bozen müssen. Gott sei Dank haben wir jemanden gefunden, der sich auskennt und ihn vertritt«, erklärte die Angestellte.

Jenny und Lenz einigten sich darauf, der Vorführung beizuwohnen. Die erste Station am Wasserrad, das vom Tschaminbach, der dem Tal den Namen gegeben hatte, gespeist wurde, lag hinter ihnen. Sie hatten den Schauraum mit der Sägevorrichtung erreicht. Der tiefe Klang des Rades wurde von einem rhythmischen Stampfen abgelöst, in das sich höhere, kreischende Töne mischten. Am Kopfende des niedrigen Raumes stand ein junger Mann mit schlanker, sportlicher Figur. Wie seine Kollegin trug auch er ein Hemd mit dem Abzeichen des Naturparks, das jedoch durch eine grüne Arbeitsschürze teilweise verdeckt war. Mit einem Stock betätigte er einen Hebel. Das Stampfen nahm an Geschwindigkeit zu – ebenso wie die Bewegung des Sägeblattes, das sich hob, senkte und zentimeterweise in einen Baumstamm fraß.

»Seht ihr die Vorrichtung hier?« Der Mann – Peter, wie Jenny schlussfolgerte – deutete auf den hölzernen Querbalken, der zwischen zwei Längsbalken aus demselben Material montiert war. Die Besucher, die sich dicht um die Konstruktion drängten, murmelten zustimmend. »Der Balken wird von einer Kurbelstange auf und ab bewegt, die vom Wasserrad unten angetrieben wird. Ein Vorschubmechanismus aktiviert den Sägeschlitten.« Peter deutete zu dem Karren, auf den die Stämme gespannt waren. »Er führt den Wagen zum Sägeblatt hin, mit jeder Abwärtsbewegung wird das Holz geschnitten. Wenn ich abschalte, wird der Schlitten wieder zurückgeschoben. Das geht leicht, weil der Boden hier abschüssig ist.« Peter ergriff einen Steinhammer und schlug damit einen Metallkeil in einen der Stämme. »Manchmal muss man ein bisschen nachhelfen, damit das Blatt sich nicht einklemmt«, erklärte er.

Das Stampfen brach ab, die Säge stoppte. Peter richtete sich auf. Jenny vermeinte an seinem Gesichtausdruck zu erkennen, dass dieser Teil nicht zur Vorführung gehörte. »Ich bin gleich wieder da«, murmelte er. Eilig verließ er den Raum und ging die Stufen hinunter. Einige der Zuschauer blieben, wo sie waren, andere folgten ihm. Jürgen, Anja und Vivian aus Bielefeld, die ebenfalls an der Führung teilnahmen, taten es den Neugierigen unter den Besuchern gleich. Jenny und Lenz schlossen sich dieser Gruppe an.

Unten kam ihnen die Angestellte entgegen. Wortlos deutete sie in das Becken. Das Rad hatte aufgehört, sich zu drehen. Aus ihrer Perspektive konnte Jenny gut erkennen, woran es lag: Ein Wanderstiefel hatte sich in einer der Speichen des Rades verkeilt.

»Sakra, wo kimp denn der her?«, verfiel Peter, der sich bisher des Hochdeutschen bedient hatte, in kerniges Tirolerisch. Jenny fragte sich ebenfalls, wie der Schuh in das Becken geraten war. Sie erinnerte sich daran, was die junge Frau ihnen zuvor erklärt hatte: Es gab zwei Vorkehrungen, um die Säge zu schützen. Die erste war ein Schacht, der dazu diente, mitgeschwemmte Steine abzufangen. Bei der zweiten handelte es sich um eine Holzkiste, in der der Sand zurückgehalten wurde, sodass nur noch reines Wasser zum Rad gelangen konnte. Der Schuh hätte demnach durch eine der beiden Sicherheitseinrichtungen abgefangen werden müssen.

»Holen wir ihn heraus, den Missetäter.« Peter war in das Becken geklettert und watete im knietiefen Wasser zum

Rad. Während er sich mit der linken Hand dagegenstemmte, umfasste er mit der rechten den Wanderstiefel an dessen Schaft. Mit einem Ruck gelang es ihm, den Schuh herauszuziehen. Triumphierend hob er ihn in die Höhe und kehrte damit zurück zum Ufer.

Jenny vermeinte, ein Déjà-vu zu haben. Sie hatte den Schuh erst vor Kurzem gesehen, nämlich am Fuß des Mannes, der mit dem voll beladenen Tablett aus der Rosengartenhütte gekommen war. Mit ausgestrecktem Arm zeigte sie auf das triefend nasse Exemplar in Peters Hand und teilte Lenz ihre Beobachtung mit.

»Musst du dich irren, tragen viele hier solche Schuhe«, antwortete er.

Sie war anderer Meinung. Es mochte sein, konzedierte sie ihrem Begleiter, dass es sich bei dem Modell um die gängige Fußbekleidung von Einheimischen und wohl auch vieler Touristen handelte. Das Fundstück wies allerdings ein Merkmal auf, das sie bisher nur einmal gesehen hatte. An der Außenseite war ein Schriftzug eingestickt, der genauso aussah wie jener an den Schuhen des Mannes auf der Rosengartenhütte und genauso lautete wie der Name der Holzpuppe, die Jenny heute fotografiert hatte: König Laurin.

»Seltsam, meinst du nicht?«, fragte sie Lenz. Er zuckte mit den Schultern. »Wenn es derselbe Schuh ist, gehört er Florian Saltner, dem Hüttenwirt. Sind wir ihm oben begegnet.«

Jenny erinnerte sich, dass Lenz den Mann gegrüßt, der ihm aber nicht gedankt hatte. Ihr fiel ein, dass sie vorgehabt hatte, nach dem Grund dafür zu fragen. Im Augenblick hielt sie dies jedoch nicht für wichtig.

»Suchen wir den zweiten Schuh.« Lenz nahm sie an der Hand und führte sie bachaufwärts. Die Vegetation wurde dichter, das Ufer und der parallel dazu ansteigende Hang waren mit hohen Laub- und Nadelbäumen bewachsen. Jenny und Lenz gelangten an eine Quelle, die in den Tschaminbach mündete. Ein Steg führte über den Wasserlauf. Jenny machte ein paar Schritte darauf zu, zögerte aber die Holzbrücke zu betreten. Sie wirkte baufällig.

In dem Moment sah sie das Pendant zu jenem Wanderstiefel, der die Säge blockiert hatte. Jenny trat näher und blieb abrupt stehen. Der Schuh gehörte zu einem Mann, der auf dem Boden lag. An seiner Schläfe befand sich getrocknetes Blut, die Augen starrten blicklos in den Himmel.

VIER

Im Gartencafé der Bar Flora am Ortseingang von Völs stach Aldo Klotz mit der Kuchengabel in seine Erdbeerroulade. Er führte den großzügig bemessenen Bissen zum Mund und spürte förmlich, wie sich die Geschmacksknospen auf seiner Zunge öffneten, um dem Gemisch aus flaumigem Biskuit, Oberscreme und Früchten gebührende Referenz zu erweisen. Nachdem er die köstliche Mischkulanz hinuntergeschluckt hatte, nahm er den Löffel zur Hand, um von der Kugel Pistazieneis zu probieren, die sich ebenfalls auf dem Teller befand. Auch diese Speise mundete hervorragend.

Der Kommissar aus Meran beglückwünschte sich zu seiner Wahl. Er hatte gut daran getan, seinen Urlaub nicht an einem überfüllten Badestrand in sengender Hitze zu verbringen, sondern hier heroben auf nahezu 1.000 Meter Seehöhe, wo selbst an heißen Tagen ein frisches Lüftchen wehte. Dass er dieses Café mit seinen delikaten Süßspeisen entdeckt hatte, bildete einen weiteren Vorzug seines Aufenthaltes in der idyllischen Ortschaft am Fuße des Schlerns.

Vor wenigen Tagen war er angereist und hatte in seiner Pension etwas außerhalb des Zentrums Quartier bezogen. Das Haus war einfach, aber sauber, gemütlich und mit einer schmackhaften Küche gesegnet, in deren Genuss er jeweils beim Frühstück und beim Abendessen kam. Zwischendurch labte er sich an einer Brettljause auf einer der Almhütten, die er täglich erstieg, und – wie gerade eben – bei Kaffee, Kuchen und Eis in der Bar Flora.

Er hatte es aufgegeben, auf seine Linie zu achten. »Ein leerer Sack steht nicht«, pflegte seine Mutter zu sagen. Die musste es wissen, lebte sie doch seit vielen Jahren glücklich mit seinem Vater zusammen, der wie Aldo Klotz eher schwergewichtig war. Solange er sich fit fühlte und stundenlange Wanderungen, so wie er sie heute unternommen hatte, bewältigen konnte, sprach nichts gegen ein paar Kilo zu viel – selbst wenn es sich um mehr als ein paar Kilo handelte.

Die Frauen störten sich ebenfalls nicht daran. Seit seiner Scheidung mangelte es ihm nicht an Gelegenheiten, von denen er die eine oder andere ergriff. Etwas Ernstes war bisher allerdings nicht dabei gewesen.

Aldo Klotz seufzte. Das war das Problem an seinem Beruf. Die unregelmäßigen Arbeitszeiten und die vielen Überstunden machten es schwierig, eine Beziehung zu führen. Seine Ehe war daran gescheitert. Das Junggesellen-Dasein hatte jedoch durchaus seine guten Seiten. So konnte er beispielsweise seine Ferien verbringen, wo und wann es ihm behagte, ohne einen Kompromiss eingehen zu müssen. Wer wusste schon, ob sich nicht vielleicht ein netter Urlaubsflirt ergab?

Die junge Kellnerin fiel ihm ein, mit der er gestern bei seinem Ausflug auf die Rosengartenhütte ins Gespräch gekommen war. Sie arbeitete dort als Serviererin und stammte aus Ungarn, wie sie ihm erzählt hatte. Ilona hieß sie und war eine ausgesprochen aparte Person. Temperament besaß sie ebenfalls. Das war ihm aufgefallen, als ein angetrunkener Gast ihr an den Busen gefasst und eine anzügliche Bemerkung gemacht hatte. Ilona hatte kurzentschlossen den Bierkrug über dem Kopf des Zudringlichen ausgegossen.

Recht hatte sie gehabt, fand Klotz. So plump konnte man den Frauen nicht kommen. Er wusste das aus Erfahrung – nicht nur in privater, auch in beruflicher Hinsicht. Denn er hatte eine Frau zur Chefin, Vizequästorin Franca Bertagnoll. Im Umgang mit ihr war Diplomatie gefragt, wenn er diese auch, wie er zugeben musste, meist missen ließ. Er hatte seine Ansichten und Methoden, die mit ihren selten kompatibel waren. Klotz verscheuchte den Gedanken an seine Vorgesetzte. Während des Urlaubs wollte er sich nicht mit dienstlichen Angelegenheiten befassen. Er spießte ein weiteres Stück seiner Erdbeerroulade auf und tunkte es in das Pistazieneis.

Sein Handy läutete. Ohne die Anzeige auf dem Display zu beachten, nahm er das Gespräch entgegen, während er die Gabel zum Mund führte. »Ja bitte«, meldete er sich.

»Pronto«, kam es vom anderen Ende der Leitung.

Er ließ die Gabel sinken. Die Stimme gehörte Franca Bertagnoll. In knappen Worten erläuterte ihm seine Chefin den Grund ihres Anrufs: Der neue Quästor aus Bozen war zum Antrittsbesuch im Meraner Rathaus gewesen. Franca Bertagnoll hatte daran teilgenommen und ihn ins Kommissariat am Kornplatz eingeladen. Während des Besuchs erhielt er die Nachricht, dass aus der Rosengartengemeinde Tiers ein Leichenfund gemeldet worden war – es bestand dringender Verdacht auf ein Gewaltverbrechen. Da der Abteilungsleiter der Mordkommission im Urlaub weilte und sein Stellverteter in einer Ermittlung steckte, bat man den Quästor um Direktiven für die weitere Vorgehensweise. Er hatte die Augen verdreht und Bertagnoll über den Inhalt des Anrufes informiert. Beiläufig erwähnte sie, dass einer ihrer Kommissare in der Gegend seine Ferien verbrachte. Der Quästor hatte die Gelegenheit ergriffen und gefragt, ob nicht jener Beamte, der sich bereits in unmittelbarer Nähe des Tatortes befand, die Ermittlungen leiten könne.

»Sie verstehen, dass ich ihm diesen Gefallen tun musste. Machen Sie sich gleich an die Arbeit. Die Spurensicherung ist schon unterwegs. Der Quästor wird dafür sorgen, dass morgen weitere Beamte aus Bozen eintreffen, die Ihnen zugeteilt sind«, sagte Bertagnoll in einem Ton, der keine Widerrede duldete. Etwas sanfter fügte sie hinzu: »Ich bitte Sie, Ihren Urlaub zu unterbrechen und den Fall zu übernehmen.«

Der Bitte konnte Klotz sich nicht entziehen. Er kannte seine Vorgesetzte gut genug, um zu wissen, dass, sollte er sich weigern, eine dienstliche Anweisung folgen würde. »In Ordnung«, brummte er.

Nachdem er sein Mobiltelefon verstaut hatte, blickte er auf seinen Teller. Das Eis war mittlerweile geschmolzen. Er nahm den Löffel und führte die Pistaziensoße zum Mund. Dabei troff etwas davon auf sein T-Shirt und hinterließ einen grünlichen Klecks. Dieses Malheur war jedoch nichts im Vergleich zu dem bitteren Nachgeschmack, den das Telefonat mit Bertagnoll hinterlassen hatte. Klotz war sich im Klaren darüber, dass es mit dem Urlaub bis auf Weiteres vorbei war.

*

Bis Mitte der 70er-Jahre war das Anwesen, das sich auf einem der grasbewachsenen Hänge oberhalb des Völser Ortskerns befand, ein Bauernhof gewesen. Nachdem sich immer mehr Touristen in der Gegend eingefunden hatten und sich abzeichnete, dass das Vermieten von Gästebetten ein einträglicheres Geschäft darstellte als das Melken von Kühen, waren Johanna Schnabls Eltern den Zeichen der Zeit gefolgt. Sie hatten den Stall abgerissen, auf dem Grundstück eine Liegewiese samt Swimmingpool errichtet und das Wohngebäude zu einer Frühstückspension umfunktioniert. Der Sohn hätte alles übernehmen sollen. Doch dem war der Sinn nach anderem gestanden, nämlich nach einer Tierarztpraxis. Seine Schwester Johanna war in die Bresche gesprungen und hatte die ein wenig schlichte Pension zu einem komfortablen Gästehaus umgestaltet, das sich immerhin dreier Sonnen im offiziellen Ferienkatalog der Gemeinde rühmen durfte.

Dank Johannas Bemühungen war die ›Residenz Schnabl‹, so der Name der Unterkunft, das ganze Jahr über gut gebucht. Lenz Hofer hatte daher nicht zu hoffen gewagt, für sich und Jenny kurzfristig ein freies Zimmer zu ergattern. Er hatte seine Nenntante – Johanna war eine entfernte Verwandte, bei der er in seiner Kindheit und Jugend oft die Ferien verbracht hatte – lediglich angerufen, um sie um Hilfe bei der Quartiersuche zu bitten. Was er zu dem Zeitpunkt nicht wusste: Für besondere Gäste, zu denen sie ihn offenbar zählte, hielt sie immer ein Zimmerchen frei.

Er informierte Jenny über diese glückliche Fügung. Sie reagierte zunächst skeptisch: »Das klingt nach Urlaub auf dem Bauernhof«, wandte sie naserümpfend ein. Nachdem sie sich über die Preis- und Buchungslage in dem beliebten Feriengebiet informiert hatte, stimmte sie jedoch zu. Der Anblick des Hauses mit seiner weiß gekalkten Fassade, den mit Blumenkästen geschmückten Holzbalkonen und dem liebevoll gepflegten Rosengarten zerstreute, wie Lenz es erhofft hatte, die anfänglichen Bedenken seiner Freundin.

Das Zimmer selbst mit seiner geschmackvollen Einrichtung und dem romantischen Himmelbett hatte sie entzückt. Zudem verfügte es über einen Balkon, der einen grandiosen Ausblick auf das Schlernmassiv bot. Bisher hatten sie allerdings keine Gelegenheit gehabt, die *enrosadira*, das Alpenglühen, zu erleben.

Während Lenz mit Jenny die schmale Straße entlang ging, die von der Busstation zu Johannas Gästehaus führte, stand ihm allerdings nicht der Sinn nach Romantik. Sie waren buchstäblich über eine Leiche gestolpert. Er war unmittelbar hinter seiner Begleiterin gegangen, als diese plötzlich stehen geblieben war und einen kurzen, erschreckten Laut von sich gegeben hatte. Lenz hatte die Ursache rasch ausgemacht und sich über den im Gras liegenden Mann gebeugt. Am starren Blick erkannte er, dass dieser tot war.

»Meinst du, wir sollten ihm den Puls fühlen?«, fragte Jenny. An ihrer zittrigen Stimme erkannte er, dass sie davor zurückschreckte. Er hielt dies nicht für erforderlich. Stattdessen wählte er die 118 für den Notruf und meldete den Fund des Toten. Bald darauf waren zwei Männer erschienen, die Lenz an ihren dunkelblauen Hosen mit den roten Seitenstreifen und der stilisierten Granate auf den Dienstmützen als Carabinieri erkannte. Nachdem sie sich davon überzeugt hatten, dass der im Gras Liegende tatsächlich nicht mehr am Leben war, sprach einer von ihnen in sein Funkgerät. Der andere befragte Jenny und Lenz. Wie sie den Mann gefunden hätten, wollte er wissen. Jenny erzählte ihm von dem Wanderschuh, der das Rad der Säge blockiert hatte.

»Und dann sind Sie spazieren gegangen und ganz zufällig auf den Toten gestoßen?«, fragte der Carabiniere mit starkem italienischem Akzent.

»Meine Freundin hat gesehen, dass der Schuh die gleiche Aufschrift trug wie der von Florian Saltner, dem Hüttenwirt auf der Rosengartenhütte. Ich habe mich gewundert, wie er hierhergekommen ist, den Schuh meine ich. Da habe ich mir gedacht, dass ihm vielleicht etwas zugestoßen ist, also dem Florian, und wollte nachsehen.«

Der Beamte blickte ihn misstrauisch an. Lenz war sich darüber im Klaren, wie holprig seine Erklärung geklungen hatte. Er konnte selbst nicht sagen, was genau ihn dazu bewogen hatte, nachzusehen. Es war einfach eine Ahnung gewesen, dass etwas passiert sein könnte – was sich bewahrheitet hatte.

Während der Befragung trafen weitere Fahrzeuge ein. Einem entstieg – wie die Gerätschaften, die er mit sich führte, vermuten ließen – ein Arzt, einem zweiten Wagen Beamte der Spurensicherung, die sich in Ganzkörperanzüge hüllten.

»Wurde der Mann ermordet?«, fragte Jenny den Carabiniere rundheraus.

Der blockte ab: »Das kann ich Ihnen nicht sagen.«

Sie gaben dem Beamten ihre Personalien. »Der tut ja gerade so, als ob *wir* verdächtig wären«, zischte Jenny Lenz zu.

»Ist das wohl üblich, schließlich sind wir Zeugen«, beschwichtigte er sie.

Während der Busfahrt zurück nach Völs hatte Jenny vor sich hin gestarrt und geschwiegen. Nur einmal sagte sie: »Schon wieder eine Leiche« und spielte damit auf ihren letzten Kriminalfall an, in den sie verwickelt gewesen waren. Lenz hatte sie an sich gezogen und ihr einen Kuss aufs Haar gedrückt. »Davon lassen wir uns den Aufenthalt hier nicht verderben«, hatte er gemurmelt und insgeheim gehofft, dass ihnen dies gelingen würde.

Sie näherten sich dem Haus der Tante, die ihnen auf dem Gartenweg entgegenkam. Mit ihrer zur Rundlichkeit neigenden Figur strahlte sie Gemütlichkeit aus, das hübsche, ein wenig koboldhafte Gesicht wirkte wach und intelligent.

Am eindrucksvollsten war der stets wissende Ausdruck in ihren blauen Augen, mit denen sie den Menschen in die Seele zu blicken schien.

»Kemps einer, megs wos zum Essen?«, begrüßte sie Jenny und Lenz mit der ihnen schon vertraut gewordenen Floskel, die nicht unbedingt einer Antwort bedurfte. Heute war Lenz erleichtert zu hören, dass Jenny umgehend zustimmte. Auch er war hungrig und brannte zudem darauf, seiner Tante zu erzählen, was passiert war. Er wusste, dass sie der Vorfall interessieren würde.

Sie betraten das Haus. Mit den Worten »Die letzschte Kua mocht des Gatter zua« schloss Johanna die Tür und demonstrierte damit einmal mehr ihre Angewohnheit, alles mit einem Spruch zu kommentieren.

In der Bauernstube setzten sie sich an den schweren Holztisch, den eine Tischdecke aus grobem Leinen zierte. Darauf befand sich eine dampfende Terrine. Nachdem die Tante Suppe in Teller geschöpft und diese vor Jenny und Lenz hingestellt hatte, nahm sie ebenfalls Platz. Anstatt sich selbst zu bedienen, stützte sie die Ellenbogen auf und legte das Kinn hinein. »Jetzt derzehlt, wos passiert isch«, forderte sie ihre Gäste auf. Ehe Lenz antworten konnte, redete sie weiter: »I woaß schon, dass es an Toten gfundn hobs.«

Lenz war sprachlos. Er wusste zwar, dass auf dem Land nichts lange geheim blieb. Dass Nachrichten sich allerdings so rasch verbreiteten, war ihm neu.

»Brauchts euch nix denken. Es hobs beim Notruf ungruofn und i hon meine Verbindungen«, sagte Johanna geheimnistuerisch. »Obr wos mi interessieren tat«, sie beugte sich ein wenig über den Tisch, »wer isch dar Tote?«

Lenz wurde sich auf einmal bewusst, dass Jenny und er bisher kein Wort über die Identität der Leiche gewechselt hatten. Dass es sich nicht um den Wirt der Rosengartenhütte gehandelt hatte, war für sie beide offensichtlich gewesen. Im Gegensatz zu Jenny kannte er den Mann, den sie am Ufer des Tschaminbaches gefunden hatten.

»Es war Konrad Saltner«, sagte Lenz.

Die Reaktion von Johanna hätte nicht eigentümlicher sein können. Sie wandte sich zum Hergottswinkel um, schlug ein Kreuz und stieß hervor: »Allmächtiger, beschütze uns. Zerscht die Braut, jetzt dar Vottr.«

An Jennys hochgezogenen Augenbrauen erkannte Lenz, dass sie von ihm eine Erklärung für Johannas Ausspruch erwartete. Die musste er ihr schuldig bleiben. Er hatte keine Ahnung, was seine Tante gemeint hatte.

*

Vor der Rosengartenhütte räumte Ilona die Tische ab. Die letzten Gäste waren gegangen. Sie blickte hoch. Vor ihr erhob sich die Laurinswand, die im Abendrot erglühte. Das kühle Blau, das den Felsen während des Tages überzog, war einem warmen Schimmer gewichen.

Ilona genoss das Naturschauspiel. Obwohl sie es seit ihrer Ankunft bereits oft erlebt hatte, konnte sie sich nicht daran sattsehen. Auch diesmal hielt sie in ihrer Tätigkeit inne und gab sich ganz dem Anblick hin. Sie hatte nicht geglaubt, dass es jemals etwas geben könnte, das der Faszination, die die Weite der Puszta auf sie ausgeübt hatte, gleichkäme. Und doch war es so. Hier in den Tiroler Bergen hatte sie das wiedergefunden, was sie in ihrer Kindheit und Jugend auf einem Gestüt in der südungarischen Nationalparkregion um Bugac kennen und lieben gelernt hatte: einen Flecken nahezu unberührter Natur.

Beim Gedanken an ihre Heimat überkam Ilona Wehmut. Rasch verdrängte sie das Gefühl. Dennoch konnte sie nicht verhindern, dass Bilder jenes Gutes vor ihrem inneren Auge auftauchten, auf dem ihr Vater Verwalter gewesen war. Sie hatte dort viele Freiheiten genossen und war oft ausgeritten. Von klein auf saß sie auf Ponys, bevor sie sich auf den Rücken größerer Tiere wagte. Der Gutsherr erkannte ihre Begeisterung und bot ihr eine Lehrstelle als Pferdepflegerin an. Ilona ging von der Schule ab und verbrachte ihre Zeit in den Ställen und in der freien Natur.

Der Sohn des Gutsbesitzers verliebte sich in sie. Ilona schenkte ihm zunächst keine Beachtung, sie hatte nur Augen für die Pferde. Im Alter von 18 Jahren fand sie, dass es an der Zeit war, andere Facetten des Lebens kennenzulernen. Der junge András – so der Name des Sohnes – schien ihr der geeignete Kandidat dazu.

Für Ilona war es eine Affäre. Ihr Liebhaber sah dies anders und wollte sie heiraten. Doch er hatte nicht mit dem Widerstand seines Vaters gerechnet. Dieser entstammte einem ehemaligen Adelsgeschlecht und hatte die Standesdünkel seiner Vorfahren – ungeachtet des politischen Wandels, den das Land vollzogen hatte – beibehalten. Ilona anzustellen, war für den Gutsherren eine Entscheidung gewesen, die er ihrer Fähigkeiten wegen für opportun gehalten hatte. Zur Schwiegertochter wollte er das Kind seines Verwalters aber nicht.

Gegen den Willen des Sohnes mussten Ilona und ihre Familie das Gestüt verlassen. Ihrem Vater gelang es, in einer landwirtschaftlichen Genossenschaft Anstellung zu finden. An Ilonas Diensten war man dort nicht interessiert. Sie nahm einen Job als Servierhilfe in einem Hotel am Plattensee an. Da sie über keine besondere Ausbildung verfügte, schien ihr diese Beschäftigung am geeignetsten, sich so lange über Wasser zu halten, bis sich etwas Besseres fand.

Ein Kollege erzählte ihr von der Stelle in einem vornehmen Kurhotel in Meran. Er selbst war bereits genommen worden. Sie suchten noch eine Kraft im Housekeeping. Ilona bewarb sich.

Die Arbeit im Kurhotel war anstrengend, schlecht bezahlt und es gab kaum Trinkgeld. Doch Ilona beschwerte sich nicht. Sie war sicher, dass sich für sie bald eine bessere Gelegenheit eröffnen würde. Die kam in Gestalt eines russischen Kurgastes, der Gefallen an ihr fand. Sie wusste, dass er verheiratet war. Er köderte sie, indem er ihr in Aussicht stellte, dass er demnächst ein eigenes Hotel in Meran eröffnen und sie zur Direktrice machen würde.

Ilona war nicht naiv. Hätte er ihr die Heirat versprochen, sie hätte ihm nicht geglaubt. Der Zusage, ihr eine bessere Position zu verschaffen, vertraute sie. Sie begann ein Verhältnis mit ihm. Seine Frau erfuhr es und machte dem ein Ende. Auf ihr Betreiben hin hatte die Hotelleitung Ilona gekündigt. Ihr Versuch, mit ihrem Liebhaber Kontakt aufzunehmen, war gescheitert. Er war abgereist, ohne noch einmal mit ihr zu sprechen.

Ilona tunkte den Lappen in das Spülwasser. Mit kraftvollen Bewegungen säuberte sie den Tisch und betrachtete dabei ihre Hände. Von der Arbeit auf der Hütte waren sie rau geworden. Im Gegensatz zu Meran, wo sie stets Gummihandschuhe übergestülpt hatte, verzichtete sie hier darauf. Beim Servieren konnte sie sie ohnehin nicht tragen. Beim Saubermachen danach waren sie ihr bald zu unpraktisch geworden. Außerdem hatte sie sich vor ihrem Chef geniert, der jede auch noch so grobe Tätigkeit verrichtete, und nur selten Arbeitshandschuhe anzog. Er sollte sehen, dass sie zupacken konnte und keine verwöhnte Stadtpflanze war.

Beim Gedanken an Florian spürte sie ein Ziehen in der Magengrube. Es war das erste Mal, dass sie sich in einen Mann verliebt hatte. Wenn es nach ihr ging, sollte es auch das letzte Mal sein. Erneut würde sie sich nicht vertreiben lassen. Hier heroben auf der Rosengartenhütte war für sie das Paradies und die Beziehung zu Florian das Beste, was ihr je passiert war. Weder das eine noch das andere würde sie freiwillig wieder hergeben.

Motorengeräusch durchbrach die Stille. Ilona ließ den Lappen liegen, wischte sich die Hände an der Lederhose ab und ging zum Gatter, wo sie ein Polizeifahrzeug halten sah. Zwei Männer entstiegen ihm und kamen auf sie zu. Einer, der größere und schlankere der beiden, war Carabiniere. Der andere, der korpulentere, trug Freizeitkleidung. Sie erinnerte sich daran, dass er am Vortag Gast auf der Rosengartenhütte gewesen war.

»So ein Zufall. Das hätt' ich mir nicht gedacht, dass wir uns so schnell wiedersehen«, sagte er leutselig zu Ilona. Gleich darauf änderte er seinen Tonfall. »Kriminalpolizei. Ist der Herr Saltner da?«

Ilona fand es seltsam, dass der Beamte keinen Dienstausweis vorzeigte. Offenbar war er der Meinung, dass die Begleitung des Uniformierten Legitimation genug sei. Sie bat die Männer zu warten, um Florian zu holen.

»Aldo Klotz«, stellte der Dicke sich nun vor. »Herr Saltner, wir müssen Sie unter vier Augen sprechen.«

Florian nickte. Er ging zur Hütte, die Polizisten folgten. Nachdem sie im Inneren verschwunden waren, lud Ilona das restliche Geschirr, das die Gäste hinterlassen hatten, auf ein Tablett und stellte es auf den Holztisch vor der Almwirtschaft. Sie setzte sich auf die Bank und schloss die Augen. Ein warmer Lufthauch wehte über ihr Gesicht. Durch das geöffnete Fenster hörte sie Stimmen.

»… wurde heute Nachmittag von Wanderern am Tschaminbach gefunden«, sagte einer der Männer. An der südtirolerischen Färbung der Aussprache konnte Ilona den Kommissar ausmachen. Der Carabiniere war, wie sie wusste, Italiener und hatte einen gänzlich anderen Akzent.

»Wir gehen davon aus, dass es sich um ein Gewaltverbrechen handelt. Mehr wissen wir nach der Autopsie«, fuhr Klotz fort.

Ilona hielt den Atem an. Trotz der milden Temperatur fröstelte es sie mit einem Mal. Sie stand auf, um ins Haus zu gehen. Wieder vernahm sie die Stimme des Kommissars: »Eine Frage habe ich, Herr Saltner. Wo waren Sie heute Nachmittag?«

Ilona betrat die Gaststube. Florian saß vornübergebeugt am Tisch, die Stirn hatte er in die Hände gestützt. Ilona machte einen Schritt auf die Gruppe zu und blieb stehen. Florian hob den Blick, die beiden Beamten wandten sich ihr zu.

»Er war hier. Hier heroben auf der Hütte«, sagte sie.

Mit einem Ausdruck, in dem Schmerz und Erstaunen sich gleichermaßen widerspiegelten, sah Florian sie an.

FÜNF

Die Morgensonne, die durch die Vorhänge ins Zimmer schien, weckte Jenny. Ein Blick auf ihr Smartphone am Nachtkästchen zeigte ihr, dass es sechs Uhr war. Zu früh, um aufzustehen. Sie hatten gestern Abend lange mit Johanna über den Vorfall an der Säge gesprochen. Der Lebensgefährte ihrer Gastgeberin war zu ihnen gestoßen. Er hieß Paul Traminer. Jenny musste anfangs schmunzeln, denn Paul hieß genauso wie die nach der Südtiroler Ortschaft Tramin benannte Weinsorte, deren Saft sie tranken. Jenny hatte allerdings nicht den Eindruck gewonnen, dass er ebenso angenehm zu genießen war. Johanna hatte ihn als »temperamentvoll« beschrieben. Gestern Abend hatte Jenny erfahren, was damit gemeint war: Paul Traminer neigte zu Wutausbrüchen.

Kaum dass Lenz' Tante sich bekreuzigt und ihren seltsamen Ausspruch getan hatte, war die Türe aufgeflogen und ein Mann mit Vollbart hereingestürmt.

»In oltn Saltner hots darwischt. Des isch die gerechte Strof«, polterte er los.

»Versündig di net vorn Herrgott und vor unsere Gäscht«, gebot Johanna ihm Einhalt.

Traminer sah mit wild flackernden Augen um sich und stutzte. Ihm schien bewusst zu werden, dass außer seiner Partnerin noch weitere Personen im Raum waren.

»Des isch der Lenz Hofer und seine Freundin, die Frau Dr. Sommer. I hon dir derzehlt, dass sie kemmen. Er isch dar Sohn von der Trudi aus Bozen, du woasch eh«, sprach Johanna besänftigend auf ihn ein.

Ihr Lebensgefährte machte nicht den Eindruck, als wüsste er tatsächlich, wovon sie sprach. Unverwandt starrte er Jenny und Lenz an. Beide erhoben sich in stummem Einvernehmen und machten Anstalten, zu gehen. Johanna hinderte sie daran: »Es bleibs schian do. Und du beruhigsch die und hocksch di her. De zwoa hom in Saltner gfundn.«

Traminer fiel die pelzige Kinnlade herunter. Schweigend gab er Jenny und Lenz die Hand und setzte sich an den Tisch. Johanna nahm einen weiteren Teller von der Anrichte, schöpfte Suppe hinein und stellte sie vor ihn. Er begann sofort zu essen und jedes Mal, wenn er hochblickte, fixierte er die Gäste. Die steile Falte zwischen seinen eng zusammenstehenden Augenbrauen vertiefte sich dabei zusehends.

»Was hat Ihnen der Herr Saltner denn getan, dass Sie ihm den Tod vergönnen?«, fragte Jenny in die Stille hinein.

Paul Traminer ließ den Löffel sinken und setzte zu einer Antwort an. Sein Blick verriet, dass er gleich wieder lospoltern würde. Johanna legte ihm die Hand auf den Arm. »Du ischt jetzt deine Suppe. Und ich erzähle unseren Gäschten die gonze Gschicht.«

Jenny hätte nicht gedacht, dass der aufgebrachte Mann der Aufforderung Folge leisten würde. Doch genau das tat er. Besänftigt widmete er sich dem vor ihm stehenden Gericht.

Währenddessen begann Johanna zu berichten: Angefangen hatte die Sache vor zehn Jahren. Damals hatte Josef Kirchler, ein Bankier aus Bozen und Gatte einer in der Gegend mit »Schlossfräulein« titulierten Frau, die Krebsdiagnose erhalten. Er erfuhr, dass die Krankheit bereits in einem weit fortgeschrittenen Stadium war und er nur noch wenige Monate zu leben hatte. Die wollte er mit seiner Frau Lisi, so gut es ging, genießen, und dafür sorgen, dass es ihr nach seinem Tod zumindest finanziell an nichts fehlen würde. Sie würde die Lebensversicherung bekommen, Wertpapiere und die Witwenpension. Zu seinem Besitz gehörten zudem einige Liegenschaften. Da er Lisi nicht mit deren Verwaltung belasten wollte, beschloss er, sie zu verkaufen und einen Teil des Geldes für seine Frau sicher anzulegen. Der Rest sollte für Behandlungskosten, die bald auf ihn zukommen würden und von der Krankenversicherung nicht ausreichend abgedeckt waren, verwendet werden.

Er ordnete seine Angelegenheiten rasch, um, so lange er gesundheitlich dazu in der Lage war, mit Lisi eine letzte gemeinsame Reise zu machen. Binnen Kurzem hatte er seinen Immobilienbesitz veräußert. Übrig geblieben war nur mehr die Rosengartenhütte, eine Almhütte, die er mehr aus Sentimentalität denn aus Geschäftssinn erworben und verpachtet hatte.

»Ursprünglich hat er sie behalten wollen, es sich dann jedoch anders überlegt«, berichtete Johanna, die sich bemühte, Hochdeutsch zu sprechen, damit Jenny ihr folgen konnte. Das zeigte, wie ernst Johanna die Angelegenheit war, hatte sie doch bisher wenig Rücksicht auf Jennys Verständnisprobleme genommen.

Josef Kirchler wandte sich zunächst an den Pächter und bot ihm die Hütte zum Kauf an. Luis Bonell fehlten dazu die Mittel. Er betrieb einen kleinen Hof mit angeschlossenem Sägewerk in der Gemeinde Tiers. Beides genügte nicht, um die vielköpfige Familie ausreichend zu versorgen. Der Erlös aus der Bewirtschaftung der Almhütte war für die Bonells überlebensnotwendig geworden. Ersparnisse, um die Rosengartenhütte zu erwerben, besaß er nicht. Kirchler bot ihm einen günstigen Bankkredit an, doch Luis winkte ab. Er war nicht der Typ, ein – wenn auch überschaubares – Risiko einzugehen.

Ein anderer Tierser sprang in die Bresche: Konrad Saltner. Im Gegensatz zu Luis Bonell verfügte er über ausreichend Kapital. Seine Familie hatte über Generationen eine Käserei betrieben und es zu Wohlstand gebracht. Konrad, der Erbe, hatte den Betrieb stillgelegt, ihn abreißen lassen und an dessen Stelle ein Hotel errichtet. Dieses sowie zusätzlicher Grundbesitz, den er verpachtet hatte, sorgten für üppige Einkünfte. Saltner machte Kirchler ein großzügiges Angebot. Der zögerte, es anzunehmen. Ihm war bewusst, dass er Bonell damit um eine wichtige Einkommensquelle bringen würde. Saltner versicherte ihm, dass er den Pachtvertrag nach dessen Ablauf in wenigen Monaten zu denselben Konditionen wie bisher verlängern würde. Kirchler, dem die Zeit knapp wurde, gab sich damit zufrieden; der Handel wurde per Notariatsakt besiegelt.

»Alles ist geregelt. Wir können unsere Reise antreten«, berichtete er seiner Frau und schloss sie in die Arme. Die war jedoch nicht einverstanden. Was ihm eingefallen sei, die Hütte zu verkaufen, schalt sie ihn. Er müsse doch wissen, dass das für die Bonells eine empfindliche Einbuße bedeute. Josef beschwichtigte sie. Konrad Saltner habe ihm zugesagt, den Pachtvertrag zu verlängern.

»Hat er dir das schriftlich gegeben?«, fragte Lisi. Ihr Mann musste verneinen. Daraufhin beschwor sie ihn, dies nachzuholen. Konrad Saltner sei ein gieriger Mensch. Sobald Josef das Zeitliche gesegnet hätte, würde er sich nicht mehr an seine Zusage gebunden fühlen und Luis Bonell bei nächster Gelegenheit von der Hütte vertreiben. Dessen war Lisi sich gewiss.

Nachdenklich geworden, beschloss Josef Kirchler, die Angelegenheit vor seiner Abreise in Ordnung zu bringen. Er bewog Konrad Saltner dazu, mit ihm auf die Rosengartenhütte zu fahren. Dort gab der neue Eigentümer Luis Bonell das Versprechen, die Pacht für ihn auf Lebenszeit zu verlängern. Zusätzlich sollte sein ältester Sohn Peter das Eintrittsrecht erhalten.

»Es Bonells hobs die Hittn jetzt schon so long bewirtschaftet. Warum sollt i des auf oamol ändern?«, hatte Saltner gesagt und versprochen, ein entsprechendes Schriftstück aufzusetzen und beglaubigen zu lassen. »Damit olles seine Ordnung hat«, hatte er bekräftigt.

Johanna hielt in ihrem Bericht inne, um Paul Suppe nachzuschöpfen.

»Saltner hat das Versprechen nicht gehalten«, sagte Jenny in die Pause hinein.

»Natirlich net«, brauste Traminer auf. »Wie hot der Kirchler Josef a so bled sein kennen und dem Saltner Konrad glabn, dem Falottn!«

»Versündig di net gegen Tote«, gebot Johanna ihrem Freund Einhalt. Sie machte erneut das Kreuzzeichen und fuhr fort: »Es ist etwas Unvorhergesehenes passiert. Josef Kirchler ist an der Nordküste von Mallorca ins Meer hinausgeschwommen und nicht mehr zurückgekommen. Offiziell hat es geheißen, dass ihn die Strömung mitgerissen hat.«

Aus Johannas letzter Bemerkung schloss Jenny, dass der Verdacht bestand, Kirchler könnte sich das Leben genommen haben – was in Anbetracht dessen, was ihn erwartet hätte, nicht verwunderlich gewesen wäre. Sie hütete sich jedoch, diese Ansicht offen auszusprechen. Viele Südtiroler waren gläubige Menschen. Johanna war einer davon. Jenny wollte die religiösen Gefühle ihrer Gastgeberin nicht durch eine unbedachte Äußerung verletzen. Stattdessen lauschte sie gespannt der weiteren Erzählung.

Nachdem Josef Kirchler früher als erwartet verschieden war, trat ein, was seine Frau befürchtet hatte: Konrad Saltner dachte nicht daran, seine Zusage gegenüber Luis Bonell einzuhalten. Der Pächter musste, kaum dass die Vertragsfrist abgelaufen war, mit seiner Familie und dem Vieh, das er den Sommer über dort oben hielt, die Rosengartenhütte verlassen. Bonell strengte einen Prozess gegen Saltner an, den er verlor. Es gab keinen Beweis dafür, dass das Gespräch auf der Rosengartenhütte überhaupt stattgefunden und Saltner eine fixe Zusage gegeben hatte. Lisi berichtete, was ihr ihr Mann über das Abkommen erzählt hatte. Saltner bestritt dies vehement.

Luis' Sohn Peter trat in den Zeugenstand. Er bestätigte, dass ihn sein Vater unmittelbar nach dem Treffen über den genauen Inhalt der Vereinbarung informiert habe, und gab detailgetreu wieder, was ausgemacht worden war. Doch der gegnerische Anwalt erwirkte, dass Peters Aussage wegen Befangenheit aus dem Protokoll gestrichen wurde.

»Der Richter hat die Klage abgewiesen, der Luis ist auf den Prozesskosten sitzen geblieben und der Saltner schaltet und waltet seither auf der Rosengartenhütte, wie es ihm passt«, seufzte Johanna und erzählte weiter: Eine Zeit lang führte Saltner die Gastwirtschaft, indem er ausländisches Personal einstellte und es mehr oder minder sich selbst überließ. Das ging nicht gut, zumal die Einheimischen, empört über das ihrer Meinung nach ungerechte Verhalten gegenüber Bonell, die Hütte mieden. Die Touristen kamen zunächst weiterhin. Nachdem sich herumgesprochen hatte, dass die Qualität der angebotenen Speisen und der Service immer schlechter wurden, blieben auch die Feriengäste aus.

Saltner übergab den Betrieb der Hütte seinem Sohn Florian. Er hatte entgegen dem Wunsch seines Vaters, der ihn zu seinem Nachfolger im Hotel machen wollte, eine Landwirtschaftsschule besucht. Die dort erworbenen Fähigkeiten wollte er nutzen, um aus der Almhütte einen ökologischen Vorzeigebetrieb zu machen. Konrad Saltner hatte dies für Flausen gehalten, Florian jedoch ausnahmsweise einmal gewähren lassen und die Bürgschaft für den Kredit übernommen, den der Sohn für sein Vorhaben benötigte.

»Zem* konn er sich die Hörndln obstoßn«, verkündete er am Stammtisch.

Florian ergriff die Chance, die ihm sein Vater mit der Rosengartenhütte bot. Er brachte Ziegen hinauf und richtete – die Tradition seiner Vorfahren aufgreifend – eine Käserei ein, in der er die Milch seiner Tiere verarbeitete. Vom vorhandenen Personal behielt er nur eine Köchin und einen jungen Mann für die Bedienung der Gäste, die, nachdem bekannt wurde, dass auf der Rosengartenhütte ein neuer Wind wehte, wieder zahlreicher kamen. Viele schwärmten von dem köstlichen Almkäse und weiteren schmackhaften Produkten, die dort geboten wurden, was wiederum neue Kundschaft anlockte. Sie bestand jedoch ausschließlich aus Fremden. Die Einheimischen hatten Konrad Saltner das begangene Unrecht nicht verziehen. Der Bann, mit dem sie den Betrieb in schweigendem Einvernehmen belegt hatten, galt auch für den Sohn – ohne Rücksicht darauf, dass den keine Schuld traf. Er war zum Zeitpunkt der Ereignisse 18 Jahre alt und weit weg in einem Internat gewesen. Zudem hätte sein Einfluss auf den Vater

* dort

nie und nimmer dazu ausgereicht, ihn von dessen Vorhaben abzubringen.

»Der Konrad isch früh Witwer geworden und immer sehr streng mit seinem Buben gewesen. Er hat sich nie etwas von ihm sagen lassen, selbst wie der schon erwachsen war«, erläuterte Johanna. Florians Erfolg mit der Bewirtschaftung der Rosengartenhütte hatte Saltner senior schließlich Respekt abgenötigt.

»Dar Opfel follt holt decht net weit vom Stamm«, hatte er gesagt und für Florian zu dessen 25. Geburtstag ein Paar Wanderstiefel mit der Aufschrift ›König Laurin‹ anfertigen lassen.

»Wie der sei Gartl gehegt hot, so pflegt mei Bua di Hittn. Soll er damit glicklich wern, in Gotts Nom«, hatte er verkündet.

»Er war so begeistert von seiner Idee mit den Schuhen, dass er für sich selbst ein Paar mit der gleichen Inschrift hat anfertigen lassen«, berichtete Johanna.

»Obr jetzt isch er hin, und sein Sohn hot des Unglick schon vorher darwischt«, schaltete Traminer sich ein.

»Sei stat, des oane hot mitn ondrn nix ztian«, ermahnte Johanna ihn.

Jenny gewann den Eindruck, ihre Gastgeberin wolle verhindern, dass ihr Lebensgefährte zu viel ausplauderte. Dabei war sie es gewesen, die unmittelbar, nachdem sie von Saltners Tod erfahren hatte, eine äußerst rätselhafte Bemerkung gemacht hatte.

Ehe Jenny danach fragen konnte, kam Lenz ihr zuvor: »Welches Unglück?«

Johanna schlug die Augenlider nieder und schwieg. An ihrer Stelle ergriff Traminer das Wort: »Warum selln ses net wissen? Der Florian wor mit der schönschten jungen Frau der Gegend verlobt. Sie wor aus einer angesehen Familie und a sehr guate Partie. In Juni hett selln die Hochzeit sein.«

»Was ist passiert?«, fragten Jenny und Lenz gleichzeitig.

»Sie hat am Oswald-von-Wolkenstein-Ritt teilgenommen«, nahm Johanna den Faden auf. »Nach dem Turnier hat sie nach dem Pferd ihres Verlobten geschaut. Das ist rabiat geworden und hat sie niedergetrampelt. Auf dem Weg ins Krankenhaus ist sie gestorben.«

Die Tante zog ein Stofftaschentuch aus ihrem Ärmel und wischte sich über die Augen. Die Geste zeigte, dass ihr der Tod der jungen Frau noch immer nahe ging.

»Wir haben sie alle gut gekannt und gern gehabt. Wie wir erfahren haben, dass sie den Florian heiraten will, war es zunächst ein Schock für uns. Sein Vater war unbeliebt, der Sohn ein verschlossener Charakter, aus dem keiner richtig schlau wurde. Aber sie hat gesagt, dass er ein liebenswerter Mensch wäre, viel besser als der Alte, man müsste nur genau hinschauen.« Johanna schnäuzte sich. »Sie hat einen guten Einfluss auf ihn gehabt. Er ist aufgetaut, mehr unter die Leute gegangen. Seit ihrem Tod hat er sich ganz zurückgezogen. Er ist fast nur noch auf der Rosengartenhütte oben, die ist sein Ein und Alles.«

»Die wollt im dar Vottr jetzt wegnemmen. A Hotel wollt er hinstelln und die Privastrossn in an Autostrada verwondln, damit die Busse aui kemmen.«

Bevor Paul sich weiter in Rage reden konnte, erhob Johanna sich. »Geld regiert die Welt – und dar Teifl die Seel. Loss mirs guat sein.« Mit diesen Worten gab sie zu verstehen, dass das Beisammensein beendet war. Jenny und Lenz bedankten sich für das Essen und gingen auf ihr Zimmer.

»Warum hat Saltner Bonell die Hütte weggenommen, wo er doch ursprünglich gar nicht vorhatte, sie seinem Sohn zu übergeben?«, hatte Jenny Lenz gefragt.

Der hatte gegähnt und geantwortet: »Wie die Tante gesagt hat: Geld regiert die Welt.« Den Nachsatz vom Teufel hatte er weggelassen und sich an Jenny gekuschelt. Bald darauf war sie in seinen Armen eingeschlafen.

»Was heckst du gerade aus?«

Jenny zuckte zusammen. Während sie auf das Rosenmuster des Baldachinhimmels ihres Bettes gestarrt und den gestrigen Abend hatte Revue passieren lassen, musste Lenz erwacht sein und sie beobachtet haben. Sie beugte sich zu ihm, gab ihm einen Kuss und fragte: »Woher kennst du den Florian Saltner?«

»Ich habe ihn hin und wieder getroffen, wenn ich in den Ferien hier war. Wir haben ein paar Worte gewechselt, aber sehr gesprächig war er nie. Die meiste Zeit war er mit dem Peter Bonell zusammen. Aber bevor du mich über den ausfragst: Den habe ich nie gesehen. Ich weiß von der Tante, dass sie befreundet waren.«

Beim Namen Bonell war Jenny hellhörig geworden. »War das der Sohn von Luis Bonell?«

Lenz bejahte. Da er sich jedoch nicht weiter dazu äußerte, nahm Jenny an, dass er nicht wusste, wie es mit dem Verhältnis der Söhne weitergegangen war, nachdem die Bonells die Hütte hatten aufgeben müssen. Sie beschloss, Johanna danach zu fragen, wenn sich eine Gelegenheit ergab.

»Gestern hast du den Florian wiedererkannt«, schnitt Jenny einen weiteren Aspekt an, der ihr zu denken gab.

»Ist er ein bisschen stämmiger geworden. Hat er sich sonst nicht sehr verändert«, sagte Lenz.

»Aber du dich offenbar schon. Er hat dich nicht gegrüßt.«

Lenz zuckte die Schultern. »Glaub ich nicht, dass ich so anders aussehe als damals. Vielleicht hat er mich nicht gesehen.«

Jenny bezweifelte das. Der Wirt der Rosengartenhütte war direkt an ihnen beiden vorbeigegangen. Bevor sie ihre Meinung äußern konnte, beugte Lenz sich zu ihr. »Du hast einen Verdacht und willst ermitteln?«

Jenny fühlte sich ertappt. Insgeheim hatte sie tatsächlich überlegt, wer alles von Saltners Plänen mit der Rosengartenhütte gewusst haben konnte. Denn die schienen ihr ein plausibles Motiv für ein Gewaltverbrechen – falls es sich um ein solches handelte. Dass die Spurensicherung angerückt war, bildete ein Indiz dafür. Doch diesmal, schwor sie sich, würde sie sich nicht in die Ermittlungen einmischen.

»Nein«, antwortete sie auf Lenz' Frage. »Ich kenne die Leute nicht. Was passiert ist, macht mich betroffen. Aber es geht mich nichts an.«

SECHS

Lenz dachte an Jennys Worte, während er Aldo Klotz in Johannas Bauernstube gegenübersaß. Der Kommissar war kurz nach dem Frühstück eingetroffen und hatte ihn und Jenny zu sprechen gewünscht. Kaum dass sie seiner ansichtig geworden war, hatte sie die Augen verdreht und »Der hat mir gerade gefehlt« gemurmelt.

Lenz konnte es ihr nicht verdenken. Sie hatten Klotz während eines Symposiums über den Minnesänger Oswald von Wolkenstein in Meran kennengelernt und seither den ruppigen Kommissar nicht in guter Erinnerung behalten.

Er informierte sie darüber, dass er die Ermittlungen im Falle Konrad Saltners leitete, ließ allerdings offen, was ihn aus der Kurstadt hierher in die Dolomiten geführt hatte. Eines war Lenz beim Eintreffen des Kriminalbeamten klar geworden: Trotz Jennys Bekräftigung, sich diesmal herauszuhalten, würde ihnen dies nicht gelingen. Sie hatten den Toten gefunden und waren damit Zeugen. Nachdem Klotz zunächst Jenny befragt hatte, war Lenz an der Reihe.

»Frau Sommer gibt an, dass es Ihre Idee war, nach dem zweiten Schuh zu suchen«, eröffnete der Kommissar das Gespräch.

Lenz bejahte.

»Einfach so?«, hakte Klotz nach.

Lenz erinnerte sich daran, dass er den Grund bereits dem Carabiniere genannt hatte. Er wollte den Kommissar darauf hinweisen, besann sich aber. Vielleicht war es Teil der Polizeimethoden, Zeugen mehrfach zu befragen, um

Widersprüche aufzudecken. Er wiederholte, was er dem anderen Beamten erzählt hatte, und beschrieb, wie sie die Leiche gefunden hatten.

Ein Gedanke flackerte auf, dem er zu dem Zeitpunkt der ersten Einvernahme keine Bedeutung beigemessen hatte. Nach dem gestrigen Bericht seiner Tante erschien ihm dieses Detail in neuem Licht. Aus Sorge, der Kommissar könne seine Beobachtung für irrelevant halten, zögerte er, sie auszusprechen.

Andererseits, fiel ihm ein, baten nicht die Ermittler in den Fernsehkrimis stets die Zeugen, jede Kleinigkeit zu berichten, möge sie auch noch so belanglos erscheinen? Klotz hatte zwar nichts dergleichen gesagt. Nach einer Pause, während der er die Hände über dem Bauch verschränkt und Lenz fixiert hatte, fragte er allerdings: »Sonst noch etwas?«

Statt einer Antwort entschloss Lenz sich dazu, eine Gegenfrage zu stellen: »Kennen Sie die Sage von König Laurin?«

Klotz' Augenbrauen wanderten nach oben. »Jeder in Südtirol kennt sie«, antwortete er barsch.

»Dann wissen Sie, dass Laurin jedem, der es wagen sollte, in seinen Rosengarten einzudringen, strenge Sanktionen angedroht hat.«

Klotz' Gesichtsausdruck verfinsterte sich. Lenz ließ sich davon nicht beirren. »Den Rosengarten umspannt ein seidener Faden. Wer Laurin den zerreißt, überlässt ihm als Pfand, den rechten Fuß und die linke Hand«, zitierte er aus dem Stegreif.

»Herr Hofer, des isch a polizeiliche Einvernahme und koa germanistisches Seminar. Sie taten guat dron, wenn Sie des a bissl ernschter nemmerten«, verfiel der Kommissar in Dialekt. »Oder wollen Sie Ihre Aussage lieber auf der

Quästur in Bozen machen?«, befleißigte er sich wieder des Hochdeutschen.

»Entschuldigung, hab ich mich missverständlich ausgedrückt«, beschwichtigte Lenz. Er berichtete, was er gestern von seiner Tante erfahren hatte, nämlich dass Saltner die Rosengartenhütte abreißen und an deren Stelle ein Hotel hatte errichten wollen. »Das hätte einen massiven Eingriff in die Almlandschaft bedeutet. Viele Menschen sind inzwischen sehr sensibel, was solche Bauvorhaben betrifft.«

»Sie meinen, Saltners Vorhaben könnte ein Motiv für die Gewalttat gewesen sein?«

Lenz nickte.

»Wer käme Ihrer Meinung nach dafür infrage?« Klotz klang interessiert.

»Jeder, der von Saltners Plänen gewusst hat«, antwortete Lenz.

Klotz machte eine Notiz in sein Büchlein und stellte eine weitere Frage: »Was hat das mit dem Spruch zu tun, den Sie gerade zitiert haben? Meines Wissens fehlten der Leiche keine Gliedmaßen.«

Lenz zögerte erneut. Ihm wurde bewusst, dass seine flüchtige Assoziation, die er beim Anblick des Toten gehabt und die sich nach dem gestrigen Abend in seinem Gehirn verfestigt hatte, reichlich weit hergeholt klingen musste. Da er dem Kommissar die Antwort nicht schuldig bleiben konnte, erläuterte er: »Konrad Saltner hat der rechte Schuh gefehlt. Es handelte sich um den Wanderstiefel, der bei der Säge gefunden wurde. Vielleicht wollte jemand ein Exempel statuieren …«

»Und hat dem Toten den Schuh ausgezogen und ihn an einem Ort deponiert, wo er gefunden werden musste«, beendete Klotz den Satz.

»So könnte es gewesen sein. Frag ich mich allerdings, wie der Stiefel ins Wasserrad bei der Säge gelangt ist. Da müsste ihn jemand ins Becken geworfen haben …«

»Herr Hofer«, Klotz hatte einen väterlichen Ton angeschlagen, »Sie merken selbst, dass Ihre Theorie weder Hand noch Fuß hat.« Er grinste über sein eigenes Wortspiel, bevor er wieder eine ernste Miene aufsetzte. »Ich will gar nicht abstreiten, dass Sie und die Frau Sommer bei dem Fall in Meran mit Ihren Vermutungen recht gehabt haben – teilweise zumindest«, meinte er gönnerhaft. »Aber hier heroben in den Bergen haben die Leute etwas anderes im Kopf als Ihre Minnesänger.«

Lenz wollte ihn darauf aufmerksam machen, dass es sich beim Laurin-Stoff nicht um Minnesang, sondern um ein Heldenepos handelte. Zudem ging es nicht um germanistisches Insiderwissen, sondern um eine Sage, deren Inhalt – wie Klotz selbst bestätigt hatte – in Südtirol Allgemeingut war. Er unterließ es jedoch, den Kommissar mit fachspezifischen Überlegungen zu behelligen, und eine Schlussfolgerung zu verteidigen, die, wie er zugeben musste, auf äußerst wackeligen Beinen stand. Seine spontane Reaktion an der Säge hatte dazu geführt, dass er und Jenny die Leiche entdeckt hatten. Dabei wollte Lenz es bewenden lassen, und hoffte, dass Klotz sich mit seiner Aussage zufrieden gab. Das tat er offensichtlich. Er verabschiedete sich und verließ den Raum. Lenz folgte ihm.

Im Flur kam Jenny die Treppen herab. In dem hellen Sommerkleid mit ärmellosem Oberteil und weit schwingendem Rock im Stil der 50er-Jahre erinnerte sie ihn an Grace Kelly in einer ihrer Glanzrollen – abgesehen davon, dass seine Liebste kleiner als die einstige Filmdiva war und keinen Blondschopf hatte, sondern das kastanienbraune Haar in flottem Kurzhaarschnitt trug. Ungeachtet dieser Unterschiede fand er, dass Jenny bezaubernd aussah.

Für ihr heutiges Vorhaben war sie jedoch nach seinem Dafürhalten entschieden zu elegant gekleidet. Sie planten einen Ausflug in das etwa 20 Kilometer entfernt gelegene Bozen. Mochte es sich dabei auch um die Provinzhauptstadt mit schicken Cafés und Boutiquen handeln, war ihr Besuch in erster Linie der Arbeit geschuldet. Sie planten, weitere Laurin-Reminiszenzen zu besichtigen und zu fotografieren, wofür seiner Meinung nach ein praktischeres Outfit vorzuziehen gewesen wäre. Hinzu kam, dass sie beide kein Auto besaßen und daher auf öffentliche Verkehrsmittel angewiesen waren.

»Solltest dir vielleicht etwas Bequemeres anziehen. Denk dran, dass wir mit dem Bus fahren.«

Jenny öffnete ihre Handtasche und förderte einen Autoschlüssel zutage. »Johanna leiht uns ihren Wagen«, sagte sie mit hörbarer Befriedigung.

»Und wer fährt?« Seit einem Unfall, den er vor Jahren miterlebt hatte, setzte Lenz sich nur noch selten an das Steuer eines Wagens. Soweit er wusste, hatte auch Jenny seit längerer Zeit kein motorisiertes Fahrzeug mehr gelenkt.

»Ich fahre«, verkündete sie. »Wozu habe ich meinen Führerschein?«

Lenz sah keine Veranlassung, die Frage zu beantworten. Sie war ohnehin rein rhetorisch gemeint.

*

Aldo Klotz fuhr mit dem Pkw im ersten Gang den Hang hinauf. Die enge, steile Nebenstraße führte zu der Anhöhe, auf der Schloss Prösels lag, und mündete auf der anderen

Seite der Erhebung in die Hauptstraße. Es war dies eine Abkürzung, um von Völs zur Nachbargemeinde Tiers zu gelangen. Gestern hatten sie die Carabinieri genommen, die ihn mit dem Streifenwagen beim Café Flora abgeholt und zum Tatort gebracht hatten. Nun saß er in einem zivilen Dienstfahrzeug, das ihm die Polizia di Stato zur Verfügung gestellt hatte. Das Privatfahrzeug bei Ermittlungen zu benutzen, war aus versicherungstechnischen Gründen nicht gestattet.

Ein entgegenkommender Traktor zwang ihn anzuhalten, den Retourgang einzulegen und bis zur nächsten Ausweichstelle zurückzufahren. Nachdem ihn das landwirtschaftliche Fahrzeug passiert hatte, fuhr Klotz weiter. Er war unterwegs, um mit dem jungen Mann zu sprechen, der einen Angestellten im Naturpark vertrat. Aldo Klotz hatte ihn bereits am Vortag kurz befragt. Der Name, den er ihm genannt hatte, war ihm bekannt vorgekommen, doch er hatte ihn zu dem Zeitpunkt nicht einzuordnen vermocht.

Nach einem Gespräch mit Dante Conestabile, dem Leiter der örtlichen Carabinieristation, war er klüger gewesen. Peter Bonell – so hieß der Zeuge – war ein bekannter Vielseitigkeitsreiter. Er hatte es in dieser Sportart bis in die Nationalmannschaft gebracht und an den Olympischen Spielen teilgenommen. Vor wenigen Monaten hatte er seine Reitkarriere beendet und war in seine Heimat Tiers zurückgekehrt.

Klotz hatte sich im Nachhinein gewundert, wie ein ehemaliger Reitchampion dazu kam, einen Vertretungsjob im Naturpark anzunehmen. Doch das war nicht der Grund, warum er ihn erneut aufsuchte. Conestabile hatte ihm von einem lange zurückliegenden Streit zwischen dem Mordopfer und Luis Bonell erzählt, bei der es um die Pachtrechte für die Rosengartenhütte gegangen war. Es erschien Klotz daher ein seltsamer Zufall, dass ausgerechnet Bonells Sohn sich in nächster Nähe des Tatortes aufgehalten hatte.

Das Opfer war aller Wahrscheinlichkeit nach dort zu Tode gekommen, wo es gefunden worden war. Nach bisherigen Erkenntnissen war Saltner an einer Kopfverletzung gestorben. Wo er gelegen hatte, befanden sich nur Erdreich und Gras. Es war daher ausgeschlossen, dass er sich beim Sturz auf den weichen Untergrund den Schädel eingeschlagen hatte.

Klotz hatte die Hauptstraße erreicht. Vorbei an verstreuten Ortschaften, die zur Gemeinde Völs gehörten, fuhr er in Richtung Tiers. Das Tal wurde enger und die Hänge links und rechts der Fahrbahn zunehmend steiler. Er konnte sich schwer vorstellen, wo hier ein Sägewerk Platz finden sollte. Bald darauf wurde er eines Besseren belehrt. Mehrere Meter hohe Stapel an Holzbrettern kündeten davon, dass er sein Ziel erreicht hatte. Klotz bog in einen Seitenweg ein, der zu dem Betriebsgelände führte. An der Einfahrt stand jedoch nicht, wie er erwartet hatte, das Werksgebäude, sondern ein Bauernhaus. Im Gegensatz zu den Höfen, die er auf der Fahrt hierher gesehen hatte, wirkte es schäbig. Die Fassade hätte einen neuen Anstrich vertragen, von der grün gestrichenen Eingangstür blätterte der Lack.

Klotz klingelte. Eine Frau öffnete. An ihrem ausgezehrten Körper hing die bunte Kittelschürze wie ein Sack herab. Auf Klotz' Frage nach Peter Bonell wies die Frau mit ihrer faltigen Hand zu einem flachen Gebäude, das von den Bretterstapeln beinahe verdeckt wurde. »Mei Sohn isch dribn in Betrieb.«

Klotz bedankte sich und ging in die angewiesene Richtung. Hinter den Holzpaletten tauchte der Bau auf, der im

Gegensatz zum Wohnhaus der Bonells einen modernen und gepflegten Eindruck machte. Neben dem geöffneten Tor, das den Blick auf einen Holzhäcksler freigab, befand sich eine kleinere Tür. Klotz öffnete sie und betrat einen zweckmäßig eingerichteten Büroraum, in dem Bonell am PC seines Schreibtisches saß. Er bat Klotz, Platz zu nehmen.

»Was kann ich für Sie tun, Herr Kommissar?«, fragte er höflich.

Klotz erinnerte sich, dass der junge Mann schon gestern hochdeutsch mit ihm gesprochen hatte, eine Angewohnheit, die er sich wohl im Laufe seiner Sportlerkarriere zugelegt hatte. »Sie arbeiten bei Ihrem Vater im Betrieb und im Naturpark«, begann Klotz, wobei er im Tonfall offen ließ, ob es sich um eine Frage oder eine Feststellung handelte.

Peter Bonell zeigte ein gewinnendes Lächeln. »Mein Platz ist hier. Die Vorführungen an der Säge mache ich nur aushilfsweise«, erklärte er. »Die haben jemanden gesucht, der die Konstruktion bedienen kann. Da haben sie bei uns angefragt. Wir sind ja ganz in der Nähe. Ich habe gleich zugesagt, weil das eine nette Abwechslung ist.« Er machte eine Pause, während der er eine Schreibtischlade öffnete und ihr eine Zeitung entnahm. »Außerdem ist es eine gute Werbung.« Bonell schlug das kleinformatige Blatt auf und legte es vor Klotz auf die Tischplatte. Es handelte sich um die Sonntagsbeilage der regionalen Tageszeitung. Ein Bild von Bonell prangte darauf. Es war im Naturparkhaus aufgenommen worden und zeigte den jungen Mann direkt neben der historischen Sägevorrichtung. Die eine Hand lag lässig auf dem Schalthebel, mit der anderen hielt er einen Steinhammer. Der dazugehörige Artikel war mit der Schlagzeile ›Reitchampion als Sägemeister‹ betitelt.

»Auf die Art kann ich Publicity für unseren Betrieb machen«, erläuterte er. »Man muss mit der Zeit gehen. Marketing ist das um und auf.«

Klotz war das neu. Er war allerdings kein Experte in diesen Dingen. »Wir sind ein kleiner Betrieb und können mit den Konditionen der größeren Sägewerke nicht mithalten«, erläuterte Bonell ungefragt. »Aber wir haben auch Vorteile. Das ist unser Standort nahe an den Wäldern. Hinzu kommt, dass wir unsere Kunden persönlich betreuen und auf Extrawünsche eingehen. Das ist keine Selbstverständlichkeit. Daher nutze ich jede Gelegenheit, es publik zu machen.« Er fuhr sich mit gespreizten Fingern durch sein leicht gewelltes Haar und zwinkerte Klotz zu. »Ich bin ja nicht ganz unbekannt. Das kommt bei den Journalisten gut an.«

»Warum haben Sie die Reiterei aufgegeben?«

Bonell lehnte sich in seinem Drehstuhl zurück und verschränkte die Hände hinter dem Kopf. »Ich hatte im Vorjahr einen Unfall. Nichts Schlimmes, ich habe mich an der Schulter verletzt. Das ist rasch verheilt. Um ein Haar wäre jedoch das Pferd beim Sturz auf mich draufgeflogen. Es wäre vorbei mit mir gewesen.« Ein Anflug von Bitterkeit überzog seine bisher so entspannten Züge. »Ich hab rasch gemerkt, dass ich nicht mehr derselbe wie vorher war. Bei jedem Sprung hatte ich das Bild vor Augen. Da wird man automatisch langsamer, weniger wagemutig.« Er seufzte. »Ich habe eingesehen, dass ich nicht mehr an meine vorherigen Leistungen herankomme, und die Konsequenzen gezogen. Außerdem hat mein Vater hier im Betrieb dringend Hilfe gebraucht. Ihm geht es gesundheitlich nicht gut, meine Geschwister interessieren sich nicht für die Säge. Seit ich hier bin, haben wir schon einiges verbessert und neue

Aufträge bekommen.« Das freundliche Lächeln war auf sein Gesicht zurückgekehrt.

»Es gab da einen Konflikt zwischen Ihrem Vater und Konrad Saltner«, nutzte Klotz die Gelegenheit, auf den Grund seines Hierseins zu kommen.

Bonell machte eine wegwerfende Handbewegung. »Des isch long her«, verfiel er ins Tirolerische. »Ich wor domols foscht no oar Kind …«

»Im Alter von 18 Jahren«, unterbrach ihn Klotz.

»Mag sein«, räumte Bonell ein. »Aber mir persönlich liegt nichts an der Rosengartenhütte. Ich habe kein Interesse daran, meine Zeit da oben zu verbringen, Ziegen zu melken und Gäste zu bedienen.«

»Und Ihr Vater?«

Bonells Züge verdüsterten sich erneut. »Es hat ihn damals sehr getroffen. Heute wäre er gar nicht mehr in der Lage, die Wirtschaft zu betreiben.« Er verschränkte die Hände vor der Brust. »Falls Sie darauf hinauswollen: Ein Mörder ist mein Vater gewiss nicht.«

»Von Mord war nicht die Rede und verdächtigen tue ich auch niemanden. Noch nicht«, sagte Klotz streng. In versöhnlicherem Tonfall fügte er hinzu. »Ist Ihnen irgendetwas aufgefallen gestern Nachmittag, bevor Sie den Schuh aus dem Wasser gezogen haben?«

»Was hätte mir auffallen sollen?« Bonell blieb reserviert.

»Vielleicht haben Sie jemanden gesehen, der …«

»Der mir verdächtig vorgekommen ist?«, fragte Bonell süffisant.

»Mochen S' es mir holt net so schwer«, verfiel nun Klotz seinerseits in Dialekt. »Es hätt ja sein können, dass Sie etwas beobachtet haben.«

Bonell schien besänftigt. »Ich war die meiste Zeit drinnen im Haus. Obwohl …« Er unterbrach sich.

»Herr Bonell, was haben Sie gerade sagen wollen?«

»Einmal bin ich ins untere Stockwerk, wo sich der Vorschubmechanismus befindet. Vor einer Führung kontrolliere ich immer, ob alles in Ordnung ist. Wie ich herauskomme, sehe ich jemanden über die Brücke zum Parkplatz gehen, der mir bekannt vorkommt.« Bonell zögerte. »Ich habe ihn nur von hinten gesehen, deshalb bin ich mir nicht ganz sicher.«

Klotz nickte ihm aufmunternd zu. »Können Sie mir trotzdem sagen, wer es Ihrer Meinung nach war?«

»Wenn ich mich nicht sehr täusche, war es Paul Traminer.«

Wieder in seinem Wagen musste Klotz nicht lange überlegen, was als Nächstes zu tun war. Er würde Traminer aufsuchen und ihm auf den Zahn fühlen. Peter Bonell hatte kein Hehl daraus gemacht, dass der Obmann der Umweltgruppe erbitterter Gegner von Saltners Bauvorhaben war. Sollte Lenz Hofer mit seiner Theorie, dass der Schuh eine Warnung war, recht gehabt haben?

Klotz verwarf den Gedanken. So verquer konnte nur ein Intellektueller denken. Und so verquer hätte dann auch der Täter gehandelt haben müssen. Wie der Schuh in das Becken gelangt war, hatte Klotz zwar bisher nicht herausfinden können. Offenkundig war dagegen, dass der Umweltschützer ein Motiv gehabt hatte, Saltner Gewalt anzutun.

Das Diensthandy unterbrach Klotz' Überlegungen. Am anderen Ende der Leitung meldete sich der Gerichtsmediziner, der mit der Autopsie betraut war.

»Genau festlegen kann ich mich nicht, aber der Tod dürfte gestern am frühen Nachmittag eingetreten sein«, eröffnete er das Gespräch.

Klotz rief sich die bekannten Fakten ins Gedächtnis: Die Ermittlungen hatten ergeben, dass Saltner sein Hotel kurz vor halb zwei Uhr verlassen hatte. Seine Leiche war gegen 15.30 Uhr entdeckt worden. Der Experte sagte ihm demnach nichts Neues.

»Geht es etwas präziser?«, fragte er.

Der andere verneinte und erläuterte die Art der Kopfverletzung.

»Sie stammt vermutlich von einem Stein.«

Auch das wusste Klotz bereits. Bisher hatte die Spurensicherung allerdings keinen in unmittelbarer Nähe der Leiche gefunden, der der Größe der Verletzung entsprach. Daher war die Suche ausgedehnt worden. Sollte der Täter den Stein jedoch in den Bach geworfen haben, was nahelag, bestand keine Aussicht, dass das Tatwerkzeug je zum Vorschein kam.

»Die genaue Todesursache«, drängte Klotz.

»Zum Aufschneiden bin ich bisher nicht gekommen. Ich habe die Leiche nur oberflächlich untersucht«, sagte der Gerichtsmediziner. Mit dem Hinweis auf »Ferragosto« und der Bitte um Geduld verabschiedete er sich.

Klotz unterdrückte einen Fluch. Ferragosto bezeichnete den 15. August, einen katholischen Feiertag, und bildete zugleich Synonym für die Haupturlaubszeit der Italiener. Währenddessen lag das Land so gut wie lahm. Hatte sich dieses Phänomen früher im Wesentlichen auf die Augustmitte beschränkt, machte sich seit ein paar Jahren ein neuer Trend bemerkbar: Um überfüllte Quartiere und kilometerlange Staus zu umgehen, verschob, wer konnte, seine Ferien etwas vor oder nach den unmittelbaren Zeitraum um dieses scheinbar magische Datum. Mit dem Effekt, dass Klotz die Auswirkungen des kollektiven Verreisens nun Ende August zu spüren bekam.

»Auf die Italiener ist kein Verlass«, murmelte er – bevor ihm einfiel, dass er selbst zu jenen gehörte, die gerade Urlaub machten. So hatte es sich zumindest verhalten, bis ihm dieser Fall in die Quere gekommen war.

SIEBEN

In Bern lebte*
ein tapferer Ritter
namens Dietrich.
Nirgends fand man
seinesgleichen.
Keiner konnte im Kampf
gegen ihn bestehen.
Frei nach ›Laurin‹

Die mächtige Gestalt war vom Kopf bis zu den Knien mit einem Overall bekleidet, dessen quergerillte Optik an den Panzer eines Reptils erinnerte. Eine eng anliegende Kapuze umhüllte das Gesicht wie eine Badekappe und ließ eine markante Nase aus dem scharf geschnittenen Profil hervortreten. Mit eisernem Griff umklammerte der Mann das Handgelenk des nach hinten gebogenen Armes seines Gegners und hielt den am Boden Liegenden mit dem Knie im Nacken in Schach. Die freie Pranke des Ritters – um einen solchen handelte es sich, dem wehrhaften Gewand nach zu urteilen – lag gebieterisch am Kopf seines wesentlich kleineren Widersachers. Dieser trug einen wallenden Bart und langes Haar, auf dem eine Krone saß. Ungeachtet der martialischen Überlegenheit seines um Längen größeren Gegners wandte der Kleinere sein Gesicht nach oben, sodass das Profil sichtbar wurde.

Jenny und Lenz standen vor dem in Stein gemeißelten Denkmal von Laurin und Dietrich von Bern. Es zierte einen

* Verona

Brunnen, der sich in der Mitte des auf drei Seiten von Regierungsgebäuden eingesäumten Silvius-Magnago-Platzes in Bozen befand. Eine Inschrift an der Beckenwand besagte, dass Born und Standbild am 1. Oktober 1905 der Stadt Bozen vom ›Curverein‹ gewidmet worden waren. Ein danebenstehender Spruch verriet den Zweck der Schenkung: ›Der Bürger Wohl zu mehren. Den fremden Gast zu ehren‹, lautete der zweizeilige Vers. Er stammte ebenso wie der ›Laurin Brunnen‹ – so der Name des Artefakts – aus einer Zeit, da Südtirol dem österreichischen Kaiserreich angehörte und sich dank der Brennerbahn wachsender Touristenströme erfreute. Bozen wollte mit dem Kunstwerk seine Positionierung als Laurin-Stadt fördern. Ähnlich wie die Provinz zwischen Brenner und Salurner Klause hatte das Denkmal eine wechselvolle Geschichte hinter sich, wie Jenny aus ihren Recherchen wusste.

Nach dem Ersten Weltkrieg und dem Zerfall der Donaumonarchie war Südtirol im Vertrag von Saint-Germain Italien zugesprochen worden. Unter Mussolini kam es zunehmend zur Unterdrückung der deutschen Sprachgruppe. Die Faschisten nahmen Anstoß am Laurin-Brunnen. Sie sahen darin die Demonstration der Überlegenheit Deutschlands gegenüber Italien. In der Nacht vom 4. auf den 5. Juni 1934 wurden die Figuren von unbekannten Tätern vom Sockel geschlagen, entfernt und später ins Kriegsmuseum von Rovereto im benachbarten Trient gebracht.

Mitte der 1990er-Jahre wurde der Brunnen, der ursprünglich an der Bozner Talferpromenade gestanden hatte, vor dem Landtagsgebäude der Provinzhauptstadt wiederaufgestellt. Ob er dort bleiben würde, war fraglich. Jenny hatte gelesen, dass eine Umgestaltung des Platzes und die neuerliche Verlegung des Brunnens zur Diskussion standen.

Und die Heftigkeit, mit der sie geführt wurde, unterstrich die Symbolkraft, den das einst aus rein touristischen Überlegungen errichtete Denkmal im Wandel der Geschichte erhalten hatte.

Jenny drückte auf den Auslöser ihrer Digicam. Anschließend kontrollierte sie das Bild auf dem Display und fand, dass es gut gelungen war. Die Frontalaufnahme unterstrich die Siegerpose des gewaltigen Helden Dietrich, vor dem sich der kleine Laurin krümmte. Wie um alles in der Welt kamen die Südtiroler dazu, einen, der im Kampf unterlegen und zudem von zweifelhaftem Charakter war, dermaßen zu verehren, schoss es Jenny durch den Kopf. Hätte ihre Zuneigung nicht viel eher dem Gewinner Dietrich von Bern, der dem tückischen Zwerg das Handwerk gelegt hatte, gehören müssen?

Jenny fragte Lenz danach.

»Begonnen hat es damit, dass der Germanist Ignaz Zingerle aus Meran um 1850 eine Verbindung zwischen dem Bergmassiv und dem im Heldenepos genannten Rosengarten herstellte. Damit lag die Vermutung nahe, dass sich Laurins Reich, das in der Verserzählung ausdrücklich in Tirol angesiedelt wird, hier in den Dolomiten befunden hatte. Daraus wurde die Idee geboren, Laurin als Werbeträger für Bozen und Südtirol zu nutzen – was offensichtlich bis heute funktioniert.«

Wie um Lenz' Erklärung zu unterstreichen, strömte eine bunt gefleckte Touristengruppe auf den Platz. Deren Teilnehmer scharten sich um die Fremdenführerin, die vor dem Brunnen Stellung bezog.

Interessiert lauschte Jenny ihren Ausführungen. Die Fremdenführerin bestätigte im Wesentlichen, was sie bereits wusste, äußerte allerdings ein zusätzliches Detail, demzufolge die Sage von König Laurin schon seit vielen Jahrhunderten in Südtirol verbreitet gewesen war. Jenny sah darin einen Widerspruch zu Lenz' Erläuterungen und machte ihn darauf aufmerksam.

»Beides ist richtig. Die große touristische Vermarktung Laurins begann um 1900. Zugleich geht die Forschung davon aus, dass die Dichtung in Tirol entstanden ist und in den Tälern erzählt wurde, bevor sie schriftlich aufgezeichnet wurde«, erklärte Lenz. Genau auf diesen Aspekt ging in dem Moment die Fremdenführerin ein: »Der Zwergenkönig war schon im Mittelalter sehr bekannt. Er taucht zum Beispiel um 1400 auf Wandmalereien auf. Eine davon befindet sich auf Schloss Runkelstein.«

Die Erwähnung dieses Namens weckte gemischte Gefühle in Jenny. Sie und Lenz hatten einander in der Ritterburg nahe Bozen kennengelernt. Ihre erste Begegnung war allerdings von einem Verbrechen überschattet gewesen, ebenso wie ihr zweites Zusammentreffen in Meran. Seither war ihre Beziehung ohne weitere derartige Zwischenfälle verlaufen. Bis gestern jedenfalls …

Jenny bemühte sich, das Bild des Toten, das vor ihrem inneren Auge erschien, zu verscheuchen. Sie hatte sich vorgenommen, sich diesmal herauszuhalten. Dabei würde es bleiben, bekräftigte sie in Gedanken ihren Vorsatz.

Sie verließen das Regierungsviertel und machten sich auf den Weg zu ihrer nächsten Station, dem Parkhotel Laurin. Wenige Minuten später tauchte der pompöse Jugendstilbau vor ihnen auf. »Das Hotel«, erklärte Lenz, »wurde 1910 eröffnet. Schon damals hat es den Namen ›König Laurin‹ getragen. Zehn Jahre früher wäre das noch undenkbar gewesen. Zu der Zeit waren Namen von englischen Kurorten wie ›Bristol‹ en vogue.«

Gefolgt von Lenz erklomm Jenny die Stufen, die zum Eingangsportal führten. Seite an Seite betraten sie das prächtige Foyer. Eine Vitrine, die mit ›laurin souvenir‹ gekennzeichnet war, zog Jennys Interesse an. In jeweils separaten Schaukästchen präsentiert befanden sich darin verschiedene Merchandiseartikel, die den Namensgeber der traditionsreichen Herberge gekonnt in Szene setzten, darunter ein Kartenspiel mit Figuren aus der Sage und eine eigene CD mit einem ›Laurin Lounge Mix‹ – zusammengestellt von niemand Geringerem als dem berühmten Dirigenten Gustav Kuhn.

Fasziniert vom Erfindungsreichtum der Marketingindustrie betrachtete Jenny die Gegenstände, bis Lenz sie an der Hand nahm und zum eigentlichen Ziel ihres Besuches führte: der Laurin Bar. Sie befand sich linkerhand des Entrées und machte ihrem Namen alle Ehre. Oberhalb der offenen Eingangstür zu dem mit edlen Designermöbeln ausgestatteten Raum prangte in einem Mauerbogen eine Wandmalerei. Sie zeigte den Zwergenkönig in voller Rüstung und mit einem Schwert bewaffnet auf einem Schimmel. Rösslein und Reiter hielten geradewegs auf ein zackiges Felsgebirge zu, das zu beiden Seiten von Rosen eingerahmt war.

Das Fresko bildete den Beginn des ›Laurin Zyklus‹. 1911 hatte der Münchner Künstler Bruno Goldschmid den Auftrag dazu erhalten. Nachdem sie die Bar betreten hatte, ließ Jenny das überwältigende Ergebnis seines Schaffens auf sich wirken. Der mehrere Meter hohe Raum war fast zur Gänze holzvertäfelt. Im Mauerfries wurde die Wandverkleidung von Malereien durchbrochen. Sie zeigten in plakativem, ironisch überzeichnetem Stil das Eindringen Dietrichs von Bern und seiner Waffenbrüder in Laurins

Reich, die empörte Reaktion des Zwergenkönigs, die zwischenzeitliche Versöhnung bei einem Trinkgelage, neuerliche Raufhändel und schließlich den Sieg der Eindringlinge.

Auf dem Motiv zu Beginn der Reihe waren die ungleichen Parteien dargestellt: Überlebensgroß standen da die fünf Helden Dietrich, Hildebrand, Wittich, Wolfhart und Dietleib in ihren klirrenden Rüstungen. Laurin, der vor den eisernen Männern stand, reichte ihnen trotz seines hohen goldenen Helms nur bis zum Gürtel. Sein Schwert wirkte wie ein Spielzeug, er selbst wie ein Kind.

Weitere Bilder zeigten den Zwergenkönig mit weit aufgerissenem Mund, gefletschten Zähnen und erhobener Faust. Die Drohgebärden muteten jedoch nicht furchterregend, sondern lächerlich an. Diesen Eindruck vermochte auch das berühmte Pfand, das Laurin von all jenen forderte, die seine Rosen zerstörten, nicht zu zerstreuen. An der Seite eines der großen Fenster, die den Blick in den Hotelgarten freigaben, waren die abgehackten Körperteile zu sehen: ein Fuß und eine Hand, blutüberströmt.

Weder die in Aussicht gestellte Bestrafung noch Laurins Körpersprache vermochten Dietrich und seinen Kampfgefährten Respekt abzuverlangen. Sie machten sich im Gegenteil über ihn lustig, gruben mit einer Schaufel nach den Rosen und rissen sie aus dem sie umgebenden Erdreich, wie ein weiteres Motiv zeigte.

Andere Fresken wiesen einen friedvolleren Charakter auf. Es waren jene mit der Prinzessin. Auf einer davon saß Laurin demütig zu Füßen der viel größeren Frau, händeringend bat er sie um ihre Liebe. Vergeblich, wie der weitere Zyklus zeigte. Similde wandte sich von Laurin ab. Der Zwergenkönig empfing in einer letzten großen Szene vor versammeltem Volk die Taufe.

Jenny stellte fest, dass es sich bei diesem Motiv um eine Abweichung jener Version handelte, die Lenz auf der Rosengartenhütte erzählt hatte. Derzufolge war Laurin gefangen genommen und zum Gaukler degradiert worden. Die anderen Darstellungen bestätigten das, was Lenz so vehement vertreten hatte: Dass die Ritter aus reiner Abenteuerlust in Laurins Reich eingefallen und mutwillig seinen Garten zerstört hatten.

Die Prinzessin tauchte in dem Zyklus erst später auf. Sie war zunächst auf Laurins Seite. Eine Darstellung zeigte sie mit Dietrich von Bern und mit flehentlich erhobenen Händen. Wie aus der Verserzählung hervorging, hatte sie darum gebeten, den Zwergenkönig und seine Leute zu verschonen, da sie sie standesgemäß behandelt hätten. Erst als Laurin sie aufforderte, bei ihm zu bleiben, erklärte sie, dass sie lieber einen Mann heiraten wolle, der ein Christ sei.

Jenny konnte sich von dem Bild, das Similde und Laurin zeigte, nicht losreißen. Die Darstellung der schönen Prinzessin und des verzweifelten Zwerges war, trotz der karikaturenhaften Überzeichnung, berührend. Laurin tat Jenny beinahe leid; sie begann, ihn mit neuen Augen zu sehen. Ob die Sage nun reine Fiktion war oder doch einen realen Kern hatte: Es war nicht recht gewesen, in Laurins Reich einzudringen und ihn zu provozieren. Der Zwerg mochte seine Listen und Tücken angewendet haben. Doch vieles von dem, was geschehen war, hatte einzig und allein dem Zweck gedient, sein Territorium zu verteidigen und sich gegen die Eindringlinge zur Wehr zu setzen. Welche Rolle die angebliche Entführung der Prinzessin tatsächlich gespielt hatte, ließ sich aufgrund der voneinander abweichenden Versionen der Überlieferung nicht mit Sicherheit sagen.

»Bist du meine Similde, werd ich dich jetzt zum Mittagessen entführen.« Lenz war unbemerkt an Jenny herangetreten und schlang die Arme um ihre Taille. Sie schmiegte sich an ihn.

»Zum Mittagessen entführe ich *dich*«, entgegnete sie, denn sie hatte sich eine Überraschung für ihn ausgedacht. »Similde bin ich nicht. Vergiss nicht, dass sie den Zwerg verlassen hat.«

»Bin ich aber kein Zwerg«, konterte Lenz selbstbewusst. Jenny musste ihm recht geben. Lenz überragte sie um zwei Köpfe.

Bevor sie die Bar verließen, warf Jenny einen letzten Blick auf die Wandmalereien. Dabei fiel ihr ein Motiv auf, das ihr bisher entgangen war: Es zeigte Dietleib, einen von Dietrichs Rittern, in trautem Gespräch mit Similde. Zu den Füßen des Paares duckte sich Laurin. Was er wohl belauscht haben mochte? Soweit Jenny sich erinnerte, gab die Verserzählung darüber keine Auskunft.

*

Die Panier des Schnitzels leuchtete in sattem Goldgelb. Das Fleisch war, wie Aldo Klotz sich bereits hatte überzeugen können, von zarter Konsistenz. Dennoch vermochte er die Mahlzeit in der Gaststube des Turmhotels nicht recht zu genießen.

Schuld daran war der Fall, der ihm auf den Magen schlug. Die versprochene personelle Unterstützung war bisher ausgeblieben. Zwar waren gestern Abend zwei Kollegen aus Bozen aufgetaucht. Jedoch nur um ihm das Dienstfahrzeug zu übergeben und die in einer Gaststube des Turmhotels eingerichtete Einsatzzentrale mit den nötigsten technischen

Geräten auszustatten. Anschließend waren sie mit dem Hinweis auf die Personalknappheit und Ferragosto wieder weggefahren.

Klotz nahm einen weiteren Bissen seines Schnitzels und kaute darauf herum. Wenn es so weiterging, würde die Angelegenheit in einer Blamage enden – für ihn und für die Vizequästorin. Er nahm ihr übel, dass sie ihm diesen Fall übertragen hatte. Dennoch war es ihm ein Anliegen, dass er, das Meraner Kommissariat und seinetwegen auch Franca Bertagnoll gut vor dem neuen obersten Chef aus Bozen dastanden. Obwohl der bisher nichts zu den Ermittlungen beigetragen hatte und Klotz – ganz gegen die üblichen Gepflogenheiten bei einer Morduntersuchung und abgesehen von der Spurensicherung – allein auf weiter Flur kämpfen ließ. Offenbar hatten die Verantwortlichen in Bozen entschieden, ihn sich selbst zu überlassen, bis die Todesursache feststand.

»Darfs no eppes sein für den Herrn Kommissar?« Der Wirt war an den Tisch getreten.

»Bringen S' mir noch ein Bier. Und eins für Sie. Wenn Sie Zeit haben, setzen Sie sich zu mir.« Klotz hatte bemerkt, dass Reinhold Gamper ein gesprächiger Typ war. Vielleicht konnte er von ihm ein wenig mehr über die Leute aus der Gegend erfahren. Conestabile, der Carabiniere, hatte sich kooperativ gezeigt und ihm einige Hintergrundinformationen gegeben. Klotz wollte weitere Sichtweisen kennenlernen. Zudem vertrauten die Menschen einem Wirt in der Regel mehr an als einem Polizeibeamten.

Gamper kam mit zwei vollen Biergläsern an Klotz' Tisch und setzte sich. »Hobn S' schon eppern in Verdocht?«

»So weit seimir no net. Obr wos i von Ihnen gern wissen tat, isch, ob der Saltner Feinde ghobt hot.« Klotz hatte sich entschieden, das Gespräch im Dialekt zu führen, um eine amikale Atmosphäre zu erzeugen. Es war schließlich kein Verhör und Gamper nicht verdächtig – es sei denn, er hatte sich zum fraglichen Zeitpunkt in der Nähe des Tatortes aufgehalten, wofür es bis dato keinen Hinweis gab.

»Feinde, wos hoaßt schon Feinde?« Gamper hatte ins Leere geblickt und mehr zu sich selbst gesprochen. Nun wandte er sich Klotz zu: »Beliebt wor er net, der olte Saltner. Er hot holt olles durchgesetzt, wos er sich eingebildet hot, und auf koan oar Rücksicht gnommen.« Gamper trank einen Schluck von seinem Bier und kratzte sich den kahl rasierten Kopf. »Obr wenn Sie mi frogn, nor wors oaner von dar Umweltgruppe.«

Klotz kannte das mögliche Motiv dieser Leute bereits. Daher fragte er ohne Umschweife. »Denken S' do an jemand Bestimmten?«

Der Wirt trank abermals aus seinem Glas, bevor er antwortete: »Man will jo niemenden eppes Schlechtes nochsogn. Obr der Traminer Paul isch dem Saltner neilich do herinnen an die Gurgl gsprungen. Gedroht hot er ihm und verfluacht hot er ihn a.«

»Won wor des?«

»Am Montag, fri am Obend. Oan Tog, bevor der Mord passiert isch.«

Klotz wollte Gamper darauf hinweisen, dass die Todesursache noch nicht feststehe, unterließ es jedoch. Schon wieder war der Name Traminer gefallen. Er hatte den Mann nach der Befragung Bonells in seinem Ingenieurbüro aufsuchen wollen, ihn aber nicht angetroffen. Nun verdichteten sich die Hinweise, dass der Leiter der Umweltgruppe in den Fall verwickelt war. Er hatte ein Motiv, war in der Nähe des Tatortes gesehen worden und hatte das Opfer, wie sich herausstellte, bedroht.

Ein Mann in legerer Kleidung und Bergschuhen betrat die Gaststube. Der Wirt, der mit dem Rücken zur Tür saß, wandte den Kopf. »Griaß di, Paul«, begrüßte er den Neuankömmling. »Krod hom mir von dir gredt.«

Klotz zögerte keine Sekunde. Er stand auf, ging auf den überrascht dreinsehenden Mann zu und zeigte seine Dienstmarke. »Klotz, Kriminalpolizei. Ich hätt ein paar Fragen an Sie.«

Das Summen von Klotz' Mobiltelefon ertönte.

»Warten S' bitte einen Moment«, sagte er zu Traminer und meldete sich. Der Anrufer war der Gerichtsmediziner aus Bozen. Klotz setzte sich an den Tisch und ergriff einen Bierdeckel, um sich darauf Notizen zu machen. Während der Arzt seinen Bericht mit medizinischen Fachausdrücken einleitete, nahm Klotz eine Bewegung wahr. Er blickte auf und sah Traminer durch die Tür des Gastraumes verschwinden. Klotz sprang auf und setzte dem Flüchtigen nach. In dem Moment kam die Servierkraft mit einem voll beladenen Tablett aus dem Nebenraum. Klotz wollte ausweichen und machte einen Schritt zur Seite. Dabei übersah er den massiven Holzsessel, der ein wenig vom Tisch abgerückt stand, stieß dagegen und stürzte zu Boden. Mit einem erschrockenen Ausruf ließ die Kellnerin das Tablett fallen.

*

Paul Traminer jagte in seinem allradgetriebenen Kombi die Schnellstraße Richtung Seis am Schlern entlang. Dort befand sich sein offizieller Wohnsitz, wenn er auch die meiste Zeit bei Johanna in Völs verbrachte. Sein erster Impuls war gewesen, zu ihr zu fahren. Den hatte er gleich darauf verworfen. Ihr Verhältnis war allgemein bekannt. Selbst wenn der

Ermittler nicht darüber Bescheid wusste, würde es ihm der Wirt sicherlich sagen. Doch in den eigenen vier Wänden Zuflucht zu suchen, war keine Alternative.

Ein Blick auf die Tachonadel zeigte ihm, dass er zu schnell unterwegs war. Er verlangsamte das Tempo. Dem Kriminalbeamten war er um ein Haar entkommen. Er wollte nicht riskieren, dass ihn nun die Straßenpolizei aufhielt.

Im Rückspiegel war kein Streifenwagen zu erkennen. Was für sich allein genommen nichts besagte, denn er ging davon aus, dass der Polizist ein Zivilfahrzeug fuhr. Doch Traminer hatte auf dem Weg zu seinem Wagen bemerkt, dass es ihm gelungen war, den dicken Kommissar abzuhängen. Wie, wusste er nicht. Eines war Traminer klar: Die Fahndung nach ihm würde bald anlaufen. Seine Flucht war ein Fehler gewesen. Jetzt galt es, einen Ausweg zu finden.

Eine Ortsdurchfahrt kam. Er schaltete einen Gang zurück. Ob er umkehren und sich freiwillig stellen sollte? Johannas Gesicht tauchte vor ihm auf. Sie würde verzweifelt die Hände ringen und den Herrgott um Gnade anflehen, wenn sie erfuhr, was geschehen war. »Wie oft hon i dir schon gsogt, du sollsch zu an Psychologen gian«, würde sie lamentieren. Er hätte auf sie hören sollen, doch dazu war es zu spät. Ein Psychologe würde ihm jetzt nicht helfen können.

Vor ihm tauchte ein Straßenschild auf, das zur ›Seiser Alm Bahn‹ wies. Ihm kam eine Idee. Was er vorhatte, würde zwar keine dauerhafte Lösung bringen. Es verschaffte ihm lediglich Zeit. Die brauchte er, um in Ruhe nachdenken zu können.

Er passierte die Abzweigung. Beim Kreisverkehr an der Ortsdurchfahrt von Seis bog er rechts ab. Der Weg führte nach Bad Ratzes. Traminer hatte es allerdings nicht auf die

Heilquellen abgesehen, für die der Ort einst bekannt gewesen war.

*

Mit geübtem Griff zupfte Johanna Schnabl das welke Blütenköpfchen ab. Sie hatte den Nachmittag in ihrem Garten zugebracht. Er war ihr Stolz und fand bei den Gästen großen Anklang. In einem etwas abgelegeneren Teil hatte Johanna eine Laube mit einer Sitzbank und einem Rankgitter eingerichtet, an dem Kletterrosen emporwuchsen. Verliebte Paare kamen gerne hierher, um den Sonnenuntergang zu beobachten.

Jenny und Lenz fielen Johanna ein. Sie hatte die beiden bisher noch nicht auf der Bank sitzen sehen. Von ihrem Schlafzimmerfenster aus hatte sie einen guten Blick darauf. Sie würde ihnen das Platzerl zeigen, wenn sie aus Bozen kamen, nahm sie sich vor.

Sie mochte die zwei. Lenz hatte sie schon seit Langem ins Herz geschossen und seine neue Freundin war in Ordnung. Sie war zwar einige Jahre älter als Lenz. Doch das schien die beiden nicht zu stören. Dass er verliebt in sie war, sah ein Blinder. Sie zeigte ihre Gefühle weniger offen. Nichtsdestotrotz war sie Lenz sehr zugetan, dessen war sich Johanna sicher. Für so etwas hatte sie ein Gespür.

Wo die Liebe hinfiel, dachte Johanna zufrieden. Dass die beiden in verschiedenen, weit voneinander entfernten Städten lebten, dafür hatte sie weniger Verständnis. Andererseits hatten auch sie und Paul getrennte Wohnsitze. Aber die lagen nur ein paar Kilometer auseinander, beschwichtigte sie sich. Außerdem wollte sie nach zwei gescheiterten Ehen diesmal sichergehen, dass der nunmehrige Partner der richtige war. Ihr erster Mann war ein Weiberheld gewesen, der zweite ein *Piniolo*, ein unterträglicher Pedant. Mit keinem von beiden hatte sie es lange ausgehalten. Die katholische Kirche sah Scheidungen nicht gerne. Johanna tröstete sich damit, dass es dem Herrgott nicht gefallen hätte, wenn sie ihr Lebtag mit dem Falschen zusammengeblieben wäre.

Paul war ebenfalls geschieden. Grund war seine Cholerik gewesen, der seine Exfrau nicht mehr ausgesetzt bleiben wollte.

Johanna machte Pauls Temperament – wie sie es nannte – nichts aus. Im Gegenteil, sie schätzte an ihm, dass er für seine Überzeugung eintrat und sich nichts gefallen ließ. Genau so einen hatten sie für ihre Umweltgruppe gebraucht, in der Johanna und Paul sich kennengelernt hatten. Ein wenig mehr diplomatisches Geschick wäre allerdings für die Durchsetzung ihrer Anliegen von Vorteil. Um sich für den Naturschutz einzusetzen, bedurfte es der Leidenschaft. Doch man musste wissen, wann es an der Zeit war, sein Temperament zu zügeln. Johanna hatte diesbezüglich schon auf Paul einzuwirken versucht, ihm sogar dazu geraten, Hilfe anzunehmen, um sich besser in den Griff zu bekommen. Bisher war sie damit auf taube Ohren gestoßen.

Es hatte halt ein jeder sein Pinkerl zu tragen, sagte sie sich und bückte sich, um ein weiteres Rosenköpfchen abzuzupfen. Das Knirschen von Schritten auf dem Kies des Gartenweges ließ sie aufschauen. Ein korpulenter Mann näherte sich. Das rechte Bein zog er nach, an seiner Schläfe klebte ein Pflaster. Johanna erkannte ihn. Es war der Kommissar, der heute Morgen Jenny und Lenz vernommen hatte.

»Wenn Sie den Herrn Hofer und die Frau Sommer suchen: Die sind nicht da«, rief sie dem Mann zu und ging ihm entgegen.

»Es geht um den Herrn Traminer«, sagte der Kommissar. »Ist er hier?«

Johanna sah, dass der Kommissar nicht allein gekommen war. Hinter ihm tauchten zwei Uniformierte auf.

»Jesses, Maria und Josef!«, rief Johanna aus. »Zem wert er woll koan Tonz gmocht hobn.«

Die Antwort des Kommissars ließ keinen Zweifel daran aufkommen, dass Johannas Befürchtung, Paul habe einen Blödsinn begangen, verglichen mit dem tatsächlichen Geschehen harmloser Natur war.

*

»Der traut sich was. Einfach über die Sperrlinie zu fahren. Im Überholverbot!« Sichtlich verärgert blickte Jenny dem Wagen hinterher, der sich vor ihr wieder einordnete und davonfuhr.

Lenz sah dem Pkw nach, bis er hinter dem nächsten Felsvorsprung verschwand. Das Manöver war tatsächlich riskant gewesen. Dennoch konnte er ein gewisses Verständnis dafür aufbringen. Die Strecke war zwar kurvenreich und keiner fuhr mit der erlaubten Höchstgeschwindigkeit von 110 Stundenkilometer. Jennys übervorsichtige Fahrweise brachte es allerdings mit sich, dass sie mit 30 Stundenkilometer vorwärtsrollten.

Er warf einen Blick in den Rückspiegel. Hinter ihnen hatte sich eine Schlange gebildet. Es bedurfte keiner hellseherischen Fähigkeiten, um zu prognostizieren, dass bald der Nächste die Geduld verlieren und sich über geltende Restriktionen hinwegsetzen würde.

Ungeachtet dessen hütete Lenz sich, Jenny wegen ihres Tempos zu kritisieren. Denn erstens würde er sie damit nervös machen. Zweitens lag es ihm fern, den so harmonischen Tag durch eine Äußerung ihren Fahrstil betreffend zu trüben. Er kannte sie gut genug, um zu wissen, dass sie eine diesbezügliche Bemerkung nicht goutieren würde. Verstohlen betrachtete er sie von der Seite. Sie sah entspannt und glücklich aus. Der Ausflug nach Bozen war rundum gelungen. Sie hatte Lenz mit einer Einladung zum Mittagessen im Gartenrestaurant des Parkhotel Laurin überrascht. Er mochte es zwar nicht, wenn sie die Rechnung übernahm, und vermied es daher, mit ihr in teure Lokale zu gehen, die er sich von seinem bescheidenen Assistentengehalt nicht leisten konnte. Diesmal aber stimmte er ihrem Vorschlag zu und ließ sich die gebotenen Köstlichkeiten munden.

Anschließend machten sie sich auf den Rückweg. Sie entschieden sich für die Strecke über das Eggental. Es führte nördlich von Bozen hinein in die Bergwelt der Dolomiten. Sie passierten den Ferienort Welschnofen, der von Tiers aus gesehen jenseits der Gipfel des Rosengartens lag und von dort her gleichsam den Eingang zu der Weltnaturerbe-Region bildete. Entlang der um diese Jahreszeit grasbewachsenen Hänge des Skigebietes Carezza waren sie zum Nigerpass hochgefahren, nun befanden sie sich auf der Serpentinenstraße, die nach Tiers führte. Auf ihrem Weg waren sie weiteren Hinweisen auf König Laurin begegnet. Neben den Sesselliften Laurin I und II fielen ihnen Werbebanner und Prospekte mit dem stilisierten Konterfei des Zwergenkönigs auf, das für die Skiarena mit dem Slogan ›King of the Dolomites‹ warb.

Lenz fiel der gestrige Vorfall ein, der, wenn er an die Wanderschuhe dachte, auch irgendwie mit Laurin zu tun hatte. Er vermied es, den seltsamen Fund und den Toten anzusprechen. Die Sache beunruhigte ihn mehr, als er zugeben mochte. Wiederholt war das Bild Konrad Saltners vor ihm aufgetaucht. Jenny gegenüber ließ er sich nichts anmerken, denn er wollte verhindern, dass die Ereignisse ihren Aufenthalt in Südtirol beeinträchtigten.

Die gemeinsame Zeit war bald zu Ende. Dann begann wieder die Wochenendbeziehung. Die Aussicht darauf gefiel ihm nicht. Er wäre gerne mit Jenny zusammengezogen. Solange er noch an seiner Doktorarbeit schrieb, sah er keine Möglichkeit, seinen Wunsch zu realisieren. Ob er sie einfach darauf ansprechen sollte?

»Noch so ein Wahnsinniger«, schimpfte Jenny neben ihm. Lenz verwarf sein Vorhaben. Lieber wollte er abwarten, bis sich eine bessere Gelegenheit bot.

Sie hatten Völs erreicht. Jenny legte den ersten Gang ein und fuhr die steile Straße zu Johannas Pension hinauf. Dort angekommen, parkten sie den Wagen und gingen auf das Haus zu. Die Tante eilte ihnen entgegen. Wenn Lenz ihren aufgewühlten Gesichtsausdruck richtig deutete, hatte sie diesmal nicht die Absicht zu fragen, ob sie etwas essen wollten.

ACHT

Am Tisch der Wohnküche seines Elternhauses beobachtete Peter Bonell seinen Vater, der das Besteck zur Seite legte und den halb vollen Teller von sich schob.

»Schmeckts dir net?«, fragte die Mutter.

»I bin satt«, antwortete er.

Wortlos nahm sie den Teller und stellte ihn in die Spüle. »Obr du nimsch schon no an Knedl, gell?«, wandte sie sich an den Sohn.

Obwohl er wusste, dass ihm das Essen schwer im Magen liegen würde, bejahte er. Seit seiner Rückkehr wohnte er wieder bei den Eltern, doch es kam selten vor, dass er mit ihnen zu Abend aß. Daher wollte er seiner Mutter den Gefallen tun und einen weiteren Knödel zu sich nehmen. Würde er es nicht besser wissen, er hätte volles Verständnis dafür, dass sein Vater seine Portion nicht aufgegessen hatte. Peter war sich im Klaren, dass weder der fade Geschmack noch die Üppigkeit der Speise die Schuld an der Appetitlosigkeit trugen. Sie lag vielmehr daran, dass es Luis Bonell gesundheitlich nicht gut ging. Er war abgemagert, fühlte sich schwach und wirkte mit seinen nicht einmal 60 Jahren wie ein Greis.

Die Ärzte hatten bisher keine Ursache für seinen Zustand benennen können. Peter meinte, den Grund zu kennen: Sein Vater war das, was der Volksmund gemütskrank bezeichnete. Die Symptome hatten vor zehn Jahren eingesetzt, nachdem Bonell den Prozess gegen Saltner verloren hatte. Peter hatte ihnen damals keine große Bedeutung beigemessen und sich ganz auf seine beginnende Sportlerkarriere konzentriert. Die wenigen Male, in denen er zu Besuch war, bemerkte er die zunehmende Verschlechterung im Aussehen und Befinden seines Vaters. Weder Bonell noch seine Frau beklagten sich, sondern versicherten Peter, dass alles wieder in Ordnung käme.

Eine Zeit lang hatten seine Schwester und deren Mann den Vater im Sägewerk unterstützt. Doch als die beiden ein Kind bekommen hatten und Peters Schwager eine neue Stelle angegetreten hatte, beschränkte sich deren Beitrag auf ein wenig Hilfe bei der Buchhaltung. Es war höchste Zeit gewesen, dass Peter zurückgekommen war. Obwohl er gewusst hatte, ein jahrelang vernachlässigtes Unternehmen vorzufinden, bereute er seine Entscheidung nicht. Die Arbeit gefiel ihm, und er hatte mehr Freizeit, als dies während seiner Sportlerlaufbahn der Fall gewesen war. Zudem wusste er, wie viel das Sägewerk dem Vater bedeutete.

»Isch der Kommissar heint bei dir gwesn?«, fragte die Mutter. Peter bejahte. Er war gleich nach dem Gespräch mit Klotz zu einem Kunden gefahren und hatte bisher keine Gelegenheit gehabt, mit seinen Eltern darüber zu reden.

»Zu ins isch er a kemmen. Wo mir ins geschtern Nochmittog aufgholtn hobn, hett er wissn welln.«

»Wos hobs gsogt?«

»Dass i do in Haus wor und dar Vottr a. Er hot sich niederglegt, weil er sich nicht wohlgfühlt hot«, antwortete sie.

Luis Bonell, der bisher schweigend zugehört hatte, ergriff das Wort. »Des hon i beschtätigt. Obr i hon gsogt, dass es um den Saltner koa Schod isch, und i froh bin, dass er hin isch.«

Peter vermeinte, in den Augen seines Vaters ein Feuer zu erkennen, das etwas von der einstigen Kraft erahnen ließ. Im nächsten Moment war der Funke wieder erloschen. Luis

Bonell stierte mit wässrigen Augen vor sich hin und schien mit seinen Gedanken in weiter Ferne.

Peter konnte sich nicht erklären, was den Kommissar bewogen hatte, seine Eltern nach einem Alibi zu fragen. Der Ermittler musste gesehen haben, dass weder der Vater noch die Mutter in der körperlichen Verfassung waren, eine Gewalttat zu begehen.

Vermutlich gehörte das zur Routine, sagte Peter sich. Trotzdem konnte er kein Verständnis für Klotz' Vorgehensweise aufbringen.

»Kimsch du morgen in Betrieb?«, fragte Peter seinen Vater.

Ein Anflug von einem Lächeln erhellte dessen Züge. »Warum sollt i net kemmen? Zum oltn Eisn gher i no net.« Wieder flackerte das Feuer in Bonells Augen auf. Diesmal hatte Peter den Eindruck, dass das Flämmchen etwas länger glomm. Er berichtete von dem Auftrag, den er heute erhalten hatte. Dass es trotzdem schlecht um die Firma stand, verschwieg er, um seinem Vater die Freude nicht zu verderben.

*

Aldo Klotz lag ausgestreckt auf dem Doppelbett seines Pensionszimmers und starrte an die Decke. Viel lieber hätte er sich auf die Seite gewälzt. Doch in Rückenlage war das Pochen, das ihn im rechten Bein und in der linken Schläfe plagte, erträglicher. Er hatte sich beim Sturz in der Gaststube den Kopf an der Sessellehne angeschlagen und zu allem Überfluss eine Prellung am Knie zugezogen. Der Schmerz hatte ihn vorübergehend benommen gemacht. Bis er sich wieder hochgerappelt und die Tür erreicht hatte, war von Traminer nichts mehr zu sehen gewesen.

In der Annahme, dass der Verdächtige ein Fahrzeug in der Nähe geparkt hatte und damit geflüchtet war, ließ Klotz dessen Kennzeichen ausheben und gab eine Fahndungsmeldung durch. Erst dann gestattete er dem Arzt, den der Wirt des Turmhotels ohne Klotz' Wissen herbeigerufen hatte, ihn zu untersuchen. Der Mediziner behandelte die Kopfwunde mit einem antiseptischen Mittel, das fürchterlich brannte, und klebte ein Pflaster darüber. Für das Knie verabreichte er, nachdem er festgestellt hatte, dass nichts gebrochen war, eine Salbe.

Dem Rat des Arztes, den Kopf zu röntgen, folgte Klotz nicht. Stattdessen fuhr er in Begleitung des Carabiniere Conestabile und dessen Kollegen zum Büro und der Wohnung des Flüchtigen. Doch weder dort noch bei seiner Lebensgefährtin Johanna Schnabl war er aufgetaucht.

Die Überlegung, für das Anwesen einen Durchsuchungsbefehl zu beantragen, verwarf Klotz. Selbst bei Gefahr im Verzug wäre etliche Zeit verstrichen, bis der zuständige Richter seine Unterschrift unter das erforderliche Dokument gesetzt hätte. Lieber wollte Klotz die Schnabl ein wenig unter Druck setzen und vielleicht auf diese Weise etwas über den möglichen Aufenthaltsort des Flüchtigen erfahren. Die Frau hatte jedoch vollkommen ahnungslos gewirkt und Klotz nichts von Relevanz mitgeteilt. Sie hatte lediglich wiederholt darauf hingewiesen, dass ihr Lebensgefährte sich allzu leicht inkazziere*, aber im Grunde ein guter Mensch sei und sicher nichts Unrechtes getan habe.

Vorsichtig richtete Klotz sich auf und trank von dem Glas, das auf seinem Nachtkästchen stand. Die Kohlensäure war aus dem Mineralwasser entwichen, es schmeckte schal und

* in Rage geraten

abgestanden. Er bereute, dass er keinen Wein mit aufs Zimmer genommen hatte. Da der Arzt eine Gehirnerschütterung nicht ausschließen wollte, hatte er den Genuss von Alkohol streng verboten. Dieser Anweisung war Klotz gefolgt. Er musste rasch wieder fit werden. Die Fahndung nach Traminer hatte bisher kein Ergebnis gebracht, doch das konnte sich ändern. Zudem würden morgen endlich die versprochenen Kriminalbeamten aus Bozen zur Verstärkung eintreffen. Obwohl für Klotz Traminer der Hauptverdächtige war, galt es, weitere Befragungen durchzuführen.

Ilona fiel ihm ein. Wehmütig betrachtete er die leere Hälfte seines Doppelbettes. Er hatte sich Hoffnungen auf die attraktive Ungarin gemacht. Nun musste er sie sich aus dem Kopf schlagen. Es galt, das Alibi, das sie Florian Saltner ungefragt gegeben hatte, zu überprüfen. Klotz hatte bisher keine Zeit dafür gehabt. Er würde morgen einen der neuen Kollegen damit beauftragen. Bei der Gelegenheit konnte der gleich den jungen Saltner eingehender befragen. Falls er gegen den Umbau der Rosengartenhütte in einen Hotelkomplex gewesen war, hätte er ein Motiv.

Dass es Gewaltverbrechen zwischen Eltern und Kindern gab, war für Klotz – trotz vielem, was ihm im Laufe seines Berufes schon untergekommen war – besonders schwer nachvollziehbar. Doch die Statistik sprach eine deutliche Sprache: Die meisten Gewaltdelikte wurden im familiären Bereich begangen. Der große Unbekannte, die Mafia oder der Serienmörder machten nur einen geringen Anteil aus. Deren Popularität als Täter war eher der Fantasie von Krimiautoren geschuldet und fand keine Entsprechung in der Realität.

Klotz war davon überzeugt, dass der Mörder im näheren Umfeld Saltners zu suchen war. Hatte Lenz Hofer etwa recht mit seiner verqueren Theorie, dass der gefundene Schuh ein Hinweis und die Tat eine Warnung sein sollte? Oder lag das Motiv in der zurückliegenden Auseinandersetzung mit den Bonells begründet? Peter Bonell war zur Tatzeit in nächster Nähe gewesen und kräftig genug, Saltner eins über den Schädel zu ziehen – im Gegensatz zu seinem Vater, dem Klotz die Tat nicht zutraute. Der Alte hatte jedoch zweifellos ein Motiv. Das Alibi, das ihm seine Frau gegeben hatte, war nichts wert. Falls die beiden nicht so schwächlich waren, wie es den Anschein hatte, konnten sie Saltner gemeinsam ins Jenseits befördert haben. Stellte sich allerdings die Frage, warum sie damit zehn Jahre lang gewartet hatten …

Das Pochen in Klotz' Schläfe ließ nach, ebenso der Schmerz in seinem Knie. Müdigkeit überkam ihn. Er löschte das Licht und überlegte, ob er es wagen sollte, sich auf die Seite zu drehen, um besser einschlafen zu können. Ihm fiel ein, dass er die Todesursache nicht kannte, und damit nicht mit Sicherheit wusste, ob Saltner tatsächlich durch Fremdeinwirkung gestorben war. Das Telefonat mit dem Gerichtsmediziner war durch Traminers Flucht unterbrochen worden. Anschließend hatte Klotz vergessen, ihn zurückzurufen. Er nahm sich vor, dies am nächsten Morgen zu tun.

*

Die Frau lag nackt auf dem weißen Laken. Ihre schlanken Schenkel waren leicht geöffnet. Unter dem langen blonden Haar, das ihren Busen bedeckte, lugten die Brustwarzen rosa hervor. Ihre Lippen schimmerten feucht, in ihren Augen stand Begierde. Florian Saltner beugte sich über sie.

Er umfasste ihre schlanke Taille und hob den Oberkörper der Frau zu sich empor. Er spürte ihre zarte Haut, die sanften Rundungen. Alles an ihr war Verheißung, Verlockung …

»Schaug, wos i gfundn hob.« Florian vernahm eine Stimme. Sie gehörte der Frau, die er eben noch in seinen Armen gehalten hatte. Sie war jedoch bekleidet und viel jünger, ein Mädchen. »Kim her, i zoag dir wos«, rief sie erneut. Sie sprach nicht mit ihm. Ihr Ruf galt einem anderen. Der gut aussehende Junge näherte sich und legte ihr den Arm um die Schultern. »Loss segn, Sylvi«, sagte er ganz nah an ihrem Ohr. Er tat so, als interessiere er sich für den Gegenstand, den das Mädchen in der Hand hielt. Florian wusste es besser. Der andere nutzte die Gelegenheit, sich an Sylvia Karbon heranzudrängen. Sie sah zu ihm auf und strahlte ihn an.

Florian betrat den Hof von Schloss Prösels. Er hatte eine Verabredung mit seiner Verlobten. Sie wollten sich im Rittersaal mit dem Cateringservice treffen, um das Menü für ihr Hochzeitsbankett zu besprechen. Er war früh dran und setzte sich in die Kappelle, in der die Trauung stattfinden sollte. Ein Glücksgefühl durchströmte ihn. Er konnte es nicht mehr erwarten, seine Liebste zu sehen. Vielleicht war sie schon da. Er verließ die Kapelle und kam an Sylvias Atelier vorbei. Die Tür war angelehnt. Stimmen drangen aus dem Inneren.

Erneut beugte er sich über die Frau, die nackt auf dem Laken lag. Mit den Fingerspitzen streichelte er die Innenseite ihrer Schenkel, glitt mit den Händen zu ihrem Bauch und weiter zu den Brüsten. Ihr Gesicht war nicht zu sehen, denn es war ganz von ihrem Haar bedeckt. Florian teilte die blonde Mähne und schob sie wie einen Schleier zur Seite. Mit weit geöffneten Augen sah die Frau ihn an. Doch es stand keine Begierde in ihrem Blick. Er war seltsam starr. Und der Körper mit einem Mal kalt, leblos …

Schweißgebadet schreckte Florian aus dem Schlaf hoch. Die Bilder des Albtraumes verblassten, der klebrige Film auf seiner Haut blieb. Er stand auf, um zu duschen, wusste jedoch, dass er sich damit nur äußerlich reinigen konnte. Dem Aufruhr in seinem Inneren war mit Wasser und Seife nicht beizukommen.

»Kedvesem*, komm zurück ins Bett.« Ilona schlang die Arme um seine Mitte und zog ihn zu sich.

»Warum hast du die Polizei angelogen?«, fragte er. Statt einer Antwort legte sie ihre Lippen auf die seinen und drückte ihn sanft auf das Kissen.

---

* ungarisch: Mein Liebling

NEUN

»Muss hier die Abzweigung sein.« Lenz deutete auf die Holztafeln, die zu Einkehrmöglichkeiten auf der Seiser Alm wiesen. Links führte der Weg zur Prosslinerschwaige, rechts ging es zur Schlernbödelehütte. Jenny wäre liebend gerne einem dieser Schilder und weiter dem ›Geologensteig‹ gefolgt. Zehn Stationen, durch Tafeln markiert, schilderten anschaulich die Entstehung der Dolomiten. Die jeweils dazugehörende landschaftliche Szenerie ermöglichte es, in 280 Millionen Jahre Erdgeschichte Steinschicht um Steinschicht einzutauchen. Ein Blick auf Lenz' Karte zeigte Jenny jedoch, dass ihre Wanderung auf den markierten Pfaden hier zu Ende war. Von jetzt an mussten sie sich querfeldein durch den Wald schlagen.

Johanna hatte ihnen gestern Abend von Paul Traminers Flucht berichtet. Was ihn dazu bewogen hatte, wusste sie nicht. Aldo Klotz, der sie über seinen möglichen Aufenthaltsort befragt hatte, hatte keinen Zweifel daran gelassen, dass der Chef der Umweltgruppe der Hauptverdächtige war.

»Grad, dass sie mir nicht das Haus durchsucht haben«, führte Johanna ihnen den Ernst der Situation vor Augen. Trotz des Verschwindens ihres Lebensgefährten war sie überzeugt, dass er kein Verbrechen begangen hatte und sein Verhalten einzig seiner Impulsivität geschuldet war.

Lenz' Frage, ob er sich bei ihr gemeldet habe, verneinte sie. Wiederholte Versuche, ihn auf dem Handy zu erreichen, scheiterten. »Wahrscheinlich hat er es abgedreht, damit sie ihn nicht orten können«, mutmaßte sie. Jenny bezweifelte, dass ihm diese Vorsichtsmaßnahme etwas nützen würde, sollte er vorhaben, sich über einen längeren Zeitraum dem Zugriff der Polizei zu entziehen. Über den Provider konnten heutzutage auch die Koordinaten abgeschalteter Mobilfunkgeräte ausfindig gemacht werden. Sie unterließ es, die Tante durch einen entsprechenden Hinweis zu beunruhigen. Sie wirkte ohnehin sehr aufgeregt, was angesichts dessen, was geschehen war, nicht verwunderte.

Wider Jennys Erwarten gewann Johanna ihre Fassung rasch zurück. Sie nahm eine Flasche Schnaps aus der Kredenz, schenkte drei Gläschen ein und sagte: »Heut ist es schon zu spät. Aber morgen werdet ihr ihn suchen gehen.«

Jenny, die gerade an ihrem Stamperl genippt hatte, verschluckte sich, ohne dass sie zu sagen vermochte, ob die Schärfe des Getränks oder das eben vernommene Ansinnen die Ursache dafür bildete. Johanna klopfte Jenny auf den Rücken und fuhr fort: »Ihr müsst's den Paul finden, bevor er noch mehr Dummheiten macht.«

Lenz' Einwand, dass dies Sache der Polizei sei, ließ die Tante nicht gelten. Falls die ihn fände, würde alles noch schlimmer werden. Johanna glaubte zu wissen, wo ihr Lebensgefährte sich aufhielt, wollte aber nicht zu ihm, da sie fürchtete, observiert zu werden.

Auch das bezweifelte Jenny, hütete sich alleredings davor, ihre Bedenken zu äußern. Sie wusste nicht mit Sicherheit, ob ihre Vermutung richtig war, und wollte nicht schuld daran sein, wenn Paul von den Kriminalbeamten gefasst wurde – wiewohl sie überzeugt davon war, dass dies für alle Beteiligten das Beste wäre. Die Tante teilte diese unausgesprochene Meinung offensichtlich nicht. Sie versicherte erneut, dass Paul keine Schuld an Saltners Tod treffe und sein Verhalten eine Panikreaktion gewesen sei. Gerade deshalb müsse sich jemand um ihn kümmern und ihm gut zureden. Da sie selbst dies aus den genannten Gründen nicht tun könnte, müssten Jenny und Lenz in die Bresche springen.

»Der Paul hat zusammen mit einem Freund eine Jagdhütte im Wald oberhalb von Bad Ratzes gemietet. Dort wird er sich versteckt haben«, erklärte Johanna mit verschwörerischer Miene.

Ob ihn da nicht die Polizei suchen werde, wandte Jenny ein.

Johanna verneinte. Ihr Lebensgefährte war nicht im Mietvertrag eingetragen. Bis es den Ermittlern gelingen würde, eine Verbindung herzustellen, wäre Paul längst wieder zurück und alles aufgeklärt.

Trotz dieser zuversichtlichen Äußerung zweifelte Jenny, dass es eine gute Idee war, Johannas Vorschlag zu folgen. Sie sah fragend zu Lenz. Der legte seine Hand auf die ihre und blickte sie durch seine Brillengläser ernst an. »Ich glaube der Tante, dass Paul unschuldig ist, und werde mit ihm reden. Aber es ist besser, wenn ich allein gehe.«

Jenny war nicht damit einverstanden. Wenn Lenz es für richtig hielt, Traminer in seinem mutmaßlichen Versteck aufzustöbern, wollte sie ihn begleiten. »Ich komme mit«, erklärte sie.

Lenz machte Anstalten zu widersprechen. Die Tante mischte sich ein. »Steht der Ochs alloan vorm Berg, mocht er zem olles verkehrt«, beendete sie die Diskussion. Was immer Johanna mit diesem Spruch ausdrücken wollte, sie bewirkte damit, dass Lenz nachgab.

Die Tante hatte eine Wanderkarte auf dem Tisch ausgebreitet und mit einem Kreuz markiert, wo sich die Hütte befand. »Ihr fahrt's mit dem Bus nach Bad Ratzes und nehmt's den Geologensteig. Wo sich der Weg gabelt, geht es in den Wald hinein«, hatte sie gesagt und ihnen eingeschärft, sich durch lautes Rufen zu erkennen zu geben, sobald sie in Sichtweite des Gebäudes waren.

»Der Paul tut niemandem was zu leide, aber sicher ist sicher.« Mit diesen wenig Vertrauen erweckenden Worten hatte sie sich Schnaps nachgeschenkt und Lenz und Jenny, deren Gläser noch fast voll waren, zugeprostet.

Sie waren ein Stück weit in die auf der Karte eingezeichnete Richtung gegangen. Nadelbäume so hoch wie die Schiffsmasten eines Großseglers umgaben sie. Je weiter sie vordrangen, desto dichter wurde der Bewuchs. Das Tageslicht fiel immer spärlicher durch das Blätterdach, nicht jedoch der Regen, der sie seit Beginn ihres Aufstiegs begleitete und stetig stärker wurde. Jenny zog die Kapuze ihrer Jacke tiefer in die Stirn.

»Da vorne müsste die Hütte sein«, sagte Lenz und blieb stehen. Jenny trat neben ihn und blickte durch das Dickicht. Sie blinzelte ein paar Tropfen weg, die sich in ihren Wimpern verfangen hatten. Trotzdem konnte sie nichts erkennen, das auf eine Behausung hindeutete. Lenz ließ sich dadurch nicht beirren und ging weiter. Jenny zögerte. Sie hatte das Gefühl, dass sie die Richtzeit, die Johanna ihnen für die Strecke angegeben hatte, längst überschritten hatten. Ein Blick auf das Handy bestätigte ihre Vermutung. Sie hätten Traminers Versteck bereits vor einer Viertelstunde erreichen sollen. Am mangelnden Tempo konnte es nicht liegen, sie waren zügig vorangeschritten. Was, wenn sie sich verirrt hatten?

Jenny wollte ihre Befürchtung Lenz mitteilen. In dem Moment stellte sie fest, dass sie ihn nicht mehr sehen konnte. Unruhe erfasste sie. Wenn sie einander verloren hatten, bestand wenig Aussicht, sich in diesem unwegsamen Waldstück wiederzufinden. »Wo bleibst du denn?« Lenz tauchte neben ihr auf und teilte ihr mit, dass er die Hütte gefunden habe. Jenny atmete erleichtert auf. Sie hatte sich grundlos gesorgt. Dennoch konnte sie den Schrecken, der sie kurzzeitig erfasst hatte, nicht vergessen und entschloss sich zu einer Vorsichtsmaßnahme. Sie knotete ihr Halstuch auf und nahm es ab. Anschließend band sie es um den Ast eines Baumes.

»Jetzt haben wir einen Orientierungspunkt für den Rückweg«, sagte sie zu Lenz. Der grinste und legte den Arm um ihre Schultern. »Damit du nicht wieder verloren gehst.«

Eng aneinander geschmiegt drängten sie sich durch das üppig wuchernde Unterholz. Nach wenigen Metern lichtete es sich und gab den Blick auf ein Gebäude frei, das Jenny an das Knusperhäuschen aus dem Märchen ›Hänsel und Gretel‹ erinnerte. Der Unterschied bestand darin, dass sich in der Hütte keine Hexe befand, die Kinder zu sich lockte, um sie zu mästen und zu verspeisen, sondern jemand, der bereit war, ungebetene Besucher mit der Schusswaffe zu vertreiben. Jenny und Lenz erkannten dies an dem Knall, der die Stille zerriss, und an der Kugel, die unweit von ihnen in einen Baum einschlug.

*

Aldo Klotz zog sein Bein nach. Das Knie hatte wieder zu schmerzen begonnen – was, wie er fand, kein Wunder war. Denn anstatt in der Einsatzzentrale eine Lagebesprechung abzuhalten und die neuen Kollegen aus Bozen mit dem Fall vertraut zu machen, befand er sich im Wald.

Der Grund, warum er das gemütliche Extrazimmer des Turmhotels mit dieser weit weniger komfortablen Umgebung getauscht hatte, lag in einem Anruf, den er am frühen

Vormittag erhalten hatte. Holzarbeiter hatten im Forst oberhalb von Bad Ratzes einen Wagen entdeckt, der dort abgestellt worden war und nicht hingehörte. Sie hatten den Notruf verständigt und das Kennzeichen durchgegeben. Rasch stellte sich heraus, dass der Pkw Traminer gehörte. Dante Conestabile, der umsichtige Carabiniere, informierte Klotz. Er beschloss, die Ankunft der Verstärkung aus Bozen nicht abzuwarten. Denn erstens war er der Ansicht, dass bei der Suche nach dem Flüchtigen keine Zeit zu verlieren war, und zweitens wären ihm die ortsunkundigen Kollegen ohnehin keine große Unterstützung gewesen. Stattdessen bat Klotz Conestabile um Amtshilfe. Er erklärte sich umgehend dazu bereit und stellte einen weiteren Mann zur Verfügung. Zu dritt fuhren sie mit dem Auto der Carabinieri zu der Stelle, an der Traminers Wagen entdeckt worden war. Die Vermutung, dass der Verdächtige von hier aus in den Wald geflüchtet war, lag nahe. Da er allerdings bereits am Vortag entwischt war, konnte er längst über alle Berge sein – und das im wahrsten Sinne des Wortes, wenn Klotz die umliegenden Gipfel betrachtete. Er fragte Conestabile, welche Route Traminer seiner Meinung nach eingeschlagen hatte.

»Es gibt viele Möglichkeiten«, antwortete der. »Ich würde darauf tippen, dass er hier im Wald ist.«

»Was macht Sie so sicher?«

»Weiter oben gibt es ein paar Jagdhütten. Sie sind sehr abgelegen. Eine davon gehört einem Freund von Traminer. Da könnte er sich verstecken.«

Klotz hielt das für plausibel und bat Conestabile, ihn hinzuführen. »Ich weiß allerdings nicht, welche es ist«, schränkte der Carabiniere ein.

Klotz hatte sich davon nicht entmutigen lassen. Voller Optimismus war er den beiden Beamten gefolgt und in dem steilen unwegsamen Gelände trotz der kühlen Temperatur schon bald gehörig ins Schwitzen geraten.

Sie waren bereits eine Weile unterwegs, ohne jedoch auf eine einzige – geschweige denn die richtige – Behausung gestoßen zu sein. Klotz stand kurz davor, das Vorhaben abzubrechen.

»Commissario, kommen Sie. Schauen Sie sich das an.« Conestabile und sein Kollege standen ein Stück weiter oben am Hang. Klotz riss sich zusammen. Mit letzter Kraft schleppte er sich und sein schmerzendes Bein zu der Stelle, wo die Carabinieri auf ihn warteten.

Kurz bevor er dort ankam, trat Conestabile, der mit seinen 1,90 Meter bisher die Sicht verdeckt hatte, zur Seite. Damit gab er den Blick auf etwas frei, das definitv nicht einer Laune der Natur entsprungen, sondern von Menschenhand angebracht worden war: Um einen Ast war ein Halstüchl geknotet, das in ähnlich sattem Gelb leuchtete wie die Arnikablüten auf der nahe gelegenen Seiser Alm.

Klotz hielt es für unwahrscheinlich, dass das Accessoire dem Verdächtigen gehörte. Dennoch erschien es ihm lohnenswert, sich in diesem Abschnitt des Waldes genauer umzusehen.

*

Paul Traminer hob sein Teehäferl, blies in die Flüssigkeit und nahm einen Schluck. »Hoaß isch des. Passt's auf, dass enk net die Zungen verbrennts.«

Jenny betrachtete den Bauingenieur, der friedlich an dem Ecktisch saß und sich um ihr und Lenz' Wohlergehen sorgte. Es handelte sich um denselben Mann, der zuvor auf sie geschossen hatte. »Nur ein Warnschuss«, wie er ihnen versicherte, nachdem sie sich Johannas Rat folgend durch lautes Rufen zu erkennen gegeben hatten.

»Ich hab euch für Touristen gehalten und wollte verhindern, dass ihr zu nah an die Hütte kommts«, hatte er erklärt und sie ins Innere gebeten. Sie hatten sich ihrer nassen Jacken entledigt und Platz genommen. Neben Tisch, Eckbank und Sessel befanden sich in der Hütte ein Einbauschrank und ein Küchenkästchen. Auf diesem standen ein Metallkrug und ein Plastikzuber. Da Jenny keine Spüle entdecken konnte, nahm sie an, dass der Behälter zum Geschirrwaschen benutzt wurde. Vor der Hütte hatte sie einen Holzbrunnen gesehen, der mit Quellwasser aus den Bergen gespeist wurde. Die Schlafgelegenheit vermutete sie hinter der zweiten Tür des Raumes, die geschlossen war. Am Fenster hingen Gardinen, die den Blick auf die Lichtung freigaben. Die zart geblümten Vorhänge waren zur Seite gezogen. Elektrischen Strom gab es nicht, jedoch einen Spirituskocher, auf dem Traminer das Wasser für den Tee erhitzt hatte.

Jenny zuliebe befleißigte sich der Bauingenieur – von kurzen südtirolerischen Einschüben abgesehen – des Hochdeutschen. Auch sonst wirkte er höflich und beherrscht. Nichts erinnerte an den rabiaten Mann, den sie bei Johanna kennengelernt hatte.

»Ich hab Zeit gehabt zum Nachdenken«, erklärte er ihnen, nachdem sie ihn namens seiner Lebensgefährtin dazu aufgefordert hatten, zurückzukommen und bei der Polizei eine Aussage zu machen.

»Durch deine Flucht hast du dich verdächtig gemacht. Johanna ist überzeugt, dass du unschuldig bist. Aber du musst mit dem Kommissar reden und die Sache aufklären«, sagte Lenz.

»Wenn's lei so oanfoch wär«, seufzte Traminer und begann, ihnen über die Ereignisse am Tschaminbach zu berichten. Er war tatsächlich, so viel stand bisher fest, am Nachmittag von Saltners Tod bei der Säge gewesen.

»Ich bin zum Naturparkhaus gefahren und habe mich am Bach umgeschaut. Ein paar Stege sind dort schadhaft, ich hatte den Auftrag, einen Kostenvoranschlag für die Reparaturarbeiten zu erstellen. Ich war schon ein Stück von der Säge entfernt, da höre ich auf einmal Stimmen.«

Obwohl sie ihm ungewöhnlich laut und aufgeregt vorkamen, schenkte er den Stimmen zunächst keine Bedeutung. Er erledigte, weshalb er hergekommen war, und ging zurück zum Naturparkhaus. Bevor er es erreichte, gelangte er zu der der Säge nächstgelegenen Holzbrücke.

»Auf einmal liegt da einer. Ich gehe näher und sehe, dass es der alte Saltner ist. Zuerst denk ich, der Schlag hätte ihn getroffen. Aber dann war da überall Blut am Kopf. Ich hab gewusst, dass er tot ist. Sicherheitshalber hab ich ihm den Puls gefühlt, es war aber nix mehr zu machen.«

»Warum haben Sie nicht den Notruf verständigt?«, fragte Jenny.

Traminer nahm einen weiteren Schluck von seinem Tee. »Sein S' net so ungeduldig. Oans nochn ondern«, mahnte er.

Bevor er fortfahren konnte, warf Lenz ein: »Wie bist du auf die Idee gekommen, Saltner könnte einen Schlaganfall haben? Gab es dafür Anzeichen?«

Traminer schüttelte den Kopf. »Der Saltner war ein cholerischer Typ. Da wäre es nicht verwunderlich gewesen.«

Wer im Glashaus saß, sollte nicht mit Steinen werfen, dachte Jenny, hütete sich jedoch, dies laut auszusprechen. Sie wollte verhindern, dass der Bauingenieur unversehens wieder in Rage geriet.

»Ich hatte mein Handy im Auto gelassen und wollte zur Säge gehen, um Hilfe zu holen«, setzte Traminer seinen Bericht fort. »Auf einmal sehe ich, dass der Saltner nur einen Schuh anhat. Der andere stand unweit von ihm im Gras.« Der Chef der Umweltgruppe hatte sich keine Gedanken über den Grund für die unvollständige Fußbekleidung des Toten gemacht, sondern sie als Wink des Schicksals betrachtet. Er erinnerte sich an den Streit, den er mit dem Hotelier am Vortag wegen der Rosengartenhütte gehabt hatte. Er empfand es als Hohn, dass ausgerechnet derjenige, der das Kleinod in den Bergen zerstören wollte, sich den Namen des berühmten Sagenkönigs auf seine Schuhe hatte sticken lassen. Laurin hatte sein Reich bekanntlich mit drastischen Mitteln verteidigt, was Traminer auf eine Idee brachte. »Ich hab mir gedacht: Wenn er schon sein Lebtag nichts Gutes getan hat, soll er wenigstens im Tod zu etwas taugen, und hab mir den Schuh geschnappt. Ich wollt ihn vor den Eingang vom Gemeindeamt in Tiers stellen. Die Leute hier kennen die Sage. Ich hab damit gerechnet, dass der Wanderstiefel dort gefunden und zum Bürgermeister gebracht wird. Der hätte den Zusammenhang hergestellt und kapiert, dass es eine Warnung ist.« Wie um seine Worte zu unterstreichen, stellte Traminer die Tasse, die er in der Hand gehalten hatte, mit Nachdruck auf den Tisch.

Jenny bemerkte, dass der Bauingenieur während seines Berichts zunehmend grimmiger geworden und von seiner ehedem besonnenen Haltung nicht mehr viel zu spüren war.

»Wie ich mit dem Stiefel in der Hand zur Säge komme, reißt es mich auf einmal«, fuhr er fort. »Ich denk mir: Was, wenn mich einer mit dem Schuh sieht?«

Trotz der kühlen Temperatur in der Hütte hatte Traminer zu schwitzen begonnen und wischte sich mit einem Stofftaschentuch über die Stirn. »Mir ist klar geworden, dass ich eine Dummheit gemacht habe. Mein einziger Gedanke war, wie ich den Schuh wieder loswerde. Noch dazu waren meine Fingerabdrücke drauf …«

Traminer wischte sich erneut übers Gesicht. In die Pause hinein sagte Lenz: »Du hast ihn in das Becken mit dem Wasserrad geworfen.«

Der Bauingenieur nickte: »Ich hab damit gerechnet, dass der Schuh sich mit Wasser füllt und untergeht …«

»Und nicht daran gedacht, dass er in die Speichen des Rades geraten könnte …«, ergänzte Lenz.

»Obwohl Sie Techniker sind und das hätten wissen müssen.« Jenny hatte sich diese letzte Bemerkung nicht verkneifen können. Gleich darauf erschrak sie. Jäh erinnerte sie sich daran, dass sie hier mit einem saßen, hinter dem die Polizei her war und der ein Gewehr hatte. Sie riskierte einen Blick auf die Waffe, die mit dem Lauf nach oben auf der Bank neben Traminer lehnte.

Er musste sie beobachtet haben. »Brauchens keine Angst zu haben. Ich nehm die Puffn nur zum Jagern und schieß damit nicht auf Leute.«

Ihm schien einzufallen, dass er genau das zuvor getan hatte. »Höchstens ein gezielter Warnschuss«, schränkte er ein. Er verzog den Mund und deutete ein Lächeln an, gleich darauf wurde er wieder ernst. »Ich weiß, dass ich mich verdächtig gemacht habe. Das mit dem Schuh war eine Dummheit, und dass ich davongelaufen bin, erst recht. Aber ich hab einfach nachdenken müssen, wie ich da wieder herauskomme. Mir ist tatsächlich etwas eingefallen.« Er unterbrach sich und sah aufmerksam zum Fenster, das genau in seiner Blickrichtung lag. »Oder vielmehr aufgefallen«, korrigierte er sich. »Ihr erinnerts euch an die Stimmen, von denen ich euch erzählt habe?«

Lenz bejahte. »Du hast sie erkannt?«

»Zuerst nicht. Aber dann sind sie lauter geworden. Es waren zwei. Verstanden habe ich nichts, aber am Tonfall habe ich erkannt, dass sie sich streiten. Einer war der Konrad Saltner.«

»Und die andere Stimme, wem hat die gehört?«, fragten Lenz und Jenny beinahe gleichzeitig.

»Ich hab mir zuerst nichts dabei gedacht. Nicht einmal, wie ich den Toten gesehen habe. Aber jetzt, wo ich Zeit gehabt hab zum Überlegen …« Traminer schüttelte den Kopf als ringe er mit sich, ob er die ungebetenen Besucher in das Ergebnis seines Denkprozesses einweihen sollte. Er schien zu einem Entschluss gekommen zu sein, denn er sprach weiter: »Ich möcht's ja selber nicht glauben. Die zweite Stimme gehörte …« Traminer erstarrte. »Runter mit euch«, befahl er, ließ sich von der Sitzbank gleiten und warf sich auf den Boden. Lenz und Jenny folgten der Aufforderung. Der Bauingenieur tastete nach dem Gewehr, bekam es zu fassen und zog es zu sich heran.

*

»Sakra!«, fluchte Aldo Klotz mit zusammengebissenen Zähnen. Weder sein schmerzendes Knie noch der Regen hatten ihn bisher von seinem Vorhaben, Traminers Versteck zu finden, abhalten können. Jetzt reichte es ihm.

Beim Weg durch das Unterholz war er ins Stolpern geraten. Er hatte versucht, sich an einem Schössling festzuhalten. Die schwachen Zweige hatten sein Gewicht jedoch nicht zu stützen vermocht. Während er zu Boden glitt, hatte er einen Aufschrei von sich gegeben – ob aus Zorn oder einfach aus schierer Überraschung über sein neuerliches Missgeschick, wusste er nicht zu sagen. Nun lag er bäuchlings auf der Erde.

Das zweite Mal innerhalb von 24 Stunden, dass es ihn hinschmiss, dachte er erbittert. Wobei der weiche Boden diesmal seinen Sturz abgefedert und Klotz, soweit er feststellen konnte, wenigstens keine Wunden und Prellungen davongetragen hatte. Mühsam wälzte er sich auf die Seite, um sich hochzustemmen. Bevor ihm dies gelang, kamen die Carabinieri und halfen ihm auf die Beine.

»Alles in Ordnung?«, fragte Conestabile.

Klotz hätte am liebsten verneint. Nichts war in Ordnung. Im Gegensatz zu den Polizisten, die mit Dienstmütze und Uniform einigermaßen wetterfest adjustiert waren, spürte er die Feuchtigkeit durch die Kleidung dringen. Zu allem Überfluss waren nun die Vorderseite seiner Jeans und seiner dünnen Windjacke mit Erdreich und Tannennadeln bedeckt.

»Lassen wir's gut sein. Hier braucht es einen Suchtrupp, der ordentlich ausgerüstet ist. Wir können nichts ausrichten.« Damit wandte er sich um und machte ein paar Schritte in die Richtung, aus der sie seiner Meinung nach gekommen waren. Er hatte sich geirrt. Genau vor ihm tauchte wie aus dem Nichts eine Hütte auf. Ob das die von Tramíners Freund war?

Die Carabinieri wussten es nicht. Klotz war sich über eines im Klaren: Wenn der Flüchtige dort drin war, hatte er sie vermutlich bereits gesehen, auf jeden Fall gehört. Es war keine Zeit zu verlieren. Rasch sprach er sich mit Conestabile und dessen Kollegen ab. Mit ihren Dienstpistolen im Anschlag bezogen die beiden hinter jeweils einem Baum Stellung, während Klotz sich in geduckter Haltung der Behausung näherte. Nichts rührte sich.

Wahrscheinlich war es die falsche Hütte, vermutete Klotz. Aber diese würde er überprüfen wollen, bevor er den Einsatz abbrach. In dem Augenblick sah er Fußspuren auf der Holzveranda vor dem Eingang. Sie wirkten frisch, der Lehm war noch nicht getrocknet.

Klotz gab den Carabinieri das vereinbarte Zeichen, mit dem er ihnen bedeutete, näherzurücken und die Hütte zu umstellen. Er hörte ein Geräusch: Schritte näherten sich von innen. Es blieb keine Zeit mehr, in Deckung zu gehen. Im nächsten Moment wurde die Klinke gedrückt und die Tür geöffnet. Die Person, die herauskam, hätte Klotz am wenigsten erwartet. Sie trug ein Sweatshirt, das in demselben Gelb leuchtete wie das Halstuch, das sie unterwegs gefunden hatten.

»Grüß Gott, Herr Kommissar. Sie schickt mir der Himmel.« Jenny Sommer machte einen Schritt zur Seite. Mit einer Geste bedeutete sie Klotz einzutreten.

ZEHN

Zügig schritt Paul Traminer den Hang hinauf. Er blieb stehen, horchte und ging weiter. Nachdem er diesen Vorgang ein paar Mal wiederholt hatte, wandte er sich seinem Begleiter zu. »Wir haben sie abgehängt.«

Lenz Hofer drehte sich um und spähte zwischen den Bäumen hindurch. »Schaut so aus«, bestätigte er.

Schweigend setzten sie ihren Marsch fort. Es hatte aufgehört zu regnen. Ein paar Sonnenstrahlen bahnten sich ihren Weg durch die Wipfel und warfen helle Flecken auf den mit Tannennadeln übersäten Boden.

Lenz spürte, wie sein Atem sich beruhigte. Es war ihnen gelungen, aus der Hütte zu entkommen. Paul hatte das Gewehr in einer Kellerluke, die mit einer Falltür gesichert war, verschwinden lassen und den Teppich, den er zuvor beiseite geschoben hatte, darüber gezogen. »Polizei im Anmarsch«, hatte er sein Verhalten erklärt.

»Geh mit«, hatte Jenny Lenz zugeflüstert, »und versuche herauszufinden, wer bei Saltner war. Ich halte inzwischen die Polizei auf.«

Lenz war hin und her gerissen. Er wollte Jenny nicht allein zurücklassen, andererseits fühlte er sich Johanna gegenüber verpflichtet. Irgendwie musste es ihm gelingen, Paul zur Vernunft zu bringen.

»Überleg nicht, beeil dich.« Jennys Aufforderung gab den Ausschlag. Mit einem Satz war Lenz auf den Beinen.

»Ich komme mit«, hatte er dem Bauingenieur hinterhergerufen und war ihm nach aus der Hütte geeilt. Der hatte sich nicht einmal umgewandt, sondern war im Laufschritt den Hang hinaufgestürmt.

Nach etwa zehn Minuten hatte er ein gemäßigteres Tempo angeschlagen – sehr zur Erleichterung von Lenz, denn lange hätte er nicht mehr durchgehalten. Er hielt sich für sportlich und gut trainiert. Umso mehr nötigte ihm die Kondition des um gut 20 Jahre älteren Mannes Respekt ab. Allerdings stand für ihn einiges auf dem Spiel, was seine Beine wahrscheinlich schneller voranschreiten hatte lassen.

»Und jetzt sogsch mir, wieso du mitkemmen bisch. Wert epper net des schlechte Gwissn gwesn sein?«

Bei Pauls Worten zuckte Lenz zusammen. Er fühlte sich ertappt. Der Gedanke, dass das Halstuch die Ermittler – Paul war sich sicher, mindestens zwei Uniformierte ausgemacht zu haben – zur Hütte geführt hatte, war ihm bereits gekommen. Zwar war Jenny diejenige gewesen, die die Markierung angebracht hatte, doch er hatte es nicht verhindert. Allerdings, so sagte er sich, musste es einen weiteren Hinweis gegeben haben. Was sonst hätte die Polizei veranlasst, gerade in dieser Gegend nach dem Bauingenieur zu suchen? Dass deren Auftauchen reiner Zufall war, vermochte er nicht zu glauben.

»Bist du dir sicher, dass sie hinter dir her waren?«, erkundigte er sich, um jeden Irrtum auszuschließen.

»I hon in erkonnt, den dicken Kommissar. Bevor er gschrien hot, hon i ihn durch die Bäume gsegn. Zem isch er hingflogn.«

Lenz erinnerte sich, dass Paul während der ganzen Zeit, die sie in der Hütte verbracht hatten, das Fenster im Auge behalten hatte. Er war auf der Hut gewesen und hatte daher Aldo Klotz und seine Begleiter bemerkt – ebenso, wie er

Jenny und ihn gesehen hatte, bevor sie die Hütte erreicht hatten.

»Wir haben uns halt gedacht, dass wir irgendein Zeichen anbringen müssen, damit wir wieder zurückfinden«, begann Lenz vage.

»Loss mirs guat sein. Sie wern mei Auto im Wald entdeckt hobn. Brauchsch koa schlechts Gwissn hobn, konsch wieder zruckgian zu deiner Freundin – folls der Kommissar sie net verhoftet hot.«

Lenz war überzeugt, dass er sich diesbezüglich keine Sorgen zu machen brauchte. Jenny hatte mit Sicherheit eine plausible Erklärung für ihre Anwesenheit auf der Hütte ersonnen. Er beschloss, sich der Aufgabe zu widmen, deretwegen er mitgekommen war, nämlich Paul zur Umkehr zu bewegen. »Es wäre besser, du gehst selbst zurück – und sagst der Polizei, wessen Stimme du bei Saltner gehört hast. Die Person könnte schuld an seinem Tod sein.«

Paul schüttelte den Kopf. »Des isches jo krod, dass i sell net glabn mecht. I will niemenden Unschuldigen ans Messer liefern.«

Sie waren am Ende des Waldstückes angekommen. Vor ihnen erstreckte sich die weite Hochebene der Seiser Alm. Paul ließ sich auf einen Baumstumpf nieder. Lenz suchte sich eine Sitzmöglichkeit in unmittelbarer Nähe. Er öffnete seinen Rucksack, entnahm ihm eine Trinkflasche und reichte sie seinem Begleiter. Der nahm sie entgegen und sog gierig daran. Der stramme Marsch hatte ihn offensichtlich durstig gemacht.

»Wenn i nur a Meglichkeit hett, mit der Person zu reden. Vielleicht hat sie eppes gesehen, das mir weiterhilft«, sagte er und gab die Flasche Lenz. Er wischte mit dem Handrücken über den Hals des Aluminiumbehälters und setze ihn an die Lippen. Kühl rann der gespritzte Apfelsaft seine Kehle hinab. Lenz dankte im Stillen Johanna, die für den Proviant gesorgt hatte. Das zuckerhaltige Getränk spendete ihm Energie, die er dringend benötigte. Es galt, einen Ausweg aus der Situation zu finden, in die Paul sich hineinmanövriert hatte – und in der Lenz durch sein Handeln nun wie der zweite Mann in einer Seilschaft mit drin hing.

Nach allem, was geschehen war, schloss Lenz die Möglichkeit aus, dass Paul zurückkehrte, um mit der ominösen Person, deren Namen er nicht nennen wollte, Kontakt aufzunehmen. Spätestens sobald er in Völs auftauchte, würde Klotz ihn festnehmen.

»Es hot olls koan Sinn. I gea zur Polizei«, sagte Paul unvermittelt.

Lenz hätte über diesen Sinneswandel erfreut sein müssen, denn um den zu erreichen, war er hergekommen. Mit einem Mal zweifelte er jedoch daran, dass dies zum jetzigen Zeitpunkt die richtige Entscheidung war. Er kannte den Kommissar gut genug, um zu wissen, dass für ihn sein Gegenüber der Hauptverdächtige war. Sobald Klotz seiner habhaft wurde, würde er nicht mehr viel unternehmen, um nach anderen Verdächtigen zu suchen. Es sei denn, es gelang ihnen, Material zu sammeln, das Pauls Unschuld bewies.

Jenny fiel ihm ein. Er könnte sie bitten, Erkundigungen einzuziehen. Doch bevor Lenz sich bei ihr meldete, musste er Zeit verstreichen lassen. Gut möglich, dass sie gerade in dem Moment vernommen wurde. Da käme sein Anruf mehr als ungelegen …

»Glaub ich nicht, dass es klug wäre, jetzt zurückzugehen«, sagte er zu Paul.

»Krod hosch no des Gegenteil gsogt«, konterte der. »Außerdem, wo soll mir denn hin? Willsch zu Fuß ibern Brenner gian?«

Lenz ließ sich die Frage durch den Kopf gehen. Sie war zweifellos nicht ernst gemeint. Das war ihm bewusst. Aber der Gedanke, eine gewisse geografische Distanz zwischen sie beide und die Ermittler zu bringen, erschien ihm eine gute Idee. Der Brennerpass, der die Staatsgrenze zwischen Italien und Österreich bildete, war allerdings kein realistisches Ziel. Ihn zu erreichen, würde einen Marsch von ein paar Tagen bedeuten, für den sie nicht ausgerüstet waren. Außerdem würde man Paul bis dahin sicherlich auch jenseits der Grenze suchen.

Lenz öffnete erneut seinen Rucksack, entnahm ihm Johannas Wanderkarte und entfaltete sie. Die Seiser Alm war auf drei Seiten von Berggipfeln umgeben. Östlich der Stelle, an der sie sich befanden, lag der Schlern, südlich der Rosengarten, im Nordosten erhoben sich Lang- und Plattkofel. Eine Überquerung eines dieser Gebirgsstöcke kam nicht infrage. Sie würden unweigerlich in die Dunkelheit hineinkommen. Da sie weder Zelt noch Schlafsäcke dabeihatten, blieb ihnen nichts anderes übrig, als in einer Schutzhütte zu übernachten. Das war allerdings zu riskant. Denn es war leicht möglich, dass dort jemand Paul erkannte und die Polizei verständigte. Via Internet, Handy und Smartphone erreichten Fahndungsfotos binnen kurzer Zeit die entlegensten Gegenden. Nach Westen zu ging es hinunter nach Seis und Völs, da würden sie Klotz und seinen Leuten direkt in die Arme laufen.

Die einzige Fluchtmöglichkeit, die Lenz sah, lag im Norden. Er dachte allerdings nicht daran, bis zum Brenner zu marschieren. Ein anderer Plan nahm langsam in seinem

Kopf Gestalt an. Er ging zu seinem Begleiter und zeigte auf eine Stelle auf der Karte.

»Wie weit ist es bis ins nächste Tal?«, fragte er

»Nach Gröden? Vier, fünf Stunden werma zu Fuß brauchen. Obr wos selln mir dort?«

Wieder studierte Lenz die Karte. Sie mussten über die Seiser Alm zu einem Hochplateau namens Puflatsch, das von einem besonders bei Feriengästen beliebten Wanderweg umrundet wurde. Etwa bei der Hälfte der Strecke führte ein Steig hinunter ins Grödnertal.

»Sogsch mir, wos du vorhosch?«, insistierte Paul.

Erneut blieb Lenz die Antwort schuldig. Sollte es ihnen gelingen, an das von ihm gewählte Ziel zu gelangen, brauchten sie jemanden, der sie dort erwartete und ihnen weiterhalf. Lenz wusste dafür nur eine Person. Er nahm sein Handy aus dem Rucksack und überzeugte sich davon, dass es auf Empfang war.

*

Im Extrazimmer des Turmhotels saß Aldo Klotz an seinem Schreibtisch und betrachtete die Geräte, mit denen der Techniker den Raum ausgestattet hatte. Vor Klotz stand der Bildschirm des Computers, rechts daneben ein Telefon. Auf einem separaten Tischchen befanden sich Fax und Drucker. Mochte das Equipment auch modernsten Standards entsprechen und ihm den Zugang zu den Polizeiarchiven verschaffen, nutzte es ihm herzlich wenig. Sämtliche der für das an Konrad Saltner begangene Verbrechen infrage kommenden Personen waren unbescholten. Nicht einmal über Ilona, der er seit Florian Saltners Befragung nicht mehr über den Weg traute, hatte er etwas Verdächtiges in Erfahrung bringen können.

Was er brauchte, war kein Datenhighway, sondern Verstärkung. Die war immer noch nicht eingetroffen. Nachdem er von seiner missglückten Suche nach Traminer zurückgekommen war, hatte er eine E-Mail der Quästur aus Bozen vorgefunden, in der man ihm mitteilte, dass es aufgrund eines dringenden Vorfalles nicht möglich sei, Beamte abzustellen und nach Völs zu schicken. Man werde ihn allerdings von Bozen aus nach Kräften bei den Ermittlungen unterstützen.

Klotz stieß ein verächtliches Schnauben aus. Er benötigte keine Schreibtischtäter, sondern Kollegen, die ihm hier vor Ort halfen. Es galt, Alibis zu überprüfen und den Leuten auf den Zahn zu fühlen.

Das Desaster, das sich heute im Wald ereignet hatte, durfte sich nicht wiederholen. Klotz fand, dass ihn am allerwenigsten Schuld daran traf. Er hatte seinen Urlaub unterbrochen, bemühte sich seit zwei Tagen redlich, den Fall zu lösen, doch allein hatte er nur wenig Mittel, die Aufklärung voranzutreiben. Es war zwar ein Entgegenkommen gewesen, dass die Carabinieri ihm bei der Suche nach Traminer Amtshilfe geleistet hatten. Aber die Ermittlungen waren eindeutig Sache der Polizei. Dass der Verdächtige entwischt war, machte die Sache nicht besser.

Ärgerlich dachte Klotz an Jenny Sommer, die ihn mit einer fadenscheinigen Ausrede in Empfang genommen hatte. Sie habe im Wald Pilze sammeln wollen, sich dabei verirrt und in der Hütte Zuflucht gesucht.

Klotz hatte ihr keinen Augenblick geglaubt, jedoch das Gegenteil nicht beweisen können. In der Hütte hatte sich außer ihr niemand befunden, wie die Durchsuchung ergeben hatte. Im Keller unter der Falltür entdeckten sie ein Gewehr. Es war auf Traminer zugelassen, er besaß Waffenschein und die Jagdlizenz. Vom Gesuchten selbst fehlte jede Spur.

Klotz hatte Sommer mit nach Völs in seine Einsatzzentrale genommen und dort verhört, doch sie war bei ihrer Version geblieben. Den Gedanken, sie in Beugehaft zu nehmen, verwarf er. Eine solche Maßnahme half ihm nicht, Traminer zu finden. Mochte sie ihn auch auf der Hütte angetroffen haben, bezweifelte er, dass sie etwas über seinen jetzigen Aufenthaltsort wusste.

Was Klotz stutzig gemacht hatte, war, dass Lenz Hofer nicht bei ihr gewesen war. Seine Frage nach ihrem Freund beantwortete sie damit, dass er unterwegs nach Salzburg an die Uni wäre.

Das immerhin ließ sich nachprüfen, dachte Klotz, und machte sich eine Notiz. Er blätterte seine Aufzeichnungen durch und verglich sie mit dem Protokoll, das die Carabinieri, die zuerst am Tatort gewesen waren, erstellt hatten. Die Rezeptionistin des Saltnerhofes hatte angegeben, dass der Chef kurz vor halb zwei Uhr ohne nähere Angaben das Haus verlassen hatte. Vermutlich war sie – abgesehen vom Täter – die Letzte, die Saltner lebend gesehen hatte.

Klotz beschloss, dass es sich lohnte, mit der Frau zu reden. Das brachte ihm zwar Traminer nicht zurück. Er war sich allerdings im Klaren darüber, dass auch andere ein Tatmotiv hatten. Bevor er nach Tiers fuhr, wollte er den Gerichtsmediziner anrufen. Über die Ereignisse des heutigen Tages hatte er das ganz vergessen.

*

Warm eingepackt in eine Wolldecke saß Jenny Sommer auf dem bequemen Sofa in Johannas Wohnzimmer. Die Beine hatte sie hochgelagert, ihren Rücken stützte ein Kissen, das ihr Lenz' Tante fürsorglich untergeschoben hatte. Im Gegensatz zu der Bauernstube, die mit ihren schweren, dunklen Holzmöbeln einen düsteren Eindruck vermittelte, wirkte in diesem Raum alles hell und freundlich. Verstärkt wurde dies durch das Panoramafenster, das den Blick auf die Veranda freigab.

Obwohl von draußen die Sonne hereinstrahlte, war Jenny dankbar für den wärmenden Überwurf. Johanna hatte sie, nachdem sie frierend und erschöpft von ihrer Expedition zurückgekehrt und frische Sachen angezogen hatte, hierher platziert, mit heißer Suppe versorgt und sich alles genau erzählen lassen. Im Wald war Jenny die Feuchtigkeit trotz der wasserdichten Sportjacke nach und nach durch die Kleidung gekrochen.

Sehnsüchtig betrachtete sie ihr Smartphone, das neben ihr auf dem Couchtisch lag und hartnäckig schwieg. Sie hatte damit gerechnet, dass Lenz die Information von Traminer bekam und ihn zur Umkehr bewegen konnte, während sie Klotz hinhielt. Doch es war anders gekommen. Sie und Johanna hatten bisher vergebens auf die Rückkehr oder eine Nachricht der beiden gewartet.

Zum wiederholten Mal an diesem Nachmittag fragte Jenny sich, ob sie richtig gehandelt hatte. Die Idee, Lenz aufzufordern, Traminer zu begleiten, war ihr in dem Augenblick gekommen, als er das Gewehr verschwinden ließ. Für sie war das ein Zeichen gewesen, dass er nicht plante, jemandem Gewalt anzutun. Gleichzeitig regte sich bei ihr das schlechte Gewissen wegen des Halstüchls, das die Polizei auf die richtige Spur gebracht haben könnte.

Obwohl Paul ihr nicht gerade sympathisch war, befand sie, dass sie es Johanna schuldig war, ihn mit Lenz' Hilfe zur Vernunft zu bringen. Zudem packten sie die Neugier und ihr kriminalistischer Spürsinn in dem Augenblick, da sie von Traminers Beobachtung erfuhr. Kurzfristig war sie sogar stolz auf sich gewesen, dass sie die Teehäferln geistesgegenwärtig in die Schüssel mit dem Spülwasser getaucht, in den Schrank gestellt und sich für Klotz, den sie durchs Fenster hatte näher kommen sehen, eine Ausrede zurechtgelegt hatte. Johanna hatte sie in dem Glauben bestärkt, dass sie richtig gehandelt hatte.

Inzwischen war Jenny sich dessen nicht mehr so sicher, zumal ihr bei ihrer Geschichte ein Fehler unterlaufen war. Es war unklug gewesen zu behaupten, dass Lenz nach Salzburg an die Uni gefahren war. Ihr war im Moment nichts Besseres eingefallen. Nun wurde ihr klar, dass Klotz dies mit Leichtigkeit nachprüfen konnte. Zudem rechnete sie damit, dass Lenz jeden Moment wieder auftauchte – was dem Kommissar nicht lange verborgen bliebe.

Ob sie versuchen sollte, Lenz am Handy zu erreichen? Sie entschied sich dagegen. Bis jetzt hatte sie der Versuchung widerstanden, ihn anzurufen. Vermutlich war er nach wie vor damit beschäftigt, Traminer zur Rückkehr zu bewegen, und sie vertraute darauf, dass ihr Freund anrief, sobald er es für richtig erachtete. Arthur Kammelbach fiel ihr ein. Sie musste ihm sagen, was sie dem Kommissar erzählt hatte. Wenn er sich an der Salzburger Uni erkundigte, würde er dies am ehesten bei Lenz' Chef tun.

Johanna betrat den Raum. Sie trug ein Tablett, auf dem sich eine Thermoskanne befand. Daneben standen Geschirr und ein Gugelhupf.

»Jetzt trinken wir einen Kaffee«, erklärte sie und platzierte alles auf dem Couchtischchen. Sie goss Jenny eine Tasse ein und schnitt ein Stück Kuchen ab.

»Hast du eine Nachricht von Paul erhalten?«, fragte Jenny hoffnungsfroh.

Johanna schüttelte den Kopf. »Mach dir keine Gedanken. Die werden sich schon melden.« Sie schenkte sich ebenfalls ein. »Unkraut vergeht nicht«, sagte sie. Mit dieser zwar aufmunternd gemeinten, aber für Lenz und Paul wenig schmeichelhaften Äußerung gab sie Milch und Zucker in ihre Schale und rührte mit dem Löffel um.

Jenny, die ihren Kaffee lieber schwarz trank, führte die Tasse an die Lippen. Ein kurzer Summton gefolgt von einem Vibrieren meldete den Empfang einer Nachricht. Rasch nahm sie ihr Smartphone zu sich und klickte auf das angezeigte Symbol. Auf das, was sie zu lesen bekam, konnte sie sich allerdings beim besten Willen keinen Reim machen.

*

Vor dem Hintergrund des bewaldeten Hanges schimmerten die Blütenblätter einer Rose. Ihre Farbe erinnerte an die firnbedeckten Gipfel der Alpen, die Arthur Kammelbach auf seinem Weg hierher passiert hatte. Er bückte sich, um auf dem Schildchen zu Füßen des Pflanzenstockes den Namen der Blume zu lesen. Er lautete ›Schneewittchen‹.

Kammelbach richtet sich auf. Sein Atem ging schneller, was ihn daran erinnerte, dass er wegen seiner Herzschwäche große Anstrengungen vermeiden musste. Trotzdem befand er, dass der herrliche Garten, dessen Anblick er gerade genoss, die Strapazen des überstürzten Aufbruchs und der gut dreistündigen Autofahrt hierher wert war.

Das Rosarium von Pufels, einem 200-Seelendorf am Fuß der Seiser Alm, bildete allerdings nicht den Grund für Kammelbachs Anwesenheit. Dennoch fiel es ihm schwer, sich von dem Farbenmeer loszureißen. Eine Gastwirtin des Ortes hatte auf einer Anhöhe, wo einst Schafe und Ziegen grasten, nach dem Vorbild von König Laurin einen Rosengarten angelegt. Entlang des Serpentinenweges wuchsen an die 6.000 Pflanzen rund 150 verschiedener Sorten in schier unerschöpflicher Vielfalt.

Kammelbach warf einen letzten Blick auf die Pracht, die sich zu seinen Füßen ausbreitete. Die Schläge der nahe gelegenen Kirchturmuhr erinnerten ihn daran, weshalb er gekommen war. Er verließ den locus amoenus und ging zu seinem Wagen, den er am Rand der schmalen Straße geparkt hatte. Von der Anhöhe aus, auf der er sich befand, betrachtete er den eng an den Berg geschmiegten Ort. Gemeinderechtlich gehörte er zu Kastelruth, geografisch gesehen lag er im Grödnertal. Damit gehörte die Ortschaft zum ladinischen Kulturkreis, der neben deutsch und italienisch die dritte Sprachgruppe in Südtirol bildete. Sie war es vor allem, der die Überlieferung des reichen Sagenschatzes der Provinz südlich des Brenners zu danken war.

Kammelbach hätte sich mit dessen Erforschung gerne eingehender befasst. Heute führte ihn jedoch eine andere Aufgabe hierher. Er sah zwei Männer den Weg herunterkommen. Einer von ihnen war mittelgroß, drahtig und hatte außer einem blonden Bart, der wollig die Mundpartie umrahmte und die Wangen bedeckte, nichts Auffälliges an sich. Im anderen erkannte er die wohlvertraute schlacksige Gestalt seines Assistenten Lenz Hofer, dessen telefonischer Hilferuf ihn vor wenigen Stunden ereilt hatte.

Ein Seufzer der Erleichterung entfuhr Kammelbach. Die beiden hatten es geschafft. Noch wusste er zwar keine genaueren Hintergründe für Lenz' Handeln. Dessen Versicherung, dass er jemanden, der zu Unrecht verdächtigt werde, vor dem Zugriff der Polizei schützen müsse, hatten Kammelbach aber fürs Erste genügt. Nicht zuletzt seinetwegen hatten Lenz und Jenny bereits zweimal auf eigene Faust ermittelt, ihm einmal sogar das Leben gerettet. Daher war er ohne viel zu fragen auf die Bitte seines Assistenten eingegangen. Bald würde er mehr erfahren, zumindest ging er davon aus. Zunächst galt es, den Flüchtigen an einen Ort zu bringen, wo keine Gefahr für ihn bestand.

Lenz und sein Begleiter kamen auf Kammelbach zu. Aus der Nähe betrachtet konnte er die Erschöpfung im Gesicht des Älteren deutlich sehen. Seine Augen lagen tief in den Höhlen, die Haut wirkte fahl. Lenz hingegen schien der Gewaltmarsch quer über die Seiser Alm und hinunter ins Grödnertal vergleichsweise wenig ausgemacht zu haben.

Sie stiegen ein. Der Assistent nahm am Beifahrersitz Platz, sein Begleiter im Fond. Nach einer kurzen Begrüßung und Worten des Dankes stellte Lenz ihn vor: »Paul Traminer, der Lebensgefährte meiner Tante, von dem ich dir erzählt habe.«

»Kammelbach«, sagte Arthur und reichte dem schräg hinter ihm Sitzenden die Hand, die dieser mit festem Druck ergriff.

»Am besten wir fahren gleich los, bevor wir auffallen«, sagte er.

Kammelbach vernahm den gehetzten Tonfall in der Stimme des Mannes und folgte der Aufforderung. »Wenn ich aus dem Ort draußen bin, bleibe ich noch einmal stehen. Dann steigen Sie bitte in den Kofferraum um.«

Im Rückspiegel sah er, wie Traminer ihn anstierte und heftig den Kopf schüttelte. »Bis mir am Brenner obn sein, bin i darstickt. I steig erscht kurz vor der Grenze um.«

Lenz schaltete sich ein. »Mach dir keine Sorgen. Das ist ein Mercedes, da ist Platz genug hinten.«

»Konnsch jo du umsteign, wenn'd mechteschtt«, empfahl Traminer.

»Nach mir wird nicht gefahndet«, konterte Lenz.

Kammelbach beendete den Wortwechsel: »Wir fahren nicht zum Brenner.«

Lenz hatte ihn bei seinem Anruf gebeten, sie nach Salzburg zu bringen, wo er Paul in seiner Studentenbude Unterschlupf gewähren wollte. Kammelbach hatte Lenz am Telefon nicht widersprochen, sein Vorhaben aber von Anfang an für eine Schnapsidee gehalten. Soweit er informiert war, ging es darum, den Verdächtigen ein, zwei Tage dem Zugriff der Polizei zu entziehen, um währenddessen eine Lösung zu finden, wie er aus der Situation, in die er sich selbst hineinmanövriert hatte, wieder herauskam. Kammelbach hatte nicht vor, mit einem Flüchtigen – egal ob im Kofferraum oder an einem anderen Platz im Auto – eine Strecke zu fahren, auf der mehrere Mautstellen und drei Staatsgrenzen zu passieren waren. Es gab eine viel bessere Möglichkeit, um den Gesuchten zu verstecken – und die lag ganz in der Nähe.

Sie hatten Pufels verlassen. Bei der nächsten Kehre der Serpentinenstraße, die hinunter ins Tal führte, gab es eine Ausweichstelle. Dort parkte Kammelbach den Wagen so, dass das Heck von der Straße nicht einsichtig war. »Herr Traminer, ich darf Sie bitten umzusteigen. Es wird ein bisschen unbequem, aber es dauert nicht lange. Das verspreche ich Ihnen.«

Erneut warf ihm der Angesprochene einen gehetzten Blick durch den Rückspiegel zu. Dennoch folgte er der Aufforderung, stieg aus und öffnete den Kofferraum. Lenz begleitete ihn. Nachdem er den Deckel geschlossen hatte, kehrte er auf den Beifahrersitz zurück. »Sagst du mir, wo es hingeht?«

»Ins Kloster«, antwortete Kammelbach und gab Gas.

ELF

Laurin sprach:
»Was seid Ihr bloß für Fürsten?
Ihr behauptet, Edelleute zu sein,
und seid doch nur Schurken.
Wer gab Euch das Recht,
meinen Rosengarten zu zerstören?
Die Blütenpracht
habt Ihr dem Erdboden gleichgemacht.
Ich verlange Wiedergutmachung;
dies wäre eines Fürsten würdig!
Frei nach ›Laurin‹

›Laien – Lajon‹. Der zweisprachige Wegweiser machte Lenz bewusst, dass sie das Gebiet, in dem die Ortstafeln in deutsch, italienisch und ladinisch abgefasst waren, hinter sich gelassen hatten. Während der Fahrt entlang des Grödner Baches hatte Lenz Arthur Kammelbach über die Ereignisse in Kenntnis gesetzt. Näheres über das Ziel ihrer Reise hatte der Professor bisher nicht verraten.

»Wie kommt Ihr mit euren Recherchen zu Laurin voran?«, wollte er jetzt wissen.

»Besser als uns lieb ist«, antwortete Lenz und berichtete von dem Wanderstiefel, den der Tote getragen und dessen Pendant bei der Säge gefunden worden war. Lenz hatte dieses Detail bisher verschwiegen. Nun nahm er die Frage seines Chefs zum Anlass, über Pauls unbesonnenes Vorgehen zu berichten.

»Und du bist dir sicher, dass dein Bekannter tatsächlich

nur ein Zeichen setzen wollte und nicht doch etwas mit der Tat zu tun hat?«

Lenz zögerte. Paul Traminers Handlungsweise, so wie er sie geschildert hatte, war tatsächlich schwer nachvollziehbar. Andererseits vertraute Lenz auf die Menschenkenntnis seiner Tante – und auf seine eigene. Während des ganzen langen Fußmarsches hatte er den Eindruck gewonnen, dass Paul zwar ein leidenschaftlicher Umweltschützer war, dem der Erhalt der Natur sehr am Herzen lag und der in seinem Bestreben, dies zu erreichen, manchmal zu Jähzorn und Unbedachtheit neigte. Dass er sich aber des Mordes oder Totschlages schuldig gemacht hatte und sie mit seinen Beteuerungen hinters Licht führte, wollte Lenz nicht glauben.

»Wir müssen herausfinden, wer die Person war, die Paul bei Saltner gehört hat«, sagte er schließlich.

»Hat er dir das nicht gesagt?«

Die Skepsis war aus Arthurs Tonfall herauszuhören.

»In der Hütte wollte er mir und Jenny den Namen nennen. In dem Moment ist die Polizei aufgetaucht. Auf dem Weg über die Seiser Alm habe ich Paul danach gefragt. Er hat bloß gemeint, er müsste noch einmal darüber nachdenken.« Lenz war sich im Klaren darüber, dass diese Worte eher nach einer Ausflucht klangen und nicht dazu beitrugen, Pauls Glaubwürdigkeit zu untermauern. Er hoffte, dass er Arthur nicht vergebens auf den weiten Weg hierher gebeten hatte, nur um im Endeffekt zu dem Schluss zu kommen, dass es das Beste war, Johannas Lebensgefährten der Polizei auszuliefern.

›Chiusa – Klausen‹. Das Hinweisschild zeigte die nächste Ortsdurchfahrt an. Sie befanden sich auf der Bundesstraße Richtung Brenner. Das mächtige Kloster Säben kam ihn Sicht, gleich darauf ließen sie es hinter sich. Lenz dachte an ihre menschliche Fracht, die zusammengekrümmt im Kofferraum lag. Erneut fragte er sich, welches Kloster sie aufsuchten.

Arthur schien seine Gedanken erraten zu haben. »Es dauert nicht mehr lange«, sagte er.

Schweigend fuhren sie das enge Eisacktal entlang. Vor ihnen kroch ein Lastwagen, ans Überholen war beim herrschenden Gegenverkehr nicht zu denken.

»Wer könnte deiner Meinung nach die Tat begangen haben?«, fragte Arthur unvermittelt.

Lenz ließ sich mit der Antwort Zeit. Er hatte sich darüber bisher keine Gedanken gemacht. Die alte Fehde mit den Bonells kam ihm in den Sinn. Es hätte gut einer von ihnen gewesen sein können. Doch wenn Paul jemanden von ihnen am Tschaminbach gehört hatte – welchen Grund sollte er haben, ein Mitglied dieser Familie zu schützen?

Eine andere Person fiel Lenz ein. Sie war ebenso wie der Bauingenieur gegen die Zerstörung der Natur und hatte damit ein Motiv, die Umwandlung der Rosengartenhütte in ein Hotel und die damit verbundene Zerstörung der Landschaft am Fuße der Laurinswand zu verhindern. Je intensiver er darüber nachdachte, desto deutlicher erschien ein Gesicht vor seinem inneren Auge. Es waren die vertrauten Züge eines Menschen, mit dem er bisher nur Gutes verbunden hatte …

»Gleich sind wir da«, sagte Arthur in dem Moment und fuhr in den Kreisverkehr ein, dessen erste Ausfahrt zur Bischofsstadt Brixen führte. Der Professor ließ sie rechts liegen und folgte dem nächsten Wegweiser. ›Novacella – Neustift‹, las Lenz. Er wusste nun, wohin sie unterwegs waren.

*

Ilona hörte das Motorengeräusch, ehe sie den Wagen sah, und trat aus dem Stall. Das Auto, das den schmalen Güterweg heraufkam, war ein Zivilfahrzeug.

Der Pkw hielt vor der Rosengartenhütte. Ihm entstieg ein korpulenter Mann, in dem Ilona Aldo Klotz erkannte. Sie blieb am Gatter stehen und wartete, bis der Kriminalbeamte sie erreichte.

»Guten Abend, Herr Kommissar. Wir haben schon geschlossen.« Sie wies mit der Hand auf den leeren Gastgarten. »Aber wenn Sie noch ein Bier trinken möchten …«

Klotz schüttelte den Kopf. »Ich hätte gern den Herrn Saltner gesprochen.«

Ilona ließ sich mit der Antwort Zeit. »Er ist nicht hier. Er wollte hinunter zum Hotel.«

»Von dort komme ich gerade. Da war er nicht.« Die Stimme des Kommissars hatte einen strengen Tonfall angenommen.

Ilona zuckte die Achseln. »Dann weiß ich es auch nicht. Sie können ja auf ihn warten. Setzen Sie sich doch. Platz ist genug.« Wieder wies sie auf die Tische, deren blank polierte Oberfläche in der Abendsonne glänzte.

Klotz machte einen unentschlossenen Eindruck. Ilona trat einen Schritt zurück, um den Weg in den Gastgarten freizugeben. Die aufmunternde Geste zeigte Wirkung. Der Kommissar ging auf einen Tisch zu und ließ sich auf der Holzbank nieder.

»Darf ich Ihnen nicht doch etwas zu trinken bringen? Ein Glas Wein vielleicht …«

Erneut schüttelte Klotz den Kopf. »Bringen S' mir ein Bier und setzen Sie sich zu mir.«

Ilona zapfte Bier vom Hahn, schnitt ein paar Scheiben Speck ab und richtete sie auf einem Teller an. Zuletzt goss sie für sich selbst ein Glas Rotwein ein und platzierte alles auf einem Tablett, das sie an den Tisch des Kommissars trug.

»Etwas gegen den Durst und etwas zum Knabbern«, sagte sie und stellte Getränk und Speise vor ihn hin. Sie setzte sich, nahm das Weinglas und prostete ihm zu.

Der Kommissar hob seinen Bierkrug, machte damit eine knappe Bewegung in ihre Richtung und nahm einen kräftigen Schluck. Mit der Hand wischte er sich den Schaum von der Oberlippe. »Und jetzt sagen Sie mir, warum Sie dem Herrn Saltner ein falsches Alibi gegeben haben?«

Ilona stellte ihr Glas ab und sah Klotz an. »Ich verstehe nicht, worauf Sie hinauswollen.«

Bedächtig steckte der Kommissar ein Stück Speck in den Mund, kaute darauf herum und schluckte es hinunter. »Eine Hotelangestellte sagt aus, dass der junge Herr Saltner kurz vor der Tat dort war und nach seinem Vater gefragt hat. Sie behaupten, er wäre den ganzen Nachmittag hier gewesen.«

Ilona betrachtete ihr Gegenüber und ließ ihren Blick von ihm zur Laurinswand schweifen, die hinter Klotz aufragte.

»Er war über Mittag weg, aber nicht lange.«

»Wann genau ist er zurückgekommen?«

Ilona nippte an ihrem Wein. »Auf die Uhr gesehen habe ich nicht. Aber es muss so um zwei herum gewesen sein. Es war noch viel Betrieb. Erst nach drei wird es ruhiger, da ebbt das Mittagsgeschäft ab.«

»Gibt es außer Ihnen noch weitere Angestellte hier?«

»Eine Köchin und einen Aushilfskellner. Die waren an dem Tag nicht da. Der Florian und ich haben uns um alles gekümmert.« Ilona lächelte bei dem Gedanken daran, wie gut das funktioniert hatte. Sie hätte nicht gedacht, dass sie so rasch mit den Gepflogenheiten der Tiroler Küche vertraut sein würde. Sie hatte sich jedoch schnell eingearbeitet und übernahm neben dem Servieren auch das Zubereiten und Anrichten der Speisen, wenn die Köchin ihren freien Tag hatte.

»Außer Ihnen kann demnach keiner bezeugen, wann der Herr Saltner an dem Tag zurückgekommen ist.«

Klotz' Feststellung riss sie aus ihren Überlegungen. »Es waren viele Gäste hier, aber …« Sie ließ den Satz unvollendet.

»Sie können niemanden beim Namen nennen«, beendete ihn der Kommissar.

Ilona nickte.

Klotz trank den Rest seines Bieres aus. »Wissen S' vielleicht, was der Herr Saltner an dem Tag von seinem Vater hat wollen?«

»Tut mir leid«, antwortete sie. »Da müssen Sie ihn selber fragen.« Sie nahm seinen leeren Krug und erhob sich. »Noch ein Halbe?«

Klotz lehnte ab. »Ich fahre jetzt. Richten S' Ihrem Chef aus, er soll sich bei mir melden. Meine Handynummer hat er ja. Am besten wär, er kommt morgen zu mir ins Turmhotel. Ich muss ihm etwas Wichtiges sagen.« Der Kommissar machte Anstalten zu bezahlen.

»Heute sind Sie mein Gast«, sagte Ilona und begleitete ihn zum Gatter.

»Soll ich Sie mit hinunter in den Ort nehmen?«, fragte er.

Ilona verneinte. »Ich schlafe hier heroben«, sagte sie bestimmt.

»Und der Herr Saltner?«

»Der auch.«

Ilona blickte dem abfahrenden Wagen nach. Mit ihrer Anstellung auf der Rosengartenhütte hatte sie ein Zimmer im Personaltrakt des Saltnerhofes zugewiesen bekommen.

Seit Wochen hatte sie es nicht mehr benutzt. Ob es besser gewesen wäre, den Anschein zu wahren und mit dem Kommissar nach Tiers zu fahren? Sie verwarf den Gedanken. Ihr Platz war hier heroben. Auch wenn ihr eine lange, einsame Nacht bevorstand.

*

Aldo Klotz fuhr den Güterweg hinunter. Trotzdem es bergab ging, trat er aufs Gaspedal. Er ärgerte sich über Ilona, über den Fall und am meisten über sich selbst. Warum hatte er so undiplomatisch sein und der Frau auf den Kopf zusagen müssen, dass sie gelogen hatte? Damit hatte er ihr die Möglichkeit gegeben, sich herauszureden und eine neue Angabe zu machen, die vermutlich genauso wenig stimmte wie die erste. Nur dass es in dem Fall schwieriger werden würde, das Gegenteil zu beweisen.

Er hatte endlich Gelegenheit gefunden, mit der Rezeptionistin zu sprechen, die am Tag von Saltners Tod Dienst gehabt hatte. Ihrer Aussage zufolge war der Junior gegen halb zwei Uhr im Hotel aufgetaucht und hatte nach dem Vater gefragt. Der hatte es jedoch unbekannten Zieles kurz vorher verlassen. Florian Saltner war, nachdem er die Information erhalten hatte, grußlos gegangen. Wohin, wusste die Angestellte nicht.

»Er hat einen sehr aufgebrachten Eindruck gemacht. Aber das war bei ihm meistens der Fall, wenn er mit seinem Vater zu tun gehabt hat«, erinnerte sich die Frau.

»Ist er oft ins Hotel gekommen?«, wollte Klotz wissen.

»Nur, wenn ihn der Chef herbeordert hat. Deshalb hat es mich gewundert, dass er auf einmal vorbeigeschaut hat, wo der Herr Saltner gar nicht da war.«

Einen Grund für das ungewöhnliche Verhalten des jungen Mannes hatte die Hotelangestellte nicht nennen können. Auch Ilona hatte angegeben, nicht zu wissen, was Saltner von seinem Vater gewollt hatte.

Im Gegensatz zur Rezeptionistin, die tatsächlich einen ahnungslosen Eindruck gemacht hatte, schenkte Klotz der Ungarin keinen Glauben. Er war sich sicher, dass sie mehr wusste, als sie zugab. Wenn es allerdings stimmte, dass der Wirt bereits um 14 Uhr wieder auf seiner Hütte war, konnte er nur schwerlich der Täter sein. Denn laut dem Bericht der Gerichtsmedizin, der Klotz nun vorlag, war der Tod erst zu diesem Zeitpunkt eingetreten. Fragte sich allerdings, weshalb Saltner nicht gleich bei der ersten Befragung angegeben hatte, dass er seinen Vater kurz zuvor gesucht hatte – und vor allem, warum.

Klotz war sich sicher, dass der Junior und seine schöne Bedienung unter einer Decke steckten – nicht nur bildlich gesprochen. Ihm fiel ein, dass er sich selbst Hoffnungen auf Ilona gemacht hatte. Die musste er nun ebenso wie seinen Urlaub in den Wind schlagen. Die Erinnerung an den aufreizenden Gang und die üppigen Brüste der Frau wurde er dennoch nicht los. Er rief sich Ilonas Mund mit dem stets ein wenig spöttischen, aber zugleich einladenden Ausdruck ins Gedächtnis – und bremste jäh. Das Fahrzeug schlingerte, bevor es zum Stehen kam. Mitten auf der Straße befand sich eine Kuh, die ihn mit großen Augen durch die Windschutzscheibe anblickte. Er stieß einen Fluch aus und hupte. Das Tier machte keine Anstalten, aus dem Weg zu gehen.

*

Die weiße Sichel des Mondes zeichnete sich am Himmel ab. Bald würde sie sich in leuchtendem Goldgelb gegen den dunkler werdenden Hintergrund abheben. Florian Saltner wandte den Blick ab und sah sich nach einer geeigneten Stelle für die Nacht um. Er wollte auf einem von unten kaum erkennbaren Plateau in der Laurinswand sein Lager errichten. Nachdem er auf dem schmalen Pfad ein Stück gegangen war, hatte er das Gesuchte gefunden: Eine glatte, ebene Fläche auf dem schroffen Stein, die durch einen Felsvorsprung geschützt war.

Er stellte seinen Rucksack ab, entnahm ihm eine Taschenlampe und leuchtete über den Grund, um allenfalls spitze Steine auszumachen und zu entfernen. Er hatte den Unterschlupf vor ein paar Jahren bei einer seiner Wanderungen abseits der markierten Wege entdeckt und insgeheim zu seinem persönlichen Refugium erklärt. Wiederholt hatte er es aufgesucht, wenn er nach einer Auseinandersetzung mit seinem Vater allein sein wollte.

Während einer Nacht unter dem sternenklaren Himmel war es ihm stets gelungen, mit sich ins Reine zu kommen. Tags darauf hatte er schlagkräftige Argumente gefunden, seine Vorhaben zur Gänze durchzusetzen oder zumindest einen Kompromiss zu erzielen. Schon als Halbwüchsiger hatte er nach einer solchen Nacht erreicht, seinen Vater davon zu überzeugen, dass die Landwirtschaftsschule für ihn besser war als die Tourismusakademie, die er hätte besuchen sollen. Damals hatte Florian die Stelle im Felsen noch nicht gekannt, auf die war er erst später gestoßen. Seine therapeutische Maßnahme, mit der er sich die nötige Kraft holte, um gegen das dominante Wesen seines Vaters bestehen zu können, blieb allerdings auf die wärmere Jahreszeit beschränkt. Daher hatte er es sich zur Angewohnheit gemacht, wichtige Vorhaben und die dafür nötigen Gespräche möglichst auf die Sommermonate zu verschieben.

Florian rollte die Isoliermatte aus, breitete den Schlafsack darüber und schlüpfte hinein. Obwohl nachmittags die Sonne herausgekommen und es schwül geworden war, sank die Temperatur nun rapide, da sich die Dunkelheit einer Decke gleich über die Umgebung breitete.

Florians Blick fiel auf seine Wanderschuhe, die er neben seinem Schlafplatz abgestellt hatte. Obwohl der unverwechselbare Schriftzug im trüben Licht kaum zu lesen war, erinnerte er sich genau in diesem Moment an den Zwergenkönig. Es kam ihm vor, als verfügte er wie einst Laurin über unermessliche Schätze. Doch im Gegensatz zum Gold und den Edelsteinen der Sagengestalt reichte Florian der Genuss der unberührten Natur völlig aus. Aber gerade sie war in Gefahr geraten.

Er wusste von den Plänen seines Vaters zum Umbau der Hütte. Am Vortag seines Todes war er bei der Gastwirtschaft aufgetaucht. Florian hatte sich gewundert, denn sein Vater kam selten zu ihm. Wenn er etwas wollte, beorderte er den Sohn zu sich.

»Mir miassn eppes besprechen«, hatte der Vater ihm eröffnet. Er hatte ihn in die Hütte gebeten, wo sie ungestört waren, da alle Wanderer im Freien Platz genommen hatten. Konrad Saltner hatte einen Plan auf dem Tisch ausgebreitet und sein Vorhaben erläutert.

»So long umgebaut wert, orbeitescht du bei mir im Hotel. Danoch ibernimsch du den neuen Betrieb do herobn. Wert Zeit, dass du in meine Fuaßstapfen trittsch.«

Florian hatte das Gefühl, dass ihm der Boden unter den Füßen weggezogen wurde. Er hatte geglaubt, dass er seinen Vater mit dem, was er aus der Rosengartenhütte gemacht hatte, überzeugt hatte. Schlagartig wurde ihm sein Irrtum bewusst. Die Anerkennung und der Respekt Konrad Saltners waren nur vorübergehend gewesen. Seiner Gier und seinem Machtstreben hatten sie auf Dauer nicht standhalten können.

»Hast du schon die Baugenehmigung?«, fragte Florian und bemühte sich dabei um einen möglichst sachlichen Tonfall.

»De wert nimmer long auf sich wortn lossn«, antwortete Konrad Saltner und zwinkerte verschwörerisch.

»Und du«, erklärte er und jeglicher Anflug von Humor wich aus Gesicht und Stimme, »untersteah di, dass d' wos dagegen unternimmsch. Sonsch sorg i dafir, dass dir die Bank dein Kredit fällig stellt. Nor konnsch schaugn, wo d' bleibsch.«

Mit eiserner Beherrschung gelang es Florian, sich jedweden Kommentares zu enthalten. Sein erster Kredit war zwar beinahe abbezahlt. Doch sein Vater hatte eine weitere Bürgschaft übernommen: die für den Kauf des Araberhengstes Orlando. Florian hatte sich das edle Tier Sylvia zuliebe angeschafft. Beide waren sie von Kindheit an geritten und hatten seit Jahren gemeinsam in einer Mannschaft am Oswald-von-Wolkenstein-Ritt teilgenommen. Um ihre Chancen zu verbessern, hatte er sich ein neues Pferd zugelegt. Florian hatte in diesem Fall keine Bedenken gehabt, die Hilfe seines Vaters anzunehmen. Ihm war die Reiterei nicht so wichtig und er hoffte, dass Sylvia sie bald aufgrund einer Schwangerschaft hätte aufgeben müssen. Sie hatten beide so rasch wie möglich Nachwuchs gewollt. Florian war sich sicher, das Pferd nach dem Ritt gewinnbringend verkaufen zu können – zumal dann, wenn seine Mannschaft, wie er hoffte, das Turnier gewinnen würde.

Sylvias Unfall hatte alles zunichte gemacht. Während Florian sich mit ihr im Krankenwagen auf dem Weg in die

Klinik befand, hatte der Tierarzt den tobenden Hengst mit einem Schuss getötet. Es hatte keine andere Möglichkeit bestanden, weiteren Schaden zu verhindern. Eine Untersuchung des Kadavers wurde nicht durchgeführt. Der Araberhengst galt als leicht reizbares Tier. Es herrschte daher allgemein die Ansicht, dass ein ungewohntes Geräusch ihn erschreckt und zur Raserei gebracht hatte.

Sylvias trauernde Eltern gaben sich mit dieser Erklärung zufrieden. Auch Florian drang nicht auf weitere Ermittlungen. Sie hätten ihm die Braut nicht zurückgebracht. Gegen den Verlust der Verlobten war der des Pferdes vergleichsweise gering. Doch anstatt, wie er es vorgehabt hatte, das Tier zu veräußern und den Kredit zurückzahlen zu können, hatte er nun Schulden bei der Bank. Damit hatte sein Vater ein Druckmittel und war augenscheinlich gewillt, es einzusetzen. Diese Erkenntnis schmerzte Florian mehr als die Sorge um die Rosengartenhütte. Es war ein Fehler gewesen, seinem Vater zu vertrauen. Er spürte Wut über seine eigene Gutgläubigkeit in sich aufsteigen, schluckte sie jedoch ebenso hinunter wie die scharfe Erwiderung, die ihm auf der Zunge lag. Sein Vater hatte ihn überrumpelt. Er wusste, dass es unklug war, sich in seiner derzeitigen Stimmung auf eine Auseinandersetzung einzulassen.

»Wie du meinst, Vater«, hatte er daher gesagt. Konrad Saltner hatte ihm auf die Schulter geklopft. »I hon gwisst, dass d' verninftig sein wersch. Bisch jo mei Bua.«

Florian ließ sich weiter in den Schlafsack gleiten, bis er ausgestreckt dalag. Inzwischen war es völlig dunkel geworden, der Mond hatte sich hinter einer Wolkenschicht versteckt. Weder er noch Sterne erhellten die Schwärze, die das Lager umgab. Florian tastete nach seiner Taschenlampe, die er in der Nacht vielleicht noch gebrauchen müsste. Wenige Meter von ihm entfernt fiel das Gelände steil ab. Ein unbedachter Schritt und er lief Gefahr hinunterzustürzen. Er war nicht hierhergekommen, um seinem Leben auf diese Weise ein Ende zu bereiten oder seiner Gesundheit Schaden zuzufügen. Das wäre kein Ausweg aus dem Gefühl der Verzweiflung gewesen, das ihn seit dem Tod seiner Verlobten erfasst hatte und das nun noch größer geworden war. Trotz all ihrer Auseinandersetzungen freute er sich nicht über den Tod seines Vaters.

Wieder fiel ihm Laurin ein. Doch nicht das Bild des stolzen Königs erschien vor seinem inneren Auge, sondern der gedemütigte Mann, den seine Liebste verlassen und der in seiner Ohmacht die Rosen verflucht hatte. Ihm fühlte er sich in seiner derzeitigen Situation näher als dem scheinbar unbesiegbaren Herrscher.

Bekümmert dachte Florian an die Beobachtung, die er kurz vor Sylvias Tod gemacht hatte. Er hatte sie zur Rede gestellt. Sie hatte ihm versichert, dass alles zu seinem Besten geschehe. Nach der Hochzeit werde er das sehen. Er hätte ihr gerne geglaubt, doch ihr auf den Boden gehefteter Blick und ihre geröteten Wangen hatten ihre Worte Lügen gestraft. Florian wusste, dass er sie verloren hatte – noch bevor sein Hengst ihrem Leben ein Ende gesetzt hatte. Obwohl er sich diese Erkenntnis immer wieder ins Bewusstsein rief, konnte er nicht verhindern, dass ihn die Unterhaltung, die er auf Schloss Prösels heimlich belauscht hatte, bis in seine Träume hinein verfolgte.

Ilona hatte ihm neuen Lebensmut gegeben. Beim Gedanken an sie spürte er Hoffnung in sich aufkeimen. Gleich darauf erstickte er dieses Gefühl. Mit ihr hatte er auf der Rosengartenhütte neu anfangen wollen. Sein Vater hatte dieses Vorhaben mit seinen Plänen durchkreuzt. Nun war auch er tot. Anstatt jedoch Befriedigung zu empfinden, dass die Zerstörung seines Paradieses damit abgewendet war, verspürte er Traurigkeit – und das Bewusstsein einer Schuld, die beglichen werden musste.

Mitten in der Nacht erwachte er. Erleichtert stellte er fest, dass ihn kein Albtraum gequält und dass der Wind die Wolken vertrieben hatte. Der Mond leuchtete so hell am Himmel, dass Florian sich ohne künstliches Licht auf seinem steinernen Refugium bewegen konnte. Er kroch aus dem Schlafsack, schlüpfte in seine Wanderschuhe und machte ein paar Schritte. Ein Geräusch ließ ihn stehen bleiben. Er lauschte und sah sich um: Die Taschenlampe war durch einen jähen Luftzug in Bewegung geraten. Doch der Schlafsack hatte sie aufgehalten, bevor sie in die Tiefe fallen konnte. Beruhigt setzte Florian seinen Weg fort und ging auf den Rand des Plateaus zu.

ZWÖLF

Lisi Kirchler stand im Flur ihrer Wohnung und blickte in den ovalen Spiegel. Ein von vielen Bergtouren und Aufenthalten in der freien Natur wettergegerbtes Gesicht sah ihr entgegen. Die kurzen grauen Locken hingen ihr leicht verwuschelt in die Stirn. Lisi fuhr sich mit den Fingern durchs Haar und kämmte es auf diese Weise nach hinten.

Das musste genügen, sagte sie sich und warf ihrem Spiegelbild einen herausfordernden Blick zu. Sie legte keinen großen Wert auf ihr Äußeres, schon gar nicht heute, wo ihr ein langer Arbeitstag auf dem Schloss bevorstand. Am Abend fand ein Fest statt. Die Vorbereitungen waren jedoch so weit gediehen, dass sie beschlossen hatte, sich einer anderen wichtigen Aufgabe zu widmen, wenn sich eine zeitliche Lücke ergab: nämlich dem Aufräumen von Sylvias Atelier.

Sie rief sich den Raum, den sie vor wenigen Tagen betreten hatte, in Erinnerung. Es war höchste Zeit, dort Inventur zu machen und nachzusehen, welche Gegenstände für das Museum im Schloss unverzichtbar waren. Sie mussten zu einem professionellen Restaurator gebracht werden, der Rest sollte warten, bis Lisi jemanden mit ähnlichem Geschick und Enthusiasmus wie Sylvia eingestellt hatte.

Die Kiste mit den Notizbüchern ihres Mannes fiel Lisi ein. Auch dafür musste sie eine Lösung finden. Sie wollte sie nicht länger im Atelier stehen lassen. Ein Blick in den Einbauschrank im Flur zeigte ihr, dass es darin keinen freien Platz gab. Auf der Suche nach einer anderen Möglichkeit ging sie ins Wohnzimmer zurück. Die bunt bemalte Bauerntruhe, das einzige traditionelle Stück unter dem ansonsten modernen und zweckmäßigen Mobiliar, leuchtete ihr entgegen. Ihr verstorbener Mann hatte ihr die Antiquität geschenkt, nachdem sie sie gemeinsam in einem Trödelladen entdeckt hatten.

Lisi schlug sich mit der Hand an die Stirn. Das Möbel war genau der richtige Aufbewahrungsort für die Erinnerungsstücke mit dem roten Einband, Zeugnisse vieler gemeinsamer Reisen und noch anderer Ereignisse aus dem Leben Josef Kirchlers. Zunächst musste allerdings alles, was sich über die Jahre in der Truhe angesammelt hatte, ausgeräumt werden.

Entschlossen durchquerte Lisi den Raum. Von draußen vernahm sie ein Motorengeräusch. Es brach ab. Gleich darauf ertönte es wieder. Jemand versuchte einzuparken. Lisi erreichte mit wenigen Schritten das Fenster und lugte durch die Gardinen. Sie hatte es gewusst: Schon wieder einer, der sein Fahrzeug widerrechtlich auf dem Privatparkplatz vor dem Appartmenthaus abstellen wollte! Dem würde sie Bescheid stoßen. Sie eilte die Treppe hinunter, riss die Haustür auf und trat ins Freie.

*

In flottem Tempo steuerte Lenz Hofer den Mercedes von Arthur Kammelbach über die A 22 Richtung Bozen. Er wollte so rasch wie möglich wieder zurück nach Völs. Daher hatte er Arthurs Angebot, ihm seinen Wagen zu überlassen, angenommen, statt die öffentlichen Verkehrsmittel zu nutzen. Der Professor war mit Paul Traminer im Kloster Neustift zurückgeblieben. Das Ordenshaus in der Nähe von Brixen hatte ihnen vorübergehend Zuflucht gewährt. Arthur kannte einen der Patres, der mit ihm wissenschaftlichen Austausch pflegte. Der Mönch hatte sie ohne viel Aufhebens in das dem Stift angeschlossene Bildungshaus einquartiert.

»Die Seminare beginnen erst im September wieder. Bis dahin habt ihr das Haus für euch.« Er führte sie in einen Aufenthaltsraum, in dem sich eine Küchenzeile befand. »Kaffee und Tee könnt ihr hier machen, ein paar Flaschen Wein sind auch da. Um das Essen müsst ihr euch selbst kümmern. Am besten, ihr holt euch etwas aus der Klosterschenke«, empfahl er ihnen und überließ sie sich selbst. Lenz befolgte den Rat des Mönchs. In der nahe gelegenen Gastwirtschaft besorgte er Speck, Käse und Brot. Damit und mit einem süffigen Rotwein aus der Stiftskellerei stärkten sie sich nach den Anstrengungen des Tages.

Zu Lenz' Überraschung fand Paul Traminer bald Vertrauen zu Arthur Kammelbach. Die ruhige, überlegte Art des Professors bewirkte, was Lenz während der langen Wanderung vergeblich versucht hatte: Paul zu entlocken, wessen Stimme er in der Auseinandersetzung mit Konrad Saltner gehört hatte. Lenz war froh, dass es sich nicht, wie er vermutet hatte, um Johanna handelte. Der Name der Frau war ihm von Johannas Bericht her bekannt: Lisi Kirchler, Witwe des früheren Besitzers der Rosengartenhütte, Schlossfräulein auf Prösels und engagiertes Mitglied der Umweltgruppe.

»Damit hat sie gleich zwei Motive«, schlussfolgerte Lenz.

»Wie moansch des?«, herrschte Traminer ihn an.

»Die Hütte hat ihr zwar nicht mehr gehört. Vielleicht hat sie jedoch aus Sentimentalität verhindern wollen, dass der einstige Besitz ihres verstorbenen Mannes zerstört wird. Oder aber …«

»Nix oder«, fuhr der Bauingenieur dazwischen.

»Oder aber«, setzte Lenz unbeirrt fort, »sie ist auf Saltner losgegangen, weil sie meinte, damit im Interesse des Naturschutzes zu handeln.«

»Von ins wors koaner«, blaffte Paul.

»Wenn du so sicher bist, kannst du ja die Polizei informieren«, schlug Lenz vor.

»Bisch narrisch? Nor sperren sie die Lisi an meiner statt ein. Damit isch nix g'wonnen.«

Lenz wähnte sich nahe dran, die Geduld zu verlieren. Er hatte Paul mithilfe Arthurs hierher gebracht, um einen Ausweg aus der Situation zu finden. Wie aber sollte dies gelingen, wenn sich dieser weiterhin stur zeigte?

»Jemand muass mit der Lisi redn und sie frogn, ob sie eppes gsegn hot«, hatte Paul unvermittelt eine Idee.

»Außerdem wäre es interessant zu erfahren, worum es in dem Streit zwischen Herrn Saltner und Frau Kirchler ging«, ergänzte Arthur. »Das würde uns wahrscheinlich einen Schritt weiterbringen.«

Lenz fand diesen Gedanken vernünftig. »Wir könnten Jenny bitten«, warf er ein.

»Der sog sie nix. Do muass schon die Johanna gian«, widersprach Paul. Er ließ sich jedoch von Arthur und Lenz überzeugen, dass Jenny genau die Richtige sei, um die Befragung durchzuführen. Sie einigten sich darauf, dass Lenz seine Freundin verständigen sollte und sie in Neustift das Ergebnis ihrer Nachforschungen abwarteten.

Nachdem er zu Bett gegangen war, hatte er seine Meinung geändert und beschlossen, gleich am nächsten Morgen nach Völs zurückzufahren und Jenny zu Lisi Kirchler zu begleiten. Denn egal wie sehr Paul sich dagegen verwehrte: Die Witwe gehörte zum Kreis der Verdächtigen.

*

Zufrieden zog Jenny Sommer den Zündschlüssel ab. Es war nicht einfach gewesen, den Wagen in die einzige freie Lücke zu manövrieren. Doch nun hatte sie es geschafft. Sie nahm den Korb mit Rosen, den Johanna ihr mitgegeben hatte, vom Nebensitz und stieg aus. Kaum hatte sie die Fahrzeugtür verriegelt, drang eine energische Stimme an ihr Ohr.

»Hier dürfen Sie nicht stehen bleiben.«

Jenny drehte sich in die Richtung, aus der die Aufforderung gekommen war. Vor dem einstöckigen Haus stand eine Frau. Sie war um die 60, groß, drahtig und machte einen äußerst abweisenden Eindruck. Mit ihrem Zeigefinger deutete sie auf die schmale Straße, die sich den Hang hinaufschlängelte.

»Fahren Sie weiter. Beim Völser Weiher gibt's einen Gästeparkplatz.«

Jenny wollte erklären, dass nicht der beliebte Badeteich am Fuß des Schlerns, sondern das Appartmenthaus ihr Ziel war. Aber sie kam gar nicht dazu.

»Isch des net des Auto von dar Johanna?«, stieß die Frau ungläubig hervor.

»Richtig«, beeilte Jenny sich zuzustimmen und hob den Rosenkorb ein wenig in die Höhe. »Die Frau Schnabl schickt mich. Ich soll der Frau Kirchler die Blumen bringen. Die wohnt doch hier …«

»Das bin ich«, unterbrach die Angesprochene, die keineswegs besänftigt wirkte. »Wieso kommt die Johanna nicht selber?«

Jenny stutzte. So hatte sie sich den Empfang nicht vorgestellt. Lenz hatte sie gestern Abend angerufen, ihr berichtet, was er von Paul Traminer in Erfahrung gebracht hatte, und sie gebeten, Lisi Kirchler aufzusuchen. Johanna hatte

Jenny daraufhin versichert, dass ihr Lisi sicher mit Freuden behilflich sein würde.

»Schließlich geht es darum, den Paul zu entlasten. Außerdem gebe ich dir ein paar Rosen aus meinem Garten mit, die mag sie gern«, hatte Johanna hinzugefügt.

»Frau Schnabl hat in ihrer Pension zu tun. Ich bin die Freundin ihres Neffen und soll Ihnen die hier bringen. Außerdem«, Jenny zögerte, entschloss sich jedoch, den eigentlichen Grund ihres Kommens ohne Umschweife zu nennen, »geht es um Paul Traminer.«

Der misstrauische Ausdruck im Gesicht der Frau wandelte sich in Erstaunen. »Um unsern Obmann?« Ungläubig schüttelte sie den Kopf. Im nächsten Moment schien ein Geistesblitz ihre Gedanken zu erhellen. »Wissen Sie epper, wo er isch?« Der aufgeregte Tonfall und die Frage selbst verrieten, dass Lisi Kirchler über Traminers Flucht Bescheid wusste. Jenny staunte einmal mehr, wie rasch sich Nachrichten hier herumsprachen, denn entgegen ihrer Erwartung war bisher keine Fahndungsmeldung via Internet und Fernsehen verbreitet worden. Das bedeutete wohl, dass die Polizei nicht ausreichend Verdachtsmomente gegen den Gesuchten in der Hand hatte. Dennoch hielt Jenny es für opportun, Beweise für Traminers Entlastung herbeizuschaffen, wie sie dies mit Lenz vereinbart hatte. Ohne auf die Frage nach Pauls Aufenthalt einzugehen, erläuterte sie den Grund ihres Daseins: »Johanna und ich sind sicher, dass ihr Lebensgefährte unschuldig ist. Wir glauben, dass Sie uns helfen können, die Polizei davon zu überzeugen.« Jenny blickte zu dem Wohnhaus. »Vielleicht könnten wir uns drinnen weiter unterhalten. Ich werde Sie nicht lange stören.«

Die Angesprochene zuckte mit den Schultern. »Wenn Sie

unbedingt meinen, dann kommen S' halt mit.« Sie machte kehrt und ging mit raschen Schritten auf die Eingangstür zu. Jenny folgte ihr. »Äh, mein Wagen«, sagte sie zum Rücken der Frau gewandt, »kann ich ihn hier stehen lassen?«

Lisi drehte den Kopf und sah über ihre Schulter. »Isch in Ordnung. Aber Sie müssen das schon verstehen. Dauernd parken die Leute hier, wenn sie zum Völser Weiher wollen. Wir können uns kaum erwehren.«

Wiewohl Jenny die Reaktion der Frau für übertrieben hielt, bemühte sie sich um ein verständnisvolles Nicken. Wichtig war herauszufinden, worum es in dem Streit mit Konrad Saltner am Tschaminbach gegangen war und ob Kirchler allenfalls etwas beobachtet hatte, was zur Aufklärung beitrug. Dass sie selbst die Tat begangen haben könnte, hatte Paul dem Bericht von Lenz zufolge kategorisch ausgeschlossen. Johanna hatte diese Ansicht Jenny gegenüber bekräftigt. Sie selbst war sich dessen nicht so sicher, wenn sie an die streitlustige Art dachte, mit der das Schlossfräulein ihr begegnet war. Dennoch betrat Jenny ohne Zögern die Wohnung.

*

Lenz hatte die Autobahn verlassen und befand sich auf der Straße nach Völs. Da Jenny sich nicht auf ihrem Handy meldete, rief er seine Tante an. »Deine Freundin ist schon zur Lisi gefahren«, informierte sie ihn. Lenz beschleunigte. Er hatte nicht damit gerechnet, dass Jenny sich so früh auf den Weg machen würde.

Bei Lisis Appartmenthaus angelangt stellte er den Wagen auf dem Parkplatz ab. Er stieg aus und war im Begriff, die Autotür zu schließen. Ein paar Meter weiter sah er einen

Mann aus einem Pkw steigen: Aldo Klotz. Lenz hatte keine Lust, dem Kommissar zu begegnen, und machte Anstalten, ins Innere seines Fahrzeugs zurückzuschlüpfen. Der Ermittler hatte ihn jedoch bereits entdeckt und kam auf ihn zu.

»Ah, der Herr Hofer. Schon wieder aus Salzburg zurück?«, begrüßte er ihn jovial. Lenz ließ sich davon nicht täuschen. Er wusste von Jenny, dass sie dem Kommissar gegenüber behauptet hatte, Lenz habe in die Universitätsstadt zurückfahren müssen.

»Ja, hat nicht lang gedauert«, bestätigte er daher.

»Und was führt Sie hierher, wenn ich fragen darf?« Der Kommissar stand nun direkt vor Lenz. Trotz der höflichen Formulierung bemerkte er einen aggressiven Unterton. Mit misstrauischem Blick betrachtete Klotz den Mercedes. Lenz war sich dessen bewusst, dass das Auto nicht dem durchschnittlichen Budget eines Studenten entsprach. Er übersah jedoch die Reaktion des Ermittlers und beantwortete stattdessen die Frage: »Ich hole die Frau Sommer ab. Wir wollen zum Völser Weiher. Ist ja heute herrliches Badewetter.« Etwas Besseres fiel ihm nicht ein. Er hoffte, dass Klotz sich mit dieser Erklärung zufrieden gab. Das war nicht der Fall.

»So, so, die Frau Sommer. Verraten Sie mir vielleicht auch, was sie hier macht?«

Lenz hätte dem Kommissar gern geantwortet, dass ihn das nichts anginge, wusste aber, dass dies unklug wäre. Wer sagte ihm, dass Klotz nicht dasselbe Ziel hatte wie er? Lisi Kirchler gehörte der Umweltgruppe an, es war also naheliegend, dass der Beamte gekommen war, um die Frau nach Paul Traminer zu befragen. Ohne Umschweife sagte Lenz daher, wo Jenny sich befand.

»Da haben wir denselben Weg«, antwortete der Kommissar. Sein Blick wanderte über die Namensschilder im Eingangsbereich. Doch bevor er dazu kam, die Klingel zu drücken, wurde die Haustür geöffnet. Lenz trat einen Schritt zur Seite, um die Person vorbeizulassen.

»Jenny!«, rief Lenz aus. Sie hatte offensichtlich weder mit ihm noch mit Klotz gerechnet, gewann aber rasch die Fassung wieder. Ob der Kommissar zur Frau Kirchler wollte, fragte sie, nachdem sie beide begrüßt hatte. Klotz bejahte.

»Dann kommen Sie am besten mit. Die Lisi hat nämlich eine Aussage zu machen.« Jenny winkte beide ins Hausinnere. Lenz wunderte sich über die vertrauliche Nennung des Vornamens und ebenso darüber, dass der Beamte Jennys Aufforderung ohne Widerspruch Folge leistete. Zu dritt stiegen sie die Treppe hoch und läuteten an Kirchlers Wohnungstür.

»Brauchst nicht zur Polizei zu gehen. Ich habe unten den Kommissar getroffen und ihn gleich mitgebracht«, erklärte Jenny die Situation. »Aldo Klotz. Und das ist mein Freund, der Lenz Hofer«, stellte sie vor.

Mit ihrem fast bis zu den Knöcheln reichenden weiten Rock sah die Angesprochene tatsächlich ein wenig wie ein Schlossfräulein aus, wenn ihr auch die jugendliche Frische fehlte, die dieser Märchengestalt in der Regel zu eigen war. Lisi Kirchler wirkte äußerlich kantig – eine Einschätzung, die wohl auch auf ihren Charakter zutraf. Mit skeptischer Miene bat sie die Besucher herein und forderte sie auf, sich zu setzen.

Zögernd öffnete sie eine Kommode, kramte darin herum und zog schließlich ein Notizbuch heraus. Es hatte ungefähr dir Größe eines Taschenkalenders, war jedoch dicker und mit einem auffallenden roten Einband aus festem, mit Plastik überzogenem Karton ummantelt.

Kirchler blätterte darin, klappte es an einer Stelle auf und legte es mit den Worten »Da schauen S' her. Das erklärt alles« vor den Kommissar auf den Tisch. Der nahm es an sich, betrachtete die aufgeschlagene Seite und las schließlich laut vor: »Mit LB und KS auf der RGH. KS bestätigt, dass er die Pacht für LB auf Lebenszeit verlängert, PB kriegt Eintrittsoption. Notariatsakt folgt. Angelegenheit damit erledigt.« Klotz legte das Büchlein wieder auf den Tisch. »Und wos soll des hoaßn?«, fragte er, ohne sich wie sonst Mühe zu geben, den Südtiroler Dialekt zu vermeiden.

Das Schlossfräulein tippte mit einem knochigen Finger auf das Blatt. »LB ist Luis Bonell, KS Konrad Saltner. PB heißt Peter Bonell, und mit RGH ist die Rosengartenhütte gemeint. Das ist der Beweis«, sagte sie triumphierend.

Der Kommissar blickte die Frau durchdringend an. »Aha«, antwortete er schließlich. »Und wofür?«

»Dafür, dass der alte Saltner dem Bonell tatsächlich zugesagt hat, die Pacht zu verlängern. Mir haben sie das damals vor Gericht ja nicht geglaubt.« Sie seufzte und fuhr fort: »Mein verstorbener Mann hat alles Mögliche in diese Notizbücher hineingeschrieben. Ich habe immer geglaubt, es handle sich nur um private Dinge, unsere Reisen, gemeinsame Erlebnisse und solche Sachen. Anscheinend führte er darin auch über geschäftliche Angelegenheiten Aufzeichnungen.«

Kirchler hatte ihre anfängliche Reserviertheit abgelegt. Auf ihren hageren Wangen zeichneten sich rote Flecken ab. »Wenn ich das nur früher gewusst hätte, dann wäre uns vieles erspart geblieben«, sagte sie und berichtete dem Kommissar von dem zurückliegenden Streit um die Pachtrechte für die Rosengartenhütte. »Es war verwerflich gewesen, dass der Saltner Konrad dem Bonell die Hütte weggenommen hat. Dafür hat er sterben müssen und seinem Sohn hat sie auch kein Glück gebracht«, resümierte sie und klang dabei wie Johanna. Nach ihr hatte jede frevelhafte Tat den Zorn Gottes zur Folge. Lenz fragte sich allerdings, ob Klotz mit dieser Schlussfolgerung etwas anfangen konnte.

»Der Florian Saltner hat nicht nur seinen Vater, sondern zuvor schon seine Braut verloren«, warf Jenny ein.

Aldo Klotz sah sie an, runzelte die Stirn und wandte sich wieder der Befragten zu: »Sie haben also entdeckt, dass das Notizbuch Einträge über geschäftliche Besprechungen enthält. Wann ist Ihnen das aufgefallen?«

Lisi Kirchler blickte an die Decke, an der eine Lampe in schlichtem Design hing, und blies sich die Haare aus der Stirn. »Am Montag war das. Einen Tag, bevor der Saltner Konrad ins Gras gebissen hat.«

Lenz unterdrückte ein Grinsen. Wenn er daran dachte, wo sie die Leiche gefunden hatten, war der Ausdruck recht passend. Die derbe Wortwahl zeigte darüber hinaus, dass Kirchler keine große Trauer über das Ableben des Hoteliers empfand.

Klotz setzte seine Befragung fort: »Nachdem Sie die Notiz gelesen hatten, sind Sie damit zu Herrn Saltner, richtig?«

Die Frau zuckte zusammen, Jenny nickte ihr aufmunternd zu. Kirchler fing sich wieder. »Hätt ich mir ja denken können, dass Ihnen jemand vom Hotel des erzählt«, sagte sie.

»Genau so ist es. Wir wissen, dass Sie gegen halb zwei an dem Tag an der Rezeption nach dem Chef gefragt haben. Was ist dann passiert?«

Klotz war also gar nicht wegen Traminer gekommen, schlussfolgerte Lenz, sondern weil Lisi Kirchler in der Nähe des Tatortes gesehen worden war. Paul hatte demnach tatsächlich ihre Stimme gehört, ein Irrtum war ausgeschlossen. Ob etwa doch Kirchler diejenige war, die Saltner um die Ecke gebracht hatte? Lenz betrachtete die Frau unter diesem Gesichtspunkt und befand, dass sie körperlich durchaus in der Lage war, einen Mann niederzuschlagen. Sie war größer als der Tote und machte trotz ihres Alters einen zähen und sportlichen Eindruck.

»Im Hotel konnte mir keiner sagen, wann der Konrad zurückkommt. Ich bin zu meinem Auto gegangen und ein Stück weiter zur Säge gefahren. Dort gibt es einen großen Gästeparkplatz, wo ich den Wagen abgestellt habe. Ich dachte mir, wenn ich schon da bin, gehe ich ins Tschamintal hinein. Die Bergschuhe habe ich angehabt, weil ich sowieso vorhatte, eine Wanderung zu machen.« Kirchler hielt inne und strich sich die grauen Haarfransen aus der Stirn.

»Am Bach ist sie dem Konrad Saltner begegnet«, warf Jenny ein, was ihr einen Verweis von Klotz einbrachte. »Frau Sommer, halten Sie sich da heraus. Sonst muss ich Sie bitten zu gehen.« Er wandte sich an Lenz und fügte ungewohnt vertraulich hinzu. »Eigentlich hätte ich das von Anfang an tun müssen. Aber in Gotts Namen, wo's jetzt schon da seid's, könnt's bleiben. Aber dass sich keiner von euch zwei mehr einmischt, verstanden?«

Lenz nickte und sah, dass Jenny es ihm gleichtat. Lisi Kirchler setzte ihren Bericht fort: »Auf oamol sieg i den oltn Saltner, wie er krod ibern Steg will«, begann sie auf Tirolerisch, befleißigte sich jedoch gleich darauf des Hochdeutschen. »Er hat mich begrüßt und gefragt, ob ich einen Spaziergang mache. Ich bin nicht darauf eingegangen, sondern habe ihm gesagt, dass ich ihn suche. Dann habe ich das Notizbüchl aus meinem Rucksack genommen und ihm die Seite mit dem Eintrag über die Rosengartenhütte gezeigt. Ich habe mir gedacht, wenn er den sieht, wird er sich nicht mehr trauen, dort ein Hotel hinzubauen.«

»Warum nicht?«, fragte Lenz und schlug sich gleich darauf mit der Hand auf den Mund. Entschuldigend sah er zum Kommissar. Der winkte ab und sagte: »Das würde mich auch interessieren.«

»Die Notiz beweist, dass die Pachtrechte für die Bonells aufrecht sind. Für Saltner bedeutete das, dass er mit der Rosengartenhütte nicht einfach nach seinem Gutdünken verfahren konnte. Er hätte dem Luis zumindest eine Entschädigung zahlen müssen. Geizig wie der Konrad war, hätte er es sich vielleicht noch einmal überlegt und sein Vorhaben abgeblasen.«

Kirchler unterbrach sich, runzelte die Stirn und fixierte einen Punkt an der Wand hinter Aldo Klotz. »Vielleicht auch nicht«, fuhr sie fort. »Auf jeden Fall hätte das den Umbau verzögert und wir hätten Zeit gehabt, dagegen anzukämpfen. So habe ich mir das überlegt, wie ich die Notiz gefunden habe. Deshalb bin ich zum Saltner Konrad gegangen. Ich war mir sicher, dass ich ihn umstimmen könnte.«

»Ist es Ihnen gelungen?« Der Kommissar sah die Frau aufmerksam an. Sie antwortete mit einem verächtlichen Schnauben. »Ausgelacht hat er mich«, gab sie schließlich zu. »›Wos wilschn mit dein Biachl?‹, hat er gefragt und gesagt, dass er sich nicht von seinem Plan abbringen lässt. Ich bin wütend geworden und habe ihm gedroht, dass ich zu Gericht gehe. Aber es hat nichts genützt. ›Damit kimsch net durch‹, hat er behauptet.« Als könnte sie das Geschehene nach wie vor nicht glauben, schüttelte Kirchler den

Kopf. »So sicher, wie er getan hat, war er sich aber nicht. Auf einmal will er mir das Notizbuch aus der Hand reißen. ›Untersteah di, du Lump‹, hab ich geschrien und bin davongelaufen. Ein kleines Stück ist er mir gefolgt. Aber ich hab gewusst, dass er mit seinem Übergewicht keine Chance gegen mich hat. Einmal hab ich mich umgedreht. Da ist er dagestanden, hat geschnauft und sich mit der Hand ans Herz gegriffen. Der Teufl soll ihn holen, hab ich mir gedacht, und bin weiter.« Offensichtlich unbeeindruckt von der Tatsache, dass Saltner kurze Zeit später zwar nicht der Teufel, jedoch der Tod geholt hatte, schloss Kirchler ihre Erzählung.

»Was haben Sie anschließend gemacht?«, fragte Klotz.

»Die Lust aufs Wandern war mir vergangen. Ich bin zurück zu meinem Wagen und heimgefahren. Das Büchl habe ich erst einmal in dem Kastl da versteckt, damit er es mir nicht wegnehmen kann. Zugetraut hätt ich es ihm.«

Der Kommissar betrachtete das Notizbuch. »Hätten Sie vielleicht eine Plastikfolie für mich?«

Kirchler sah ihn erstaunt an.

»Es geht um die Fingerabdrücke. Hat der Herr Saltner das Buch angefasst?«

»Wo denken Sie hin? Ich habe dafür gesorgt, dass er es nicht in seine Pranken kriegt«, antwortete die Frau empört.

»Trotzdem werde ich es als Beweisstück mitnehmen und überprüfen lassen. Wenn Sie so gut wären und mir eine Folie bringen. So etwas werden Sie in Ihrer Küche ja haben.«

»Aber dass Sie mir gut auf das Büchl aufpassen. Der alte Saltner ist zwar tot. Aber wer weiß, was der Florian im Sinn hat …« Sie unterbrach sich. Ein unerwartet weicher Ausdruck trat in ihr Gesicht. »Der ist nicht wie sein Vater. Er wird alles tun, damit die Rosengartenhütte bleibt, wie sie ist. Freude wird er keine haben, wenn er erfährt, dass die Pachtrechte der Bonells aufrecht sind.«

Kirchler stand auf. »Ich hole Ihnen etwas zum Einwickeln«, sagte sie zum Kommissar.

Sie war schon auf dem Weg, als Klotz ihr eine weitere Frage stellte: »Frau Kirchler, wer außer Ihnen und Ihrem verstorbenen Mann könnte noch von diesem Eintrag gewusst haben?«

Die Angesprochene blieb stehen und wandte sich der Gruppe am Tisch zu. »Die Sylvia Karbon könnte davon gewusst haben. Ich habe das Büchl bei ihr im Atelier gefunden. Sie hat es aus der Kiste genommen, die ich dort abgestellt habe. Da wird sie es vielleicht gelesen haben.«

Lenz gewann den Eindruck, dass Klotz nachhaken wollte, doch Jenny kam ihm zuvor. »Sylvia war die Verlobte vom jungen Herrn Saltner. Sie ist bei einem Reitturnier verunglückt.«

Die Miene des Beamten ließ nicht erkennen, ob er Jenny für deren Erläuterung dankbar war oder ihr den ungebetenen Einwurf übelnahm. »Können Sie sich vorstellen, warum sie das Notizbuch an sich genommen hat?«, fragte er.

Kirchler verengte die Augen, die Fältchen darum glichen beinahe einem Spinnennetz. »Die Sylvia war eine Sammlerin. Schon wie sie noch ein Kind war, hat sie Steinchen, die aus dem Mauerfries im Burghof herausgebrochen waren, aufgeklaubt und bei sich verwahrt. Manchmal habe ich sie beobachtet, wie sie heimlich damit gespielt und versucht hat, sie zu einem Mosaik zusammenzusetzen. Später hat sie begonnen, Gegenstände, die im Schloss unbeachtet herumlagen, mitzunehmen und zu reparieren. Aber was sie mit dem Büchl wollte …« Das Schlossfräulein sah den Kommissar ratlos an.

»Könnte es sein, dass die Frau Karbon ihrem Bräutigam von der Notiz erzählt hat?«, fragte er.

Kirchler zuckte die Schultern.

DREIZEHN

Sie nahm den Ritter bei der Hand
und führte ihn in ihre Kemenate.
Da fanden sie alles,
was er brauchte.
Listig weihte sie ihn
in ein Geheimnis ein.
Frei nach ›Laurin‹

Im Fonds des Dienstfahrzeuges von Aldo Klotz saß Jenny gegen die Polsterung gelehnt und betrachtete ihre Wanderstiefel. Sie waren einfach praktisch hier in dieser Gegend, wo es ständig bergauf und bergab ging, Asphalt sich mit Kopfsteinpflaster abwechselte und unversehens in einen Lehm- oder Schotterweg überging. Jenny hatte schon Frauen gesehen, die Bergschuhe zum Dirndlkleid kombinierten – ein Kontrast, der einen gewissen Reiz hatte. Ob sie das auch ausprobieren sollte?

Jenny ließ das offen. Fest stand, dass die heutige Fußbekleidung die richtige Wahl gewesen war. Sie befanden sich auf dem Weg zur Rostengartenhütte. Der Kommissar saß am Steuer, neben ihm Lenz, der dem Beamten Näheres über den tragischen Unfall von Florian Saltners Verlobter erzählte.

»Meine Tante glaubt, dass ein Fluch auf der Hütte liegt, weil der Florian nach der Braut nun auch den Vater verloren hat«, erläuterte Lenz.

Jenny erkannte im Rückspiegel an Klotz' verkniffener Augenpartie, dass der Beamte einer solchen Theorie nichts abgewinnen konnte. Dies war nicht verwunderlich, kannte sie den Kommissar doch als nüchternen Ermittler, der wenig auf Mystik und Aberglaube gab. Er hielt sich strikt an Polizeimethoden. Umso erstaunlicher war es, dass sie und Lenz nun in dem Dienstfahrzeug saßen.

Nach der Befragung von Lisi Kirchler hatten sie sich auf dem Parkplatz von Klotz verabschieden wollen. Mit dem Hinweis, dass er noch Fragen an sie habe, hatte er dieses Vorhaben vereitelt. Im dem Moment läutete sein Handy. Jenny unterdrückte den Impuls, es Traminer gleichzutun und einfach abzuhauen. Stattdessen folgte sie Lenz' Beispiel, blieb stehen und beobachtete, wie Klotz' Züge sich zunehmend verfinsterten. »In Ordnung, Vizequästorin«, sagte er schließlich und steckte sein Mobiltelefon in die Brusttasche seines Hemdes. »Das war meine Chefin«, erläuterte er unnötigerweise. »Wissen Sie, was sie gesagt hat?« Jenny und Lenz hielten es nicht für erforderlich, die Frage zu beantworten, und warteten darauf, dass Klotz weitersprach. »Ich soll sie nicht blamieren«, stieß er hervor und manövrierte sich und seinen Bauch bedrohlich nahe an die beiden Wartenden heran. »Die hat leicht reden. Ich opfere meinen Urlaub, damit die Bertagnoll beim neuen Quästor in Bozen gut dasteht. Mir wird Verstärkung versprochen – und bis heute ist keine aufgetaucht.«

»Könnten Ihnen nicht die Carabanieri helfen?«, warf Jenny ein.

Klotz schüttelte entschieden den Kopf. »Wir sind hier in Italien. Die Staatspolizei und die Carabinieri sind getrennte Einheiten und gehören unterschiedlichen Ministerien an. Die Beamten hier im Ort haben ohnehin schon mehr getan, als sie verpflichtet sind. Aber das waren Gefälligkeiten.« Er verdrehte die Augen und blickte hilfesuchend zum Himmel. »Was ich brauche, sind Leute, die mir zugeteilt sind. So geht das bei einer Ermittlung. Da gibt's eine eigene Tatortkommission. Das ist nicht wie im Krimi, wo ein Kommissar wie ein einsamer Wolf umherstreift und den Fall im Alleingang löst.« Klotz stieß ein empörtes Schnauben aus. Auf seiner Stirn hatten sich Schweißperlen gebildet, die er sich mit einer Handbewegung wegwischte.

»Herr Kommissar«, schaltete Lenz sich ein, »Sie wollten uns noch etwas fragen.«

Verblüfft sah Klotz zu den ihn um eine Haupteslänge Überragenden hoch. Sein Blick glitt unverwandt über Lenz' Gesicht. Mit einem Mal erhellten sich die Züge des Kommissars und bekamen einen listigen Ausdruck. »Wisst's was«, sagte er ungewohnt vertraulich, »wenn die mir niemanden schicken, werdet's ihr mir helfen. Inoffiziell natürlich, weil eigentlich ist das verboten. Aber bevor ihr da herumrennt's und mir ins Handwerk pfuscht's, ist es besser, wir arbeiten zusammen.«

Jenny schaute zu Lenz, der stoisch durch seine Brillengläser auf den untersetzten Mann herabsah. Sie selbst war so erstaunt, dass ihr auf Anhieb keine Antwort einfiel.

Klotz sprach weiter: »Ich fahre jetzt zum Florian Saltner hinauf auf die Hütte. Der war nämlich zum fraglichen Zeitpunkt auch in der Nähe des Tatorts.« Der Ermittler unterbrach sich, als hätte er zu viel verraten, besann sich jedoch gleich darauf. »Es schadet nicht, wenn ihr dabei seid's – für den Fall, dass der ebenfalls abhauen will.« Er wandte sich an Lenz. »Sie holen ihn eher ein als ich.«

Jenny nickte ihrem Freund zu. Zweifel über die Richtigkeit ihres Tuns hatte sie beiseitegewischt. Sie und Lenz hatten Paul zur Flucht verholfen und waren in den Fall verwickelt. Ihr kam der Verdacht, dass der Kommissar sie nur deshalb eingeladen hatte, ihn zu begleiten, um sie unter Kontrolle zu haben. Und wenn schon, dachte sie. Das galt schließlich ebenso im umgekehrten Fall.

Vorbei an Almenwiesen kroch der Wagen im Schritttempo den Berg hinauf. Wiederholt kamen sie an Wanderern vorbei, die widerwillig auswichen und dem Fahrzeug misstrauische Blicke hinterherschickten. Der Weg war Fußgängern vorbehalten und durfte lediglich von Nutzfahrzeugen zur Versorgung der Hütte und für den Transport des Viehs befahren werden. Mit Widerwillen dachte Jenny an die Pläne Konrad Saltners, der hier eine öffentliche Straße hatte errichten wollen. Damit wäre ein weiteres Stück Natur zerstört worden.

Paul Traminer kam ihr in den Sinn, der wegen seiner vehementen Ablehnung des Bauvorhabens – und wegen seiner eigenen Unbesonnenheit – in Verdacht geraten war. Jenny hatte noch keine Gelegenheit gehabt, mit Lenz über den Bauingenieur zu sprechen, vermutete aber, dass er sich nach wie vor in der Obhut Arthur Kammelbachs im Kloster Neustift befand. Sie nahm ihr Smartphone zur Hand, um Arthur über das Gespräch mit Lisi Kirchler und die neuesten Entwicklungen zu berichten. Er würde die Information zweifellos an Traminer weitergeben.

»Ich werd der Johanna eine Nachricht senden, dass sie ihr Auto bei der Lisi abholen soll«, sagte Jenny wie beiläufig zu Lenz. Der wandte sich um und zwinkerte ihr zu. »Mach das, du kannst mit mir fahren, wenn uns der Kommissar zurückgebracht hat«, ermunterte er sie.

Jenny begann, eine SMS zu schreiben. Sie sah auf. Im Rückspiegel traf sie der Blick von Aldo Klotz. Gleich darauf wandte er sich ab, die Strecke erforderte seine volle Konzentration. Seelenruhig setzte Jenny ihre Tätigkeit fort. Es war eine im Telegrammstil abgefasste Nachricht, die trotzdem sämtliche Informationen enthielt, die Jenny in Erfahrung gebracht hatte – von dem Fund des Notizbuches über Lisis Auseinandersetzung mit Saltner bis hin zu der neuesten Information, derzufolge Florian kurz vor dem Tod seines Vaters in dessen Nähe gewesen war.

Wieder traf sie Klotz' misstrauischer Blick. In dem Moment drückte sie auf ›Senden‹ und verstaute das Mobiltelefon in ihrer Handtasche.

Bei der Rosengartenhütte angelangt stiegen sie aus dem Wagen und gingen auf den Holzzaun zu, der das Areal begrenzte. Erneut betrachtete Jenny die mächtige Laurinswand, die scheinbar zum Greifen nahe vor ihnen in den Himmel ragte. Der schroffe Felsen schimmerte bläulich im Schatten und verbarg in treuem Gehorsam zu seinem einstigen Herrscher das Leuchten der Rosen.

Im Gastgarten saßen viele Ausflügler. Jenny erkannte die attraktive Kellnerin wieder, die sie bei ihrem vorangegangenen Besuch bedient hatte. Außer ihr war noch ein junger Mann im Service, mehr Jüngling denn Erwachsener und ebenso wie die Frau in Lederhosen gekleidet. Die beiden hatten alle Hände voll zu tun, die Wünsche der Gäste zu befriedigen, und hätten Unterstützung gebrauchen können. Doch der Hüttenwirt war nirgends zu entdecken.

Mit der ihr eigenen Grazie und einem voll beladenen Tablett kam die Kellnerin den abschüssigen Hang herunter. Gefolgt von Lenz und Jenny ging Aldo Klotz auf die Frau zu. Sie blieb abrupt stehen und sah den Kommissar mit hochgezogenen Augenbrauen an.

»Grüß Gott, Frau Ilona. Sie wissen, warum ich hier bin?«, sprach Klotz sie an. Die Serviererin setzte zunächst eine erstaunte Miene auf, besann sich aber offenbar anders und verzog die vollen Lippen zu einem Lächeln.

»Wenn Sie den Florian suchen: Der ist nicht hier. Vielleicht ist er unten …«

»Im Hotel ist er nicht, da habe ich angerufen«, unterbrach Klotz barsch.

Ilona hob und senkte die Schultern. Was offenbar als lässige Geste gedacht war, geriet ob der schweren Last in den Händen der Frau zu einem kläglichen Versuch. Klotz trat auf sie zu, nahm das Tablett und stellte es auf einen nahen Tisch, ohne Rücksicht darauf, dass er besetzt war. Die Kellnerin öffnete den Mund. Jenny gewann den Eindruck, dass sie protestieren wollte. Der Kommissar hinderte sie daran, indem er ihr das Wort abschnitt.

»Ich habe genug von Ihren Ausflüchten. Sie sagen mir jetzt, wann der Herr Saltner die Hütte verlassen hat und wo er hin ist.«

Jenny betrachtete das Gesicht der Frau. Über den hohen Wangenknochen verengten sich die leicht schräg stehenden Augen zu Schlitzen. Der magyarische Einschlag war nun deutlich in den Zügen erkennbar, die Abstammung von einem einst für seine Brutalität bekannten Reitervolk unübersehbar. Jenny musste unwillkürlich an den Hunnenkönig Attila denken. Dietrich von Bern, Laurins Widersacher, hatte in einem noch berühmteren Heldenepos, nämlich im Nibelungenlied, den Weg des gefürchteten Herrschers des Ostens gekreuzt. Doch im Gegensatz zu dem Gemetzel, das der Held aus Verona in den Tiroler Bergen angerichtet hatte, war es am Hof des Hunnenkönigs eine Frau gewesen, die die Kampfhandlungen initiiert und selbst zum Schwert gegriffen hatte: die schöne Krimhild.

Laurins Prinzessin Similde fiel Jenny ein. Sie hatte sich weder selbst am blutigen Geschäft des Mordens beteiligt noch hatte sie Glieder abgehackt. Ihr kam jedoch eine wichtige Rolle um die Geschehnisse im Zwergenreich zu. Lief schlussendlich auch der aktuelle Fall, den Aldo Klotz mit ihrer und Lenz' Hilfe zu lösen gedachte, auf ein ›cherchez la femme‹ hinaus?

Diesen Eindruck gewann Jenny, wenn sie Ilona betrachtete, die die Ellbogen in die schmalen Hüften stemmte und den Kommissar kampflustig anblickte. Jenny fragte sich, wie lange der seinem Namen Ehre machen und unbeweglich wie ein Klotz dastehen würde. Seine Taktik zeitigte allerdings Erfolg: Die Ungarin – die geografische Zuordnung drängte sich Jenny aufgrund des Akzents sowie des Namens und Aussehens der Frau auf – ließ die Arme sinken, nahm das Tablett und deutete mit einer Kopfbewegung zur Hütte. Drinnen angelangt wies sie mit der Hand zu einem leeren Tisch. Klotz, Lenz und Jenny nahmen Platz, Ilona setzte sich zu ihnen. Falls sie sich über die Entourage des Kommissars wunderte, ließ sie es nicht erkennen.

»Der Florian ist gestern Abend in die Berge gegangen.« Ilona hatte die Worte leise und beinahe tonlos ausgesprochen. Das zuvor überlegene Lächeln war Sorgenfalten gewichen, die sich auf der Stirn und um die Mundwinkel abzeichneten. »Er ist zur Laurinswand aufgestiegen, um die Nacht im Freien zu verbringen. Das tut er öfter, wenn er in Ruhe nachdenken will.« Ilona schloss für einen kurzen Moment die Augen. Sie öffnete sie wieder und sah den Kommissar mit einem gequälten Ausdruck an.

»Zum Frühstück wollte er zurück sein. Aber bis jetzt ist er nicht wiedergekommen.«

*

Arthur Kammelbach durchwanderte den Hof des Klosters Neustift. Mit dem barocken Brunnen im Zentrum und den akkurat geschnittenen Hecken, die den Gehweg von den Rasenflächen trennten, strahlte das Areal Ruhe und Frieden aus. Getrübt wurde die kontemplative Atmosphäre lediglich von Paul Traminer, der, anstatt sich dem gemessenen Schritt seines Begleiters anzupassen, rastlos voraus und retour eilte.

Als er das nächste Mal an der Seite Kammelbachs auftauchte, blieb dieser stehen und legte dem Mann die Hand auf die Schulter. »Herr Traminer, wenn Sie so hin und her rennen, hindern Sie mich am Nachdenken. Wir waren uns doch einig, dass wir versuchen, gemeinsam eine Lösung zu finden, die Sie dem Kommissar präsentieren können.«

Die Züge des Angesprochenen verdüsterten sich, bevor er zu einer Erklärung ansetzte. »Die Sache mit dem Notizbüchl gefällt mir nicht«, nahm er auf den Inhalt von Jennys SMS Bezug, die Kammelbach ihn hatte lesen lassen.

»Das wirft immerhin ein neues Licht auf die Angelegenheit«, konterte Arthur. »Außerdem wissen wir jetzt, dass Frau Kirchler tatsächlich am Tatort war, und der Sohn des Opfers jedenfalls in der Nähe. Damit sind Sie nicht mehr der einzige Verdächtige.«

»Das schon«, räumte Traminer ein. »Aber die Lisi war's nicht, und dem Saltner Florian tät ich es auch nicht wünschen, dass er ein Mörder ist. Obwohl er einen Grund gehabt hätte, den Alten umzubringen. Die Alm war das

Ein und Alles vom Sohn. Wenn er gewusst hat, dass sie der Vater ihm hat wegnehmen wollen …«

»Das sind Spekulationen. Befassen wir uns lieber mit der Notiz des verstorbenen Josef Kirchler«, unterbrach Kammelbach den Redefluss. »Sie beweist, dass die Besitzrechte Saltners durch den Pachtvertrag eingeschränkt waren …«

»Des isch es jo krod«, schnitt Traminer seinerseits Arthur das Wort ab und fiel dabei ins Südtirolerische. »Die Lisi hat das Notizbuch im Atelier von der Sylvia gefunden. Die muss gewusst haben, was drin gestanden ist.«

»Was macht Sie so sicher?«

Traminer ließ ein trockenes Lachen vernehmen. »Sie wor a Neigierige. Wie die Weiberleit holt so sein. De hot sich des Biachl do net aus der Kischtn gnommen, damit sie a Kochrezept einischreibt. Sie hot glesn, wos innen gschtonden isch. Do kennen S' Gift drauf nemmen.«

Letzteres lag Arthur fern. Er konnte sich, auch ohne es auf den empfohlenen Versuch ankommen zu lassen, lebhaft vorstellen, dass Traminer mit seiner Vermutung recht hatte. Dass ausgerechnet dieses eine aus einer größeren Anzahl an Notizbüchern im Arbeitsbereich der Verstorbenen gelegen hatte, konnte kein Zufall sein.

»Die Sylvia war ein ausgesprochen sauberes Mädl, fesch, sympathisch, ein herzlicher Mensch«, fuhr Traminer fort. »Aber ich glaub nicht, dass sie vorgehabt hat, mit dem Florian die ganze Zeit auf der Hütte zu verbringen. Die hat ja sogar den Winter über offen, für die Schneeschuhwanderer. Der Sylvia hätte es keinen Spaß gemacht, tagaus tagein da oben zu hocken.«

Kammelbach war über die Wendung, die das Gespräch genommen hat, nicht erstaunt. Nachdem Lenz ihn gestern über die Ereignisse rund um die Rosengartenhütte und deren Betreiber ins Bild gesetzt hatte, hatte er bereits die Vermutung gehegt, dass die verunglückte Frau etwas mit den Vorfällen zu haben könnte. Er ließ Traminer weiterreden.

»Der junge Saltner muss von dem Eintrag gewusst haben. Seine Braut hat es ihm sicher gesteckt.« Kaum hatte er die Mutmaßung ausgesprochen, blieb er abrupt stehen. Mit einem ungläubigen Ausdruck in den Augen sah er Kammelbach an. »Wissen Sie, wos des hoaßt?«

Arthur hatte eine vage Vorstellung, zog es jedoch vor, Traminers Sichtweise zu hören, und schwieg daher.

»Die Johanna hot immer schon gmoant, dass bei dem Unfall mit dem Pferd net olls mit rechten Dingen zuogongen isch. Mir hom uns denkt, irgendwer muoss dem Viech eppes eingebn hobn, damit's durchdreht.«

»Welchem Zweck könnte das gedient haben?«, warf Arthur ein.

Traminer betrachtete die Pflastersteine des Innenhofes, als vermeinte er, aus deren Anordnung die Antwort auf Kammelbachs Frage lesen zu können. »Wir haben uns keinen Reim darauf machen können. Aber jetzt ist mir alles klar«, sagte er schließlich. Er hob den Kopf und sah Arthur mit einem gequälten Ausdruck an. »Die Saltners hätten die Hütte den Bonells wieder zur Pacht geben müssen. Der Florian wird von dem Eintrag gewusst haben. Gut möglich, dass er es seinem Vater gesagt hat. Der hat das Pferd manipuliert und die Sylvia umgebracht.«

Traminer machte keine Anstalten, seiner schweren Anschuldigung weitere Erklärungen hinzuzufügen. Arthur bezweifelte, dass der Bauingenieur mit seinem Verdacht recht hatte. Einem Pferd etwas zu verabreichen war für jemand, der sich mit diesen Tieren auskannte, vermutlich kein großes Problem. Wie aber sollte es Konrad Saltner gelungen sein, zu bewerkstelligen, dass die junge Frau sich genau im richtigen Moment dem wild gewordenen Hengst näherte? Wäre es da nicht zielsicherer gewesen, deren eigenes Ross zum Ausrasten zu bringen?

Kammelbach stützte sein Kinn mit der rechten Hand und mit der linken Hand den rechten Ellenbogen. In dieser nachdenklichen Pose setzte er seine Runde durch den Klosterhof fort. Traminer ging schweigend neben ihm her. Sie gelangten zum Südblock des Bauwerks, der die Stiftsbibliothek beherbergte. Arthur kam eine Idee. Der Chef der Umweltgruppe hatte ihn zwar mit seiner These nicht überzeugen können. Er mutmaßte jedoch, dass die tote Sylvia Karbon der Schlüssel zur Lösung des Falles war. Mit dem Hinweis, dass er dringend etwas nachschlagen müsse, verabschiedete er sich von seinem Begleiter und betrat die an literarischen Schätzen reiche Bibliothek.

*

Entlang der Laurinswand gingen Jenny und Lenz die Strecke in genau umgekehrter Richtung, wie sie dies ein paar Tage zuvor vom Nigerpass kommend getan hatten. In ihrer Begleitung befand sich Aldo Klotz. Ilona hatte ihnen eine vage Beschreibung gegeben, wo sie Florians Lager vermutete.

»Wie weit es wohl noch sein wird?« Der Kommissar war stehen geblieben. Erneut wischte er sich den Schweiß von der Stirn.

»Kann nicht mehr lang dauern«, antwortete Lenz. »Laut Ilona ist Herr Saltner gegen 19 Uhr losgegangen. Wenn er nicht in die Dunkelheit kommen wollte, muss er nach etwa einer Stunde seinen Schlafsack ausgerollt haben.«

Die beiden setzten den Weg fort, Jenny bildete das Schlusslicht. Ein Blick auf ihr Smartphone zeigte ihr, dass sie seit gut 30 Minuten unterwegs waren. Nach einem steilen Aufstieg über einen von dichtem Baumbestand gesäumten Pfad marschierten sie nun über eine Anhöhe, von der aus sie freie Sicht auf die Umgebung hatten. Rechts von ihnen führten bewaldete Hänge hinunter ins Tal. Auf der linken Seite stiegen die Wiesen steil an und mündeten direkt in die Laurinswand.

Angestrengt sah Jenny zu dem kahlen Gestein empor. Irgendwo dort oben musste jene Felsnische sein, in der sich Florian Saltner nach Ilonas Angaben befand. »Heute Nacht habe ich eine Verabredung mit dem Zwergenkönig«, sagte er zu der Ungarin, wenn er sich auf den Weg machte. Aus Sorge, es könnte ihm etwas zustoßen, war sie damit nicht einverstanden gewesen. »Beim Laurin passiert mir nichts«, hatte er gescherzt, auf ihr Drängen hin jedoch eine ungefähre Wegbeschreibung gegeben, damit sie nötigenfalls nach ihm Ausschau halten konnte.

Beim Anblick des Massivs kamen Jenny Zweifel, dass Ilona damit Erfolg gehabt hätte. Zwar gab es in der Wand Spalten und Mauervorsprünge, doch woher sollte sie wissen, welche Stelle die richtige war? Hatte Jenny auf der Rosengartenhütte das Gefühl gehabt, dass der Berg zum Greifen nahe war, schien er nun, da sie sich ihm näherte, auf seltsame Weise von ihr fortzurücken. Wenn sich dort tatsächlich ein Mensch befand, konnte sie ihn von hier aus nicht sehen. Und dies traf sicher auch auf ihre Begleiter zu, wie Jenny vermutete.

»Achtung, pass auf, wo du hintrittst.« Lenz warnte sie, nicht über eine Baumwurzel zu stolpern. Jenny wurde gewahr, dass sie über ihrer Suche nach Florian Saltner vergessen hatte, auf den Weg zu achten – eine Nachlässigkeit, die in diesem Gelände rasch zum Verhängnis werden konnte.

»Bleib ich besser hinter dir, damit nichts passiert«, hörte sie ihn in ihrem Rücken sagen. Ein warmes Gefühl, das weit mehr als nur Dankbarkeit war, durchströmte sie. Jahrelang war sie es gewohnt gewesen, selbst auf sich aufzupassen. Lenz hatte, ab dem Augenblick, in dem er in ihr Leben getreten war, eine Beschützerrolle übernommen. Anfangs hatte sie sich schwer damit getan, seine Fürsorge zu akzeptieren. Wie sie zugeben musste, fand sie mittlerweile durchaus Gefallen daran.

Jenny ertappte sich dabei, wie sie innerlich seufzte. Die Aussicht, dass sie bald wieder getrennt sein und sich nur selten sehen würden, behagte ihr nicht. Viel lieber würde sie mit ihm von dieser Reise in eine gemeinsame Wohnung zurückkehren. Oder zumindest in die gleiche Stadt, korrigierte sie sich. Fürs Zusammenziehen war es zu früh, befand sie, zuvor mussten sie einander besser kennenlernen. Wie sie das in Anbetracht ihrer derzeitigen Lebensumstände bewerkstelligen sollten, wusste sie allerdings nicht.

»Glaub ich, unser Kommissar wird bald etwas entdecken.« Lenz schloss zu ihr auf. Vor ihnen hatte der Ermittler das bisher rasche Tempo deutlich reduziert. Alle paar Schritte blieb er stehen und suchte den Hangabschnitt in unmittelbarer Nähe mit Argusaugen ab.

Jenny, die bis zu Lenz' Warnung ihren Blick über die fernen Felsen hatte schweifen lassen, wunderte sich über Klotz. Wie wollte er auf diese Weise Florian Saltner finden? Ilonas Angaben zufolge war nicht anzunehmen, dass der Hüttenwirt sich hier auf der Wiese befand.

Wieder hielt Klotz inne und ließ seinen Blick über die Anhöhe gleiten. Er löste seine hinter dem Rücken verschränkten Hände voneinander. Eine davon führte er an die Stirn, um seine Augen zu beschirmen.

Jenny erkannte sein Vorgehen: Er suchte nach Spuren, die ihm einen Hinweis gaben, welchen Weg der Gesuchte genommen hatte. Sie musste sich eingestehen, dass dies wohl die effizientere Methode war als jene, die sie selbst angewandt hatte. Wie um diese Erkenntnis zu bestätigen, sagte Klotz: »Mir scheint, er ist da hinauf gegangen.« Erneut schaute er zum Hang, der nicht wie die sattgrünen Almenwiesen dicht mit Gras bewachsen, sondern mit Erdreich, Steinen und Baumrinden bedeckt war.

Wie Klotz hier etwas von ermittlungstechnisch relevanter Bedeutung erkennen konnte, war Jenny ein Rätsel. Dies musste jedoch der Fall sein, denn der Beamte fixierte nach wie vor einen Punkt, der seine Aufmerksamkeit magisch anzuziehen schien.

»Hast du deinen Fotoapparat mit?« Lenz hatte sich zu ihr heruntergebeugt und leise zu ihr gesprochen. Jenny nickte, nahm das Gerät aus ihrer Handtasche und reichte es ihm. Er schaltete die Digicam ein und richtete sie, der Blickrichtung des Kommissars folgend, auf jenen Abschnitt, dem Klotz' ungeteiltes Interesse galt. Lenz drehte den Zoomring des Objektivs so lange hin und her, bis er offenbar die gewünschte Einstellung gefunden hatte, und drückte ab. Wortlos reichte er Jenny die Kamera. Das Display zeigte das Foto, das er eben geschossen hatte. Darauf war eine Bodenerhebung zu sehen, die von schmutzig braunen Moosflechten bedeckt war. Ein paar Alpenblumen lugten daraus hervor. Sie ließen die verwelkten Köpfe hängen und kündigten das nahe Ende des Sommers an.

In der Mitte dieses Stilllebens, das die Natur geschaffen hatte, lag ein Strohhut. Wenn Jenny sich nicht sehr täuschte, war es dasselbe Exemplar, das Florian Saltner bei ihrer ersten und bisher einzigen Begegnung auf dem Kopf getragen hatte.

VIERZEHN

»Scheint mir, der Hut gehört dem Florian.« Lenz näherte sich dem Kommissar und zeigte ihm die Aufnahme, die er gerade gemacht hatte.

»Hab ich's mir doch gedacht, dass er hier hinaufgegangen ist. Die Spur weist darauf hin.« Klotz beugte sich nach vorn und zeigte auf eine nahe gelegene Stelle, die nicht von Gras, sondern von bloßer Erde bedeckt war. »Sehen Sie den Fußabdruck?«

Lenz schaute angestrengt dem ausgestreckten Zeigefinger nach. Bei genauem Hinsehen war tatsächlich der Umriss einer Sohle zu erkennen.

»Leihen Sie mir für einen Moment Ihre Kamera?«, fragte Klotz. Lenz reichte sie ihm. Der Ermittler richtete das Objektiv erneut auf den Hang und schwenkte es, indem er den Kopf zurücklehnte, weiter nach oben. Wie kurz zuvor Lenz betätigte er den Zoom und funktionierte den Fotoapparat auf diese Weise zum Feldstecher um. Geduldig suchte er damit Stück für Stück des Geländes ab.

Nach einer Weile senkte er die Hand, in der sich die Kamera befand. »Nichts zu machen. Außer dem Hut kann ich nichts entdecken.« Enttäuscht schüttelte er den Kopf.

»Was haben Sie denn erwartet?«, fragte Lenz.

»Einen Schlafsack, Spuren eines Lagers … Am liebsten wär mir der Florian Saltner selber. Aber am Hang ist sonst nichts, und die Wand ist zu weit weg, um etwas zu erkennen – selbst mit dem Ding da.« Er hielt Lenz den Fotoapparat hin, der ihn an sich nahm.

»Wir könnten dorthin gehen, wo der Hut liegt, und

schauen, ob von da aus mehr zu sehen ist«, schaltete Jenny sich ein.

Erneut verschränkte Klotz die Hände hinter dem Rücken und schaute zum Berg. Lenz folgte seinem Blick. Was sich dem Kommissar darbot, war nicht besonders einladend. Das unebene Gelände wies eine beachtliche Steigung auf. Sie würden gehörig ins Schwitzen geraten, bevor sie das Fundstück erreichten. Falls sie dort einen weiteren Hinweis entdeckten, der zur Wand wies, müssten sie noch einmal eine ordentliche Strecke zurücklegen, bevor sie zu den senkrecht aufsteigenden Felsen gelangten. Die Mittagssonne, die erbarmungslos vom Himmel strahlte, machte das Unterfangen nicht einfacher.

»Ich verständige die Bergrettung. Die soll mit dem Hubschrauber suchen. Hoffen wir, dass der junge Saltner dort oben ist.« Klotz hatte offenbar nicht vor, eine noch größere Anstrengung als die bisherige zu riskieren.

Was, wenn Ilona gelogen und Florian einen gänzlich anderen Weg gewählt hatte?, schoss es Lenz durch den Kopf. Der Hut ließ jedoch eher vermuten, dass die Serviererin die Wahrheit gesagt hatte. Es sei denn, es war nicht der von Saltner, sondern sah dessen Exemplar nur ähnlich. In dem Fall fragte sich allerdings, wer ihn dort zurückgelassen hatte.

»Herr Kommissar«, begann Jenny zögerlich. Klotz wandte sich ihr zu.

»Ja, Frau Sommer«, ermunterte er sie weiterzusprechen.

»Wie wär's, wenn der Herr Hofer und ich hinaufgehen? Falls wir etwas entdecken, rufen wir Sie am Handy an. Dann können Sie immer noch die Bergrettung alarmieren.«

Lenz fand, dass das ein vernünftiger Vorschlag war. Ihm und Jenny würden die Strapazen des Aufstiegs weit weniger anhaben als dem gewichtigen Kommissar.

»In Ordnung«, sagte der. »Ich warte so lang auf euch.«

Jenny nahm ihr Smartphone aus der Handtasche und gab sie dem Kommissar zur Aufbewahrung. Ausgerüstet mit Fotoapparat und Mobilfunkgerät machten sie sich auf den Weg.

Der Hang, der vom Pfad aus betrachtet eine beachtliche Steigung aufwies, war leichter zu begehen als angenommen. Anstatt in einer geraden Linie nach oben zu führen, ermöglichten immer wieder auftretende Mulden einen verhältnismäßig bequemen Aufstieg. Ohne eine Verschnaufpause einzulegen, erreichten Jenny und Lenz die Stelle, an der der Hut lag.

Jenny machte weitere Fotos. »Was meinst du, ist das der, den Florian Saltner aufgehabt hat?«

Lenz zuckte mit den Schultern. »Schaut ziemlich ähnlich aus. Aber beschwören kann ich's nicht.«

»Wenn es seiner ist, wie ist er überhaupt hierhergekommen?«

Wieder musste Lenz rätseln. »Vielleicht hat er ihn beim Raufgehen verloren und es nicht bemerkt.«

»Das wäre möglich«, meinte Jenny. »Oder der Saltner ist verunglückt, vielleicht gestürzt, und der Hut ist bis hierher gekollert.«

Lenz betrachtete das Stück Wiese, das oberhalb ihrer jetzigen Position lag. Wenn Jennys Theorie stimmte, musste Florian hier ganz in der Nähe sein. Denn auf dem welligen, von allerlei Hindernissen durchsetzten Boden hätte es den Hut nicht weit auf seinem Weg nach unten getragen. Mit freiem Auge konnte Lenz jedoch nichts erkennen, was einer menschlichen Gestalt ähnelte.

Er führte die Kamera zu seinen Augen und suchte dem Beispiel des Kommissars folgend durch die Linse Stück für

Stück die Gegend ab. Neben sich nahm er Jenny wahr, die von einem Bein auf das andere trat.

»Bin gleich wieder da«, sagte sie und ging schnurstracks weiter den Hang hinauf. Wenig später sah er sie hinter einem der raren Sträucher verschwinden. Er nahm an, dass sie einem dringenden Bedürfnis nachging. Unvermittelt tauchte sie aus ihrer Deckung auf und winkte ihn zu sich. Bei seiner Liebsten angekommen, fand er sie in der Pose, die zuvor Aldo Klotz eingenommen hatte: Jenny hatte die Arme hinter dem Rücken verschränkt und stierte ein wenig nach vorn geneigt auf das Erdreich zu ihren Füßen.

»Siehst du das hier?«, fragte sie. Dabei löste sie die Hände aus deren Umklammerung und zeigte mit ausgestrecktem Finger zu Boden. Lenz erkannte, was Jennys Aufmerksamkeit fesselte: Direkt vor ihnen befand sich ein Schuhabdruck, ähnlich dem, den Klotz in der Nähe des Wanderweges entdeckt hatte. In dem Fall war die Spur jedoch deutlicher, das Muster wies auf eine Profilsohle hin.

*

Aldo Klotz beobachtete, wie die beiden Gestalten auf dem Hang immer kleiner wurden. Er wunderte sich darüber, dass weder Sommer noch Hofer ihn bisher telefonisch kontaktiert hatten. Seiner Berechnung nach hätten sie die Fundstelle mit dem mutmaßlichen Beweisstück längst erreicht haben müssen.

Er beschloss, von sich aus nachzufragen, und wählte Sommers Nummer. Die Frau meldete sich nach dem zweiten Klingeln.

»Einen Moment noch, wir haben gerade etwas entdeckt«,

vernahm er ihre Stimme. Er unterdrückte den Impuls, ihr Anweisung zu geben, gefälligst sofort mit ihm zu sprechen, wusste er doch, dass er auf die Kooperationsbereitschaft des Paares angewiesen war. Weiterhin hatte er die starke Vermutung, dass die beiden es gewesen waren, die den flüchtigen Traminer seinem Zugriff entzogen hatten. Doch der Bauingenieur stand nicht mehr im Zentrum seiner Ermittlungen. Es galt, Florian Saltners habhaft zu werden, der, wenn er nicht selbst den Tod seines Vaters verursacht hatte, nach Meinung von Klotz auf jeden Fall mehr wusste, als er bisher zugegeben hatte.

»So, Herr Kommissar, jetzt bin ich ganz bei Ihnen«, tönte Sommer mit aufgeregter Stimme in sein Ohr. »Stellen Sie sich vor, wir haben weitere Fußabdrücke gefunden. Sie führen eindeutig zur Laurinswand.«

»Gut. Kommen S' zurück, ich rufe den Hubschrauber.« Klotz wollte das Telefonat beenden, doch Sommer widersprach.

»Was, wenn dem Herrn Saltner etwas passiert ist? Bis die Bergrettung kommt, könnte es zu spät sein.«

»Lassen Sie das meine Sorge sein und kehren S' um.« Klotz hatte barscher in den Apparat gesprochen, als er es beabsichtigt hatte. Ihm war nicht wohl dabei, die Frau und ihren Begleiter weiter dort oben auf die Pirsch gehen zu lassen. Noch wusste er nicht, ob der junge Saltner ein gefährlicher Krimineller oder lediglich ein unschuldig in die Angelegenheit verwickelter Mensch war.

Jenny Sommer unterbrach seine Gedanken: »Wir gehen noch ein kleines Stück und melden uns wieder«, teilte sie ihm mit. Klotz hatte gerade noch Gelegenheit, den Befehl »Kommen Sie sofort zurück« zu geben, bevor die Verbindung abbrach.

Missmutig steckte er das Handy in seine Brusttasche. Das hatte er nun davon, dass er sich mit Zivilisten einließ. Er hätte voraussehen müssen, dass Sommer seine Anweisungen nicht befolgen und ihr Freund dies ebenso wenig tun würde. Mit einem resignierten Seufzer nahm Klotz sein Mobiltelefon erneut zur Hand und machte Anstalten, die Bergrettung zu verständigen. Ein Blick auf das Display zeigte ihm, dass der Akku leer war. Er hatte versäumt, das Gerät rechtzeitig aufzuladen.

»Verflixt noamol«, stieß er hervor und gestand sich ein, dass Jenny Sommer das Gespräch vermutlich nicht absichtlich beendet hatte, sondern die ob seiner eigenen Nachlässigkeit fehlende Stromversorgung an der Unterbrechung schuld war. Damit bestand keine Verbindung mehr zwischen ihm und seinen widerspenstigen Helfern. Dass sie seiner unmissverständlichen Aufforderung zurückzukehren ohne Weiteres Folge leisten würden, bezweifelte er.

Ein Blick zum Hang bestätigte seine Vermutung: Die beiden waren nur noch zwei Punkte. Ihm blieb nichts anderes übrig, als selbst die beschwerliche Tour anzutreten. Er hoffte, dass Sommer ihre Zusage, ihn erneut zu kontaktieren, einhalten würde. Wenn sie ihn nicht erreichte, bestand zumindest die Chance, dass sie und Hofer umkehrten. Klotz beschloss, den beiden entgegenzugehen, und, sobald er auf sie traf, das zu tun, wofür es ihm im Moment an tauglichem Equipment mangelte: die Rettung zu alarmieren.

Er setzte sich in Bewegung. Sommers Handtasche, die sie zu seinen Füßen deponiert hatte, fiel ihm ein. Die konnte er nicht zurücklassen. Mühsam bückte er sich, nahm das seiner Ansicht nach überdimensionierte Utensil an sich und schulterte es. Darüber sinnierend, was Frauen alles mit sich herumzuschleppen pflegten, machte er sich auf den Weg.

*

Jenny und Lenz näherten sich der Laurinswand. Zwischen dem zunehmenden Gestrüpp hatten sie keine weiteren Spuren entdeckt. Abwechselnd blickten sie durch den Sucher der Kamera, doch vergebens. Der Felsen präsentierte sich schroff und undurchdringlich. Falls sich irgendwo in einer der Spalten jemand befand, gab das Gebirge den Blick darauf nicht frei.

Jenny kontrollierte ihr Smartphone. Es war auf Empfang. Doch nach dem abrupten Ende des Telefonats hatte sie Klotz weder erreichen können noch hatte er sich bei ihr oder Lenz gemeldet.

»Meinst du, wir sollten umkehren?«, fragte sie ihren Begleiter. Unschlüssig sah er sie an. »Wenn der Florian in der Wand ist, hätten wir ihn längst sehen müssen.«

Erneut blickte Lenz durch die Kamera auf den Gebirgsstock, während Jenny versuchte, mit freiem Auge etwas zu erkennen.

Ihr fiel auf, dass die Oberfläche der Wand aus ihrer jetzigen Perspektive nicht so glatt war, wie sie aus der Ferne den Eindruck vermittelt hatte. Sie entdeckte Spalten, Risse und einzelne kleine Flächen, auf denen jemand, der es darauf anlegte, ein Lager aufschlagen konnte. Es bedurfte allerdings ziemlichen Wagemutes, dort die Nacht zu verbringen, fand Jenny. Eine falsche Bewegung, und man lief Gefahr, hinunterzustürzen.

Ob Florian Saltner tatsächlich ein derartiges Risiko eingegangen war, um seiner seltsamen Angewohnheit zu frönen, unter freiem Himmel zu schlafen? Viel wahrscheinlicher war, dass er sich, wenn er schon, wie Ilona behauptete, die totale Einsamkeit suchte, irgendwo am Fuß der Wand niedergelassen hatte. Das erklärte allerdings nicht, warum er am Morgen nicht zur Rosengartenhütte zurückgekehrt war.

»Da oben ist etwas.« Lenz hatte unvermittelt gesprochen, während er durch die Linse seiner Kamera schaute.

»Was siehst du? Kannst du was erkennen?«

Lenz antwortete nicht, sondern drehte den Zoomring in die eine, dann wieder in die andere Richtung. Nachdem er offenbar die richtige Einstellung gefunden hatte, drückte er auf den Auslöser und reichte Jenny den Apparat. Sie betrachtete die Aufnahme, die eines jener Mini-Plateaus zeigte, die Jenny aufgefallen waren. Darauf war ein länglicher Gegenstand in grüner Farbe zu sehen. Auf den ersten Blick sah er aus wie eine jener Gymnastikmatten, die Jenny für ihre Fitnessübungen benutzte. Bei genauerer Betrachtung kam sie zu dem Schluss, dass es sich nur um einen Schlafsack handeln konnte.

Wenn es nicht noch andere gab, die so verrückt waren, auf einem dieser Plateaus zu nächtigen, hatten sie Florian Saltners Lager gefunden. Der Vermisste selbst war hingegen nirgends zu entdecken.

Erneut betrachtete Jenny das schroffe Gestein. Sie meinte, darin einen Steig zu erkennen. Es erschien ihr möglich, dass der Gesuchte ihn benutzt hatte, um an das Ziel seiner abendlichen Wanderung zu gelangen. Wenn er sein Refugium auf dem gleichen Weg verlassen hatte, war unerklärlich, warum sein Schlafsack sich noch dort befand und sie nur Fußspuren in die eine Richtung gefunden hatten. Falls Saltner über die Felskante gestürzt war, war es um seine Überlebenschancen gering bestellt.

»Ich versuche noch einmal, Klotz zu erreichen.« Jenny wählte erneut, hörte allerdings nur die Mobilbox des Kommissars. Sie überlegte, ob Lenz die Nummer der Bergrettung wusste, und gelangte beinahe zeitgleich zur Auffassung, dass es auch der Notruf tun würde. Der diensthabende Beamte würde zweifellos alles Nötige in die Wege leiten.

Sie schickte sich an, die 113 zu wählen. Lenz hinderte sie daran, indem er ihr die Hand auf den Arm legte.

»Direkt unterhalb des Plateaus befindet sich eine Mulde, die von hier aus nicht einsehbar ist.« Lenz ließ die Kamera, die er eben noch vor Augen gehabt hatte, sinken. »Lass uns zur Wand gehen. Es ist nicht mehr weit.«

Jenny bezweifelte das. Wiederholt hatte sie bei ihrem bisherigen Anstieg den Eindruck gehabt, dass der Felsen, anstatt näherzurücken, vor ihnen zurückwich. Obwohl Jenny müde und durstig war, stimmte sie Lenz' Vorschlag zu. Mit Bedauern dachte sie an ihre Handtasche, die sie in der Obhut des Kommissars zurückgelassen hatte und in der sich eine volle Halbliterflasche mit Mineralwasser befand.

Sie hatten ihr Ziel beinahe erreicht. Keine 50 Schritte trennten sie von dem mächtigen Felsen. Doch es war nicht die mehrere 100 Meter hohe Wand, der ihrer beider Interesse galt, sondern eine menschliche Gestalt, deren Umrisse sich am Fuß des Gebirges von dessen grauer Oberfläche abzeichneten.

Im Näherkommen erkannte Jenny, dass es sich um den Wirt der Rosengartenhütte handelte. Sie hatte befürchtet, ihn – wenn überhaupt – zerschmettert auf der Erde liegend vorzufinden. Der Anblick, der sich ihr nun bot, war nicht minder besorgniserregend: Florian Saltner saß aufrecht an den steinernen Riesen gelehnt und starrte ins Leere.

*

»Florian, fahlt dir wos?« Lenz hatte die Frage innerhalb der vorangegangen Minuten wiederholt auf Hochdeutsch gestellt, bisher allerdings keine Antwort darauf erhalten. Nun befleißigte er sich des Südtirolerischen in der Hoffnung, den Bekannten aus Jugendtagen mit den vertrauten Klängen zum Sprechen zu bringen. Der Versuch brachte nicht die gewünschte Wirkung. Saltner zeigte keinerlei Reaktion.

Lenz wandte sich Jenny zu, die den offenbar seiner Sprache beraubten Mann besorgt betrachtete. Rein äußerlich schien er, abgesehen von ein paar Schrammen im Gesicht und an den Händen, keinen Schaden erlitten zu haben. Es sah jedoch ganz so aus, als habe er bei dem Sturz, den er zweifellos erlitten hatte, einen Teil seiner geistigen Fähigkeiten eingebüßt – von möglichen inneren Verletzungen abgesehen.

»Weißt du die Nummer von der Bergrettung oder soll ich lieber den Notruf verständigen?«, fragte Jenny.

»Wähl die 118«, antwortete er. Ehe sie ihr Vorhaben in die Tat umsetzen konnte, wurde sie abgelenkt: Florian Saltner ließ ein Brummen vernehmen und zog damit ihrer beider Aufmerksamkeit erneut auf sich. Langsam schüttelte er den Kopf, bevor er wieder in seine vorherige Apathie verfiel.

Lenz beugte sich über ihn und fasste ihn an der Schulter. »I bins, dar Lenz, dar Neffe von der Johanna. Kennsch mi net?« Sein neuerlicher Ansatz, zu dem Verunglückten durchzudringen, blieb ebenso wie die vorausgegangen ergebnislos. Saltner antwortete nicht, noch rührte er sich von der Stelle. Lediglich sobald Jenny ihr Smartphone zückte, gab er einen unwirschen Laut von sich.

»Florian, komm, steh auf. Lass uns zurück zur Hütte gehen. Die Ilona wartet auf dich«, machte Lenz einen neuen Versuch. Einen Wimpernschlag lang hatte er den Eindruck, dass die Nennung der Ungarin bei dem Angesprochenen eine Erinnerung wachgerufen hatte. Gleich darauf verfiel er jedoch wieder in dumpfes Desinteresse.

»Herr Saltner, die Ilona ist ganz allein und muss sich um die Gäste kümmern. Wer soll denn die Ziegen versorgen?«

Es war, als hätte Jenny mit ihrer Frage den Schlüssel zu den Tiefen von Florians Innerem gefunden. Weiterhin an die Wand gelehnt, stemmte er sich hoch, bis er in eine aufrechte Position gelangte. Er verweilte ein paar Augenblicke darin, wie um seinen Körper einer Prüfung zu unterziehen. Nachdem diese offensichtlich positiv ausgefallen war, begann er bedächtig, einen Fuß vor den anderen zu setzen und sich von den Felsen zu lösen. Auch dies gelang ohne Schwierigkeiten, wiewohl Lenz den Eindruck gewann, dass das linke Bein des Gestürzten bei jedem Schritt einknickte. Darüber hinaus war die Rückseite seines Hemdes zerfetzt, die darunterliegende Haut wies blutige Abschürfungen auf. Von diesen Blessuren und seinem höchst sonderbaren Verhalten abgesehen schien Florian Saltner heil davongekommen zu sein. Ohne sich umzudrehen, hinkte er geradewegs den Abhang hinunter.

Erneut sah Lenz Jenny an. Diesmal war sie es, die mit den Schultern zuckte. Anschließend fasste sie ihn an der Hand und drückte sie. Gemeinsam folgten sie dem Mann, der unbeirrt einem Ziel zusteuerte, das nur er zu kennen schien.

Nach ungefähr der Hälfte des Weges kam der Strohhut in Sicht. Aldo Klotz stand schnaufend daneben und blickte ihnen streng entgegen. Obwohl die Miene des Kommissars nichts Gutes verhieß, war Lenz erleichtert, ihn zu sehen. Einerseits weil er hoffte, dass der Ermittler die Dinge nun in die Hand nehmen würde, andererseits weil er es nicht für nötig hielt, Florian durch hektische Gebärden zu verunsichern.

Der ließ sich, einmal in Trab gekommen, nicht mehr von seinem Weg abbringen. Ein kurzes Zögern im Voranschreiten Saltners verriet Lenz, dass ihr Schützling den Kommissar erspäht hatte. Ob damit ein Erkennen einherging, war nicht aus seinem Verhalten abzulesen.

Sie langten auf Höhe des Kommissars an. Jenny nahm ihm ihre Handtasche von der Schulter und förderte daraus das Mineralwasser zutage. Sie reichte es Saltner. Nachdem er keine Anstalten machte, die Flasche entgegenzunehmen, öffnete Jenny den Verschluss, setzte das Mundstück an die Lippen und trank. Anschließend hielt sie dem jungen Mann das Getränk erneut hin. Diesmal griff er zu. Gierig nahm er große Schlucke, bevor er den Behälter Jenny zurückgab. Sie bot ihn Klotz an, der dankend annahm. Auch er machte einen durstigen Eindruck, ließ allerdings in nahezu brüderlicher Eintracht etwas Flüssigkeit für Lenz übrig.

Der Kommissar hatte bisher kein Wort gesprochen. Lenz nahm an, dass der geschulte Blick des Ermittlers erfasst hatte, was Jenny bereits zuvor flüsternd gemutmaßt hatte: dass der bedauernswerte Zustand Florians einem partiellen Gedächtnisverlust geschuldet war. Offenbar wollte Klotz ihn nicht durch unbedachte Äußerungen irritieren, sondern ebenso wie Lenz und Jenny abwarten, bis der Verletzte von sich aus die Sprache wiederfand.

Lenz reichte Jenny die leere Plastikflasche, die sie in ihrer Tasche verstaute. Mit einem Nicken gab sie zu verstehen, dass sie bereit war, den Weg fortzusetzen. Florian Saltner rührte sich nicht. Mit ungläubigem Gesichtsausdruck stierte er den Strohhut an, der weiterhin wie aufgebahrt inmitten des Arrangements aus Erdreich, Moos und traurigen Blütenköpfen thronte.

FÜNFZEHN

Da sprach Meister Hildebrand:
»Dietrich, mein edler Herr,
zerreiß dem Zwerg den Gürtel,
der ihm die Kraft von zwölf Männern verleiht.«
Der Berner tat, wie ihm geheißen,
und rang den kleinen Laurin nieder.
Da sprach Dietleib:
»Tapferer Fürst Dietrich,
überlass Laurin mir.«
Frei nach ›Laurin‹

Im Lesesaal des Klosters Neustift saß Arthur Kammelbach über den aufgeschlagenen Band einer wissenschaftlichen Buchreihe gebeugt, die sich der Erforschung der Epik um König Laurin und Dietrich von Bern widmete. Nach einer längeren Suche hatte Kammelbach jenen Abschnitt gefunden, der sich während des Gesprächs mit Traminer in seine Gedanken gedrängt hatte. Der Beitrag beschäftigte sich mit der Frage, inwieweit Laurin nach damals gültigem Kodex das Recht gehabt hatte, seinen Besitz mit den hinlänglich bekannten Mitteln wie dem Schwert und der Körperstrafe – Abhacken von Gliedmaßen – zu verteidigen.

Grundsätzlich sei der Übergriff Dietrichs und die Zerstörung des Rosengartens ein reiner Willkürakt gewesen und auch in der anfänglichen Überlieferung so gesehen worden, lautete die Expertise des Verfassers. Laurin hatte damit jedes Recht in der geschilderten Art zu handeln. In nachfolgenden Versionen der Erzählung wandelte sich jedoch die Sichtweise: Die Zwergenexistenz Laurins, die ursprünglich ebenso wie die der Riesen den Menschen gleichgestellt war, wurde zum Argument dafür verwendet, ihm das Recht auf Selbstverteidigung abzusprechen. Mit einem Mal galten für ihn nicht mehr dieselben Gesetze wie für Dietrich von Bern und seine Waffenbrüder.

Im Klartext bedeutete dies, dass Laurin, ursprünglich selbst als edler König betitelt, eine im damaligen sozialen Gefüge niedrig stehendere Rolle zugewiesen worden war. Eindringlinge waren demnach nicht angehalten, die Gesetze der Zwergenwelt zu achten. Laurin erschien mit einem Mal nicht mehr heroisch, wenn er sich mit einem mächtigeren Gegner einließ, sondern tückisch, gemein und – wenn er unterlag – lächerlich.

Ebenso wenig wurde ihm zugestanden, dass die Prinzessin freiwillig an der Seite des körperlich durch seinen Wuchs benachteiligten Mannes lebte. Um den Überfall Dietrichs von Bern und seiner Kampfgesellen in Laurins Reich zu rechtfertigen, wurde nachträglich die Geschichte von Similds Entführung in die Erzählung eingewoben. Die Prinzessin selbst verhielt sich höchst amibvalent: Einmal flehte sie um Laurins Leben und wies darauf hin, wie gut er sie behandelt habe. Ein andermal wieder gab sie seinen Gegnern im wahrsten Sinne des Wortes den Schlüssel in die Hand, mit dem sie sich aus der Gefangenschaft des Zwerges befreien und ihn und seine Leute niederringen konnten.

Kammelbach lehnte sich in seinem Sessel zurück, streckte die langen Beine aus und dachte über das Gelesene nach. Verglich man die damaligen Ereignisse mit heutigen Phänomenen, so lag auf der Hand, dass Laurin zum Außenseiter degradiert worden war. Er wurde missachtet, gedemütigt und von der geliebten Frau verlassen.

Umgelegt auf die Ereignisse, in die sein Assistent Lenz Hofer, dessen Freundin Jenny Sommer und der ihm vorübergehend anvertraute Paul Traminer verwickelt waren, kam die Rolle Laurins eindeutig Florian Saltner zu. Der junge Mann hatte ganz offensichtlich ein Einzelgänger-Dasein geführt, das erst durch das Auftauchen der schönen Verlobten abgemildert worden war.

In Gedanken setzte Kammelbach Sylvia Karbon mit Similde gleich. Noch deutete zwar nichts darauf hin, dass Sylvia ihren Bräutigam ebenso wie einst die Sagenprinzessin den Laurin verraten hatte. Welche Rolle die junge Frau allerdings in Zusammenhang mit dem Eintrag in Josef Kirchlers Notizbuch gespielt hatte, war bisher ungeklärt.

Kammelbach nahm ein Blatt von dem Papierstoß, den ihm der befreundete Pater für Notizen dagelassen hatte, und schrieb seine Schlussfolgerungen nieder. Anschließend notierte er weitere Figuren der Sage untereinander:

Dietrich von Bern
Hildebrand
Wittich
Wolfhart
Dietleib

Auf ein neues Blatt schrieb er in derselben Weise die Namen der Personen, die in die Ereignisse im Rosengarten involviert waren:

Paul Traminer
Lisi Kirchler
Konrad Saltner
Ilona

Nach kurzem Nachdenken fügte er zwei weitere Namen hinzu:

Bonell (Vater? Sohn?)
Johanna Schnabl

Nachdem er die beiden Listen fertiggestellt hatte, legte er sie nebeneinander und betrachtete, was er niedergeschrieben hatte. Noch hegte er Zweifel, dass die Gegenüberstellung zu einem Ergebnis führen würde. Da bisher jedoch keine andere Methode zur Lösung des Falles geführt hatte, befand Kammelbach, dass er ebenso gut die gewählte Vorgehensweise anwenden konnte, und bildete eine weitere Paarung. Er strich Dietrich von Bern auf dem rechts liegenden Blatt durch und übertrug ihn auf das links befindliche Papier.

›Konrad Saltner = Dietrich‹ stand nun darauf zu lesen. Der Senior war ähnlich dem einstigen Helden in das Refugium am Berg eingedrungen beziehungsweise hatte dies vorgehabt. Wenn Florian Laurin war, hatte er sein Reich, die Rosengartenhütte, verteidigt. Im Gegensatz zum Kampf zwischen dem Zwerg und dem Berner, aus dem letzterer siegreich hervorgegangen war, hatte es sich, den Faden weiter spinnend, zwischen Saltner Sohn und Vater umgekehrt zufgetragen: Der Senior war am Tschaminbach nicht nur unterlegen, er hatte sein Leben ausgehaucht.

Erneut studierte Kammelbach seine Aufzeichnungen. Hildebrand, Wittich und Wolfhart waren die nächsten Kandidaten, die er zuzuordnen gedachte. Sie waren loyale Waffenbrüder Dietrichs gewesen, Hildebrand zudem sein Lehrmeister. Kammelbach konnte nur schwer Entsprechungen auf dem linken Blatt erkennen. Er probierte es mit Paul Traminer als Hildebrand, Johanna Schnabl als Wolfhart und Lisi Kirchler als Wittich. Doch das ergab keinen Sinn. Der Chef der Umweltgruppe, seine Lebensgefährtin und das Schlossfräulein hätten nicht auf der Seite Konrad Saltners gestanden. Sie waren erbitterte Gegner seiner zerstörerischen Pläne.

Mit einem Kopfschütteln wandte Kammelbach sich dem nächsten Namen zu, der der Sage entstammte: Dietleib. Bei ihm handelte es sich um eine äußerst zwiespältige Figur. Zunächst war er an der Seite Dietrichs ins Zwergenreich eingeritten. Es war zu ersten Kampfhandlungen gekommen, während derer Dietleib unvermittelt die Seiten gewechselt hatte. Laurin sei sein Schwager und müsse daher geschont werden, forderte er und versteckte den Zwerg. Dieser gestand ihm, dass er dessen Schwester entführt, sie jedoch noch nicht berührt hätte. Dietleib erteilte der Verbindung seinen Segen, zumal Similde in ihrer Rolle als Landesherrin die zuvor verstrittenen Parteien prunkvoll empfing. Sie betonte, wie glücklich sie an Laurins Seite sei. Bald darauf änderte sie ihre Meinung: Sie wolle doch lieber unter Christen leben, hatte sie ihrem Bruder offenbart. Ohne zu zögern hatte dieser sich daraufhin erneut gegen den Zwergenkönig gewandt und damit dessen Niederlage besiegelt.

Kammelbach betrachtete die mit kunstvollen Stuckarbeiten aus Blattgold verzierte Decke über sich, anschließend studierte er das aus weißen, grauen und braunen Rechtecken bestehende Muster des Marmorbodens. Je länger er über den ungleichen Kampf im Zwergenreich nachdachte, desto deutlicher kristallisierte sich Dietleib als die Schlüsselfigur der Geschehnisse heraus. Ohne sein Eingreifen hätte die Partei Laurins schon in der ersten blutigen Auseinandersetzung eine vernichtende Niederlage erlitten. Später wären es Dietrich und seine Männer gewesen, die die Schlacht verloren hätten. Similde schließlich wäre, ohne weiter mit ihrem Schicksal zu hadern, bei Laurin geblieben und hätte das luxuriöse Leben einer Königin genossen. Doch jedes Mal, wenn die Zeichen auf die Entscheidung zugunsten der einen oder anderen Seite standen, hatte Dietleib Argumente aus dem Ärmel gezaubert, mit denen er die Kampfhandlungen neu entfachte. Er war der Mann mit den zwei Gesichtern gewesen, der Januskopf, der die Geschichte durch sein Zutun am Leben erhalten hatte.

Kammelbach nahm das Papier, auf dem er die Namen der Dorfbewohner notiert hatte, und ging sie Zeile für Zeile durch. Wer von ihnen, fragte er sich, war Dietleib?

*

Zügig marschierte Florian Saltner den Pfad entlang, der zur Rosengartenhütte führte. Trotzdem er das rechte Bein weiterhin nachzog, legte er ein beachtliches Tempo vor. Jenny, die direkt hinter ihm ging, gewann mehr und mehr den Eindruck, dass der junge Mann trotz seiner Verwirrung sein Ziel kannte und es schnell erreichen wollte.

Jenny warf einen Blick zurück über ihre Schulter. Lenz und Klotz waren stehen geblieben. Der Kommissar hielt das Mobiltelefon ihres Freundes an sein Ohr und sprach hinein. Erleichtert stellte sie fest, dass es ihm offenbar gelungen war, eine Verbindung herzustellen. Da Florian Saltner gehfähig war, hatten sie sich darauf verständigt, auf einen Hubschraubers zu verzichten und stattdessen einen Rettungswagen zur Rosengartenhütte zu bestellen, damit der Verletzte von dort in die Klinik transportiert werden konnte. Ein Funkloch hatte dieses Vorhaben zunächst verhindert. Die zufriedene Miene, mit der der Ermittler nun das Gespräch beendete, bestätigte Jenny, dass sein Bemühen Erfolg gehabt hatte.

Jenny wandte sich wieder dem Mann vor ihr zu: Er hatte den Strohhut, nachdem er ihn an seinem ungewöhnlichen Fundort mitten auf der Bergwiese minutenlang angestiert hatte, an sich genommen. Nun saß das Kleidungsstück wieder dort, wo es hingehörte: auf dem Kopf seines Eigentümers. Zwischen den hohen Bäumen, die links und rechts den Weg säumten, bewegte er sich auf die Südtiroler Fahne zu. Deren Stoffbahnen in Rot und Weiß leuchteten durch das dichte Laub- und Nadelwerk und kündigten die nahe Almhütte an.

Nach einem kurzen, schweigsamen Marsch erreichten sie die Gastwirtschaft. Im Garten herrschte weiterhin Hochbetrieb. Jenny erblickte Ilona, die an einem Tisch kassierte. Sie stand mit dem Rücken zu der Gruppe, die – angeführt von Florian Saltner – das Grundstück betrat. Der junge Mann musste die Ungarin gesehen haben, gab jedoch kein Zeichen des Erkennens von sich. Anstatt auf die Frau zuzugehen, wandte er sich abrupt nach links und steuerte ein Gebäude an, in dem Jenny den Stall vermutete.

Sie verlangsamte ihren Schritt, Lenz und Klotz schlossen zu ihr auf. Stumm beobachteten sie den Hüttenwirt. Er wandte sich einer niedrigen Tür zu, die in den aus Stein gemauerten Stall führte. Anstatt ihn aber zu betreten, streckte er lediglich seinen Kopf hinein, zog ihn wieder heraus und setzte seinen Weg fort. Klotz folgte ihm in einigem Abstand. Gemeinsam mit Lenz heftete Jenny sich an die Fersen des Kommissars.

»Florian!« Vom Gastgarten her ertönte die aufgeregte Stimme der Ungarin, die ihren vermissten Chef offenbar entdeckt hatte. Jenny wandte sich um und sah Ilona herbeilaufen. Das hochgesteckte Haar hatte sich teilweise gelöst und hing in unordentlichen Strähnen herab. Bei jedem Schritt wippten die Brüste unter dem engen T-Shirt, das die Serviererin heute anstelle der karierten Bluse trug.

Die Frau hatte die Gruppe erreicht. An Jenny und ihren Begleitern vorbei stürmte sie auf Saltner zu, der unbeirrt weiterhumpelte. »Florian!«, rief Ilona erneut. Sie erntete keinerlei Reaktion. Als sie ihm von hinten die Arme um die Schultern legte, schüttelte er sie ab. Sie überholte ihn und stellte sich ihm in den Weg.

»Was ist passiert? Florian, so red doch mit mir«, beschwor sie ihn – allerdings vergebens. Ungerührt wich Saltner ihr aus und ging weiter auf einen Holzzaun zu, der ein scheinbar leeres Gehege begrenzte. Dort angelangt, beugte er sich über die Latten, die ihm bis zur Brust gingen. An den langsamen Bewegungen des Strohhutes erkannte Jenny, dass der Hüttenwirt nach etwas Ausschau hielt.

Nachdem er das Gesuchte offenbar nicht gefunden hatte, drehte er sich um. Unverwandt musterte er die Gruppe, die ihn umstand. »Florian«, murmelte Ilona weit weniger bestimmt als noch wenige Augenblicke zuvor. Jenny vermeinte, einen kummervollen Ausdruck im Gesicht der Frau zu erkennen. Er war nichts verglichen mit der Verzweiflung, die in Saltners Zügen zu lesen war.

Jenny konnte sich den Schmerz in seiner Miene nicht erklären. Darauf hoffend, dass Klotz wusste, was in dieser Situation zu tun war, blickte sie zum Kommissar. Er schüttelte kaum merklich den Kopf und wandte sich dem Verwirrten zu. Der hatte sich inzwischen wieder zu dem Gehege umgedreht und nestelte in einer seiner Hosentaschen. Seine Hand kam wieder zum Vorschein. Darin befand sich ein Schlüssel, den Saltner in das Vorhängeschloss steckte, das am Gatter hing. Dabei ging er methodisch vor. Nichts erinnerte an die Unschlüssigkeit, die er kurz zuvor an den Tag gelegt hatte.

Ein Klicken verriet Jenny, dass der Zapfen der Schließvorrichtung aus seiner Verankerung gesprungen war. Saltner betrat das Gehege und zog das Gatter hinter sich zu. Er nahm seinen Strohhut ab, fuhr sich mit den Fingern durch das an einigen Stellen bereits lichte Haar und ließ es gleich darauf wieder unter der Kopfbedeckung verschwinden.

Jenny vernahm ein Bimmeln. Zunächst ertönte es ganz leise, doch bald schon wurde es deutlicher. Florian Saltner schien es ebenfalls gehört zu haben. Er machte ein paar Schritte in die Richtung, aus der das glockenhelle Geräusch gekommen war. In dem Moment konnte Jenny sie erkennen: Eine Bergziege stakste auf zierlichen Hufen den Hang herauf und blieb mitten auf dem abfallenden Gelände stehen. Mit ihrer weißen Blesse, die ihrem ansonsten hellbraunen Gesicht etwas Verwegenes verlieh, schaute sie neugierig zu Saltner. Er rührte sich nicht.

Obwohl Jenny ihn nur von hinten sah, hatte sie das Gefühl, dass eine Veränderung in ihm vorging. Sein Körper straffte sich. Saltner setzte sich in Bewegung und ging auf das Tier zu.

»Do isch jo die Schiane«, hörte Jenny ihn sagen. Die Angesprochene hob den behörnten Kopf und lauschte. Im nächsten Moment preschte sie auf den Mann zu, dessen Stimme sie eindeutig erkannt hatte. »Kim lei, brauchsch koan Ongscht hobn«, beruhigte er sie, ging vor ihr auf die Knie und umarmte sie. Er tätschelte ausgiebig den Kopf.

Nachdem der Hüttenwirt mit seiner Schönen offenbar genug Zärtlichkeiten ausgetauscht hatte, erhob er sich. »Ziegelen, Ziegelen« begann er mit kräftiger Stimme zu rufen. Wieder hörte Jenny ein Bimmeln, lauter und vielstimmiger als beim ersten Mal. Von allen Seiten kamen die schlanken, geschmeidigen Tiere herbeigelaufen und umringten ihren Besitzer, der endlich die Sprache wiedergefunden hatte.

»Dorli, Fritzi, Hermi«, begrüßte er drei von ihnen. »Mary, Kloane, Freche«, nannte er die nächsten und fuhr fort, sämtliche der 18 Ziegen namentlich aufzurufen. Jede einzelne Nennung hatte ein neuerliches Bimmeln und Stupsen zur Folge. Beinahe eifersüchtig drängten sich die Tiere in dem Bestreben aneinander, dem Mann in ihrer Mitte möglichst nahe zu sein. Der fuhr fort, jedes einzelne zu tätscheln und strahlend vor Glück wieder und wieder die Namen seiner Ziegen vor sich herzusagen.

Gerührt beobachtete Jenny die Szene. Hätte sie es nicht mit eigenen Augen erlebt, wäre sie niemals auf die Idee gekommen, dass sich hinter der rauen Schale Florian Saltners ein derart tierliebendes Herz verbarg. Mochte er sich nach außen hin verschlossen und abweisend geben, der Umgang mit seiner Herde zeugte von ganz anderen Charaktereigenschaften.

Jenny fiel auf, dass sie nicht die Einzige war, der das Zusammentreffen des Hüttenwirtes mit seinen Geißen nahe ging. Lenz hatte die Brille abgenommen und putzte sie angelegentlich mit einem Zipfel seines T-Shirts – eine Geste, die, wie Jenny aus Erfahrung wusste, weniger der Reinigung diente, sondern einer gewissen Verlegenheit geschuldet war. Klotz hatte die Arme vor dem Bauch verschränkt und betrachtete mit mildem Gesichtsausdruck das Treiben im Gehege. Jedes Mal, wenn Saltner eine Ziege aufrief und diese mit einem zustimmenden »Mäh, Mäh« antwortete, nickte der Kommissar beifällig.

Ilona stand etwas abseits und wischte sich mit abgewinkelten Fingern über beide Augen. Jenny trat zu ihr.

»Kennt der Herr Saltner alle beim Namen?«, fragte sie die Ungarin.

Ilona nickte. »Er hat sie ihnen selbst gegeben«, antwortete sie und bemühte sich, ein Schniefen zu unterdrücken, was ihr jedoch nicht gelang.

Jenny beschloss, die Gelegenheit zu nutzen, um über die bisher unnahbare Serviererin mehr zu erfahren. »Sie sind wohl schon länger hier«, sagte sie beiläufig.

Ilona schüttelte den Kopf. »Ich bin erst diese Saison heraufgekommen. Kurz nach Ostern habe ich angefangen.« Sie blickte zu dem Mann hinüber, der immer noch mit seinen Tieren beschäftigt war. »Der Florian hat mir viel über die Ziegen beigebracht. Manchmal kommt es mir vor, dass er sie lieber mag als die Menschen.« Sie schniefte erneut und sah Jenny mit leicht geröteten Augen an. »Lieber als mich«, fügte sie hinzu und schüttelte bedauernd den Kopf.

Ratlos sah Jenny um sich. Sie war auf die Wendung, die das Gespräch genommen hatte, nicht gefasst gewesen. Worte des Trostes fielen ihr beim besten Willen nicht ein. Zaghaft streckte sie die Hand aus, um sie Ilona beschwichtigend auf den nackten Arm zu legen. Die Ungarin zuckte kaum merklich zusammen – und erstarrte. Ungläubig sah sie zum Gehege hinüber. Jenny tat es ihr gleich. Mit einem Blick erfasste sie den Grund für Ilonas Erstaunen: Florian Saltner hatte sich von seinen Ziegen gelöst und näherte sich ein Bein hinter dem anderen herziehend. Die Hände hielt er vor sich verschränkt, seine ganze Körperhaltung drückte Reue und Demut aus. »Herr Kommissar«, begann er und hob ihm die wie mit unsichtbaren Fesseln verbundenen Hände entgegen. »Sie miassn mi verhoftn. I bin a Mörder.«

Nach diesem Bekenntnis ließ er die Arme sinken, öffnete das Gatter und trat hindurch. Während er es verriegelte, betrachtete er wehmütig die Ziegen, die stumm die Köpfe hoben. Kein Meckern war zu vernehmen. Selbst die Glöckchen hatten ihr fröhliches Läuten eingestellt.

SECHZEHN

In gemäßigtem Tempo fuhr der Krankenwagen über den Güterweg, der die Rosengartenhütte mit der Passstraße verband. Die holprige Beschaffenheit der Strecke war schuld daran, dass die Stoßdämpfer trotz der geringen Geschwindigkeit in Mitleidenschaft gezogen wurden. Im hinteren Teil des Fahrzeugs lag Florian Saltner auf einer Trage, die auf einem Metallgestell fixiert war. Der Sanitäter hatte den Rückenteil der Transportvorrichtung so weit hochgeklappt, dass der Patient eine halb aufgerichtete Position einnehmen und zugleich sein verletztes Bein hochlagern konnte. Ungeachtet dieses Komforts verschlimmerten die Bodenwellen, die er alle paar Meter unsanft zu spüren bekam, den Schmerz in Florians Knöchel zunehmend.

Den langen Weg von der Laurinswand zu seiner Alm hatte er nicht darauf geachtet. Der Rettungswagen war eingetroffen, kaum dass Florian vor dem Kommissar sein Geständnis abgelegt hatte.

»Untersuchen Sie den Herrn Saltner«, forderte Klotz den Arzt und den Sanitäter auf. Erst nachdem der Mediziner die verletzte Stelle abgetastet und eine böse Verstauchung diagnostiziert hatte, wurde Florian sich dessen bewusst, dass er vom Sturz von der Laurinswand mehr als ein paar Abschürfungen davongetragen hatte.

»Solong nix brochen isch, kon i selber gian«, sagte er leichthin. »Sie kennen mi glei verhoftn«, wandte er sich an den Kommissar, der die Untersuchung bis dahin stoisch verfolgt hatte.

»Nix do«, mischte der sich ein und berichtete dem Mediziner von dem vorübergehenden Gedächtnisverlust Florians. »Sie bringen ihn zum Röntgen ins Krankenhaus, und i kim mit«, beschied er.

Der Arzt nickte. »Sie können auf dem Beifahrersitz Platz nehmen«, wies er Klotz an.

Der Beamte tat nichts dergleichen. Er ging stattdessen zu dem jungen Mann, der Florian mit seiner Begleiterin bei der Laurinswand gefunden und ihm zugeredet hatte. Florian erinnerte sich auf einmal an dessen Namen: Lenz Hofer. Er stellte fest, dass er ihn aus Jugendtagen kannte und dass er vor ein paar Tagen bei ihm auf der Hütte gewesen war. Zu dem Zeitpunkt hatte er ihn nicht einordnen können – was wohl daran gelegen hatte, dass er mit seinen Gedanken schon bei der bevorstehenden Auseinandersetzung mit seinem Vater gewesen war.

Nachdem der Kommissar mit Lenz ein paar Worte gewechselt hatte, war er zum hinteren Teil des Wagens marschiert. Durch die geöffneten Heckflügel betrat er das Innere, wohin der Sanitäter Florian inzwischen samt seiner Trage verladen hatte.

»Ich muss den Mann befragen. So krank, dass er nicht reden kann, schaut er nicht aus.« Mit diesen Worten hatte der Ermittler sich zu Saltner gesetzt, während der Arzt und der Helfer vorn einstiegen.

Verstohlen betrachtete Florian den Polizisten, der seit Beginn der Fahrt kein Wort gesprochen hatte. Er musste den prüfenden Blick bemerkt haben. »So, Herr Saltner«, begann er und musterte ihn seinerseits, »jetzt, wo Ihre Erinnerung zurückgekommen ist, erzählen Sie mir, was passiert ist.«

Obwohl er mit der Frage gerechnet hatte, zuckte er zusammen. Er wusste nicht, wo er beginnen sollte. Kaleidoskopartig tauchten Bruchstücke der letzten Stunden, Tage und Wochen auf. Ereignisse, die ihn hierher in diesen Krankenwagen geführt hatten, von dem er nicht wusste, wohin er ihn bringen würde. Florian entschied, das zu tun, was er sich während der Nacht in der Laurinswand vorgenommen hatte: ein Geständnis abzulegen.

»Mei Vottr hot welln die Hittn in an Hotel umbaun«, begann er. Der Kommissar nickte. »Das ist bekannt. Wir wissen auch, dass Sie kurz vor seinem Tod im Saltnerhof waren. Was haben Sie anschließend gemacht?«

»I bin zu mein Auto gongen und wollt z'ruck auf die Rosengartenhütte fahren. Nochdem i eingstiegn bin, bin i oanfoch hockn bliebn. I hun mir gedenkt, irgendwonn wert er schon auftauchen. Am beschten wert sein, i wort auf ihn.«

Florian hatte sich einen Kompromissvorschlag ausgedacht, berichtete er dem Kommissar. Er war überzeugt davon gewesen, dass sein Vater die Almwirtschaft nicht zuletzt deshalb zerstören wollte, um seinen Sohn zu zwingen, in das elterliche Hotel zurückzukehren. »I wollt ihm onbietn, dass i drei Tog in dar Woche im Saltnerhof arbeite und den Rescht auf der Hittn. Die ibrige Zeit hätt' i die Ilona tian lossn, de isch tichtig genug. Mir hättn no a Hilfskroft eingschtellt, de koschtet net viel.« Florian unterbrach sich. Er war sich dessen bewusst, dass Konrad Saltner nicht nur seinen väterlichen Willen hatte durchsetzen wollen, sondern dass ihn zudem Profitgier angetrieben hatte. Nichtsdestotrotz hatte Florian gehofft, den Hotelier mit seinem Angebot zum Nachgeben bewegen zu können, wie er dem Kommissar erläuterte.

Der Wagen rüttelte um eine Kurve, was den Schmerz in dem verletzten Bein verstärkte. Mit der Zunge fuhr er sich über die ausgetrockneten Lippen. Klotz reichte ihm eine Flasche Mineralwasser, aus der er gierig trank. Nachdem er seinen Durst gestillt hatte, sprach er weiter: »Mir isch es im Auto zu hoaß wordn. Hun i mir gedenkt, geasch a Schtick aui zum Tschaminboch, do isch es kialer.«

»Warum haben Sie Ihren Vater nicht einfach angerufen?«

»Des hett koan Sinn ghobt. Der hett mi lei opeitelt*. Mir wor klor, dass i des ondersch infadlen und ihn überraschen muass.«

Florian nahm einen weiteren kräftigen Schluck. »I bin den Boch entlang gongen. Noch oaner Weile wollt ich umkehren. Auf oamol sieg i zwischen die Büsche durch mein Vottr. Er isch mit auigekrempelte Hosen im Wosser hin und her gongen. I denk mir no: Wos mocht denn der Olte do? Do hot er mi schon derlicklt**.«

Er erinnerte sich genau an die Worte seines Vaters: »A so a Hitz wias heint hot. Do brauchts a bissl oan Obkielung«, hatte er ihm zugerufen und ihn ermuntert, zu ihm in den Bach zu steigen.

»Sind Sie der Aufforderung gefolgt?«

Florian bejahte die Frage des Kommissars. Er hatte sich zwar gewundert, seinen Vater in dem Gewässer und auch noch barfuß anzutreffen. Alles in allem betrachtet hatte er es jedoch für keine schlechte Idee gehalten, die offensichtlich gute Laune des Vaters für das unvermeidliche Gespräch zu nutzen. Er streifte die Fußbekleidung ab und watete in dem Bach.

»Des wor koan Abkielung, des wor eher a Kälteschock«, berichtete er Klotz.

* abgeschüttelt
** erspäht

»Ihrem Vater schien das aber nichts ausgemacht zu haben«, warf dieser ein.

»Im Gegenteil«, antwortete Florian. Er erinnerte sich daran, dass sein Vater behauptet hatte, der Arzt habe ihm das verordnet. »›A bissl Kneippen. Isch gsund‹, hot er gmoant. Obwohl i net hob glabn kennen, dass ihm des bei sein hohen Bluatdruck guat tuat.«

»Sie haben Ihren Vater daraufhin auf die Rosengartenhütte angesprochen«, brachte Klotz das Gespräch zurück auf den wichtigen Teil der Geschehnisse.

»Des hon i vorghobt, obr er isch mir zuvorkemmen.« Florian rief sich den Moment ins Gedächtnis, an dem die Stimmung seines Vaters umgeschlagen hatte. »Wos bringt den Laurin dazu, sei Gartl zu verlossn?«, hatte er ihn mit einem spöttischen Unterton gefragt und hinzugefügt: »Kimsch jo sonsch net freiwillig zu dein Vottr.«

Ein unbeteiligter Zuhörer hätte die Bemerkung vermutlich als harmlose Neckerei abgetan. Florian wusste es besser: Sein Vater, eben noch in versöhnlicher Stimmung, wollte ihn provozieren. Genau das erzählte er dem Kommissar.

Florian kam es vor, als hätte jemand eine Schleuse bei ihm geöffnet. Froh, endlich das, was ihn während der letzten Tage gequält hatte, loszuwerden, schilderte er die weiteren Ereignisse. Es war ihm klar gewesen, dass die vorwurfsvolle Feststellung seines Vaters keinen guten Beginn für die bevorstehende Auseinandersetzung bedeutete.

Dennoch wollte er es auf einen Versuch ankommen lassen. Seine einzige Chance, die Rosengartenhütte zu behalten, hatte darin bestanden, Konrad Saltner von seinen Plänen abzubringen.

Anstatt, wie er es ursprünglich vorgehabt hatte, dem

Vater einen Kompromiss anzubieten, beschloss er, eine andere Taktik anzuwenden. Die guten politischen Beziehungen des Alten waren ihm bekannt. Aus verschiedenen Zeitungsberichten, denen er sich stets mit großer Aufmerksamkeit widmete, hatte er jedoch erfahren, dass in der Südtiroler Landesregierung in absehbarer Zeit ein neuer Wind wehen würde. Sondergenehmigungen zum Ausbau von Forststraßen und Güterwegen würden dann nicht mehr so leicht zu ergattern sein, wie dies momentan der Fall war.

Insbesondere im Weltnaturerbegebiet, dem die Rosengartenhütte angehörte, würden die Verantwortlichen einen solchen Eingriff in die Landschaft, wie Saltner ihn vorhatte, zu verhindern wissen.

»Du woasch schon, dass mir bold eppern Nuien in der Regierung wern sitzn hobm. Nor konnsch dein Wellnesstempel do obn vergessen. A Strossn wert do nie auigebaut.« Er hatte eigentlich diplomatischer vorgehen wollen, doch das streitsüchtige Verhalten seines Vaters hatte ihn dazu verleitet, sein wichtigstes Gegenargument gleich zu Beginn ins Treffen zu führen. Kaum ausgesprochen, bereute er es. Die Miene Konrad Saltners verfinsterte sich, die Augen in dem feisten Gesicht verengten sich zu Schlitzen.

»Des Hotel wert gebaut und damit baschta. Du wersch mi net dron hindern«, hatte er ihn angeherrscht und sich abgewendet, um ans Ufer zu gehen.

Florian unterbrach seinen Redefluss. Ihm war bewusst, dass jetzt der schlimmste Teil des Erlebten kam. Er legte die Hände an die Schläfen und konzentrierte sich so lange, bis er die Szene deutlich vor sich sah.

»Ist Ihnen nicht gut?«, fragte Klotz.

Florian verneinte. »Geat schon«, versicherte er und

berichtete, was weiter passiert war: Er war stehen geblieben und hatte seinen Vater beobachtet, wie dieser seinen schweren Körper vorsichtig über den steinigen Untergrund des Baches balanciert hatte. Plötzlich hatte er gestoppt und sich umgedreht. »Wert Zeit, dass oamol wos verninftigsch mochsch. Sonsch findesch nie oane, de di heiratet. Obm auf der Olm schon gor net.« Konrad Saltner war im Begriff gewesen, seinen Weg fortzusetzen. Florian ließ sich diesen Vorwurf jedoch nicht gefallen und widersprach: »Wos willsch damit sogn? Die Sylvia hot mi heirotn welln. Wenn lei des Unglick net passiert war …«

Beim Gedanken an den tragischen Tod seiner Braut hatte ihm die Stimme versagt.

»Die Sylvia, dass i net loch.« Mitleidslos hatte sein Vater die Erwähnung des Namens der jungen Frau benutzt, um die kaum verheilte Wunde in Florians Innerem aufzureißen. »Moansch du, de hett sie mit dir auf die Hittn ghockt? De hot sich schon oan ondern unglocht. Mit dir wär sie net vorn Traualtar getreten.«

Florian machte eine Pause und schluckte. Die Wut, die er bei diesen Worten empfunden hatte, drohte, ihn erneut zu überschwemmen. Er folgte dem Blick des Kommissars und bemerkte, dass er seine Hände zu Fäusten geballt hatte. Die eigenen Fingernägel stachen ihm schmerzhaft in die Haut. Er vernahm ein Rauschen, ähnlich dem des Baches. Doch statt der weißen Gischtkronen, die munter auf der Oberfläche des Gewässers tanzten, sah er mit einem Mal einen Sprudel, rot gefärbt vom Blut seines Vaters. Er wollte das Bild verscheuchen und begann, sich die Augen zu reiben, immer fester und fester …

»Beruhigen Sie sich, Herr Saltner. Der Arzt ist gleich bei Ihnen.« Florian hielt inne und sah, wie Klotz an die

Scheibe der Fahrerkabine klopfte, die gleich darauf geöffnet wurde.

*

»Vorsicht, pass auf!« Jenny legte ihm eine Hand auf den Arm, mit der anderen deutete sie auf die Windschutzscheibe. Lenz trat auf die Bremse. Der Krankentransport vor ihm hatte so abrupt gestoppt, dass er – trotz der geringen Fahrgeschwindigkeit – Mühe hatte, einen Zusammenprall zu vermeiden. Dank Jennys Warnung und seiner schnellen Reaktion brachte er den Pkw gerade rechtzeitig zum Stehen.

Er stieß einen Seufzer der Erleichterung aus. Klotz hatte ihn gebeten, mit dem Dienstfahrzeug hinter dem Krankenwagen herzufahren.

»Dann müssen Sie und die Frau Sommer nicht zu Fuß zurückgehen, und ich brauche später nicht mein Auto abzuholen«, hatte der Beamte gemeint und Lenz den Schlüssel in die Hand gedrückt. Er und Jenny waren der Bitte des Kommissars gerne nachgekommen, hatten sie doch nach dem langen Marsch und der anstrengenden Suche nach dem Vermissten wenig Lust, den Weg zurückzugehen.

Lenz war froh, keinen Unfall gebaut zu haben. Vor sich sah er die Beifahrertür aufgehen. Der Arzt stieg aus, eilte zum Heck des Wagens und öffnete die Flügeltür. Im Inneren lag Florian Saltner an die Nackenstütze der Trage gelehnt und starrte ins Nichts.

»Anscheinend geht es ihm nicht gut. Lass uns aussteigen und nachsehen, was los ist.« Jenny löste den Sicherheitsgurt und machte Anstalten, die Wagentür zu öffnen.

»Wart einen Moment, ich fahr das Auto ein Stück auf die

Seite«, hielt Lenz sie zurück. Er sah, dass es keine Ausweichmöglichkeit gab. Sie befanden sich nach wie vor auf dem Forstweg. Links von ihnen stieg das Gelände steil an. Rechts fiel es zwar erheblich sanfter ab; die unebene Beschaffenheit des Bodens und zahlreiches Wurzelwerk bildeten aber keine taugliche Parkfläche. Es blieb daher nichts anderes übrig, als den Pkw unmittelbar hinter dem Transporter mitten auf dem Weg stehen zu lassen.

Lenz und Jenny stiegen aus und stellten sich vor die geöffneten Flügeltüren des Krankenwagens, um nachzusehen, was der Grund für den plötzlichen Halt war. Im Inneren hatte der Arzt neben Florian Saltner Platz genommen. Er pumpte die Manschette auf, um den Blutdruck des Patienten zu messen. »Herztätigkeit in Ordnung«, konstatierte er. Nachdem er das klinische Gerät vom Oberarm des Untersuchten entfernt hatte, wandte er sich zum Gehen. Florian ergriff sein Handgelenk, wie um ihn zurückzuhalten. Erneut beugte sich der Mediziner über den bis dahin Reglosen, der stockend zu sprechen begann: »I hon an Stoan aufghobn und bin auf mein Vottr losgongen. Er hot mi ausglocht.« Er schluckte mehrmals, bevor er fortfuhr: »I hon zuagschlogn. Iberoll wor Bluat. Obr er isch weitergongen, wie wenn nix gweasn war. I hon in Stoan follen lossn und bin ihm noch. Auf der Wiesn hot er sich auf oamol umgedraht, sich ans Herz griffn und isch umgfolln.« Florian hatte in das besorgte Gesicht des Arztes hineingesprochen, gleichwohl sein Geständnis dem Kommissar gegolten hatte. Er wandte sich dem Ermittler zu. »I hon mein Vottr net umbringen welln. Obr wie er auf oamol behauptet hot, die Sylvia hett sie oan ondern gsuacht, isch es iber mi kemmen.«

Lenz vermeinte zu spüren, wie Jenny neben ihm vor

Anspannung den Atem anhielt. Ihm selbst erging es ähnlich. Er war so sehr damit beschäftigt gewesen, den Lebensgefährten seiner Tante von jeglichem Verdacht reinzuwaschen, dass er wenig Gedanken an den wahren Täter verschwendet hatte. Gemeinsam mit Arthur hatte er zwar die eine oder andere Person in Betracht gezogen. Nie wäre er jedoch auf die Idee gekommen, dass sein Bekannter aus Jugendtagen die Hand gegen den eigenen Vater erhoben hatte. Der Hüttenwirt, der so liebevoll mit seinen Ziegen umging, hatte weder damals noch bei ihrer neuerlichen Begegnung einen gewalttätigen Eindruck gemacht. Dass er die Rosengartenhütte, die ihm so am Herzen lag, vor der geplanten Zerstörung hatte bewahren wollen, war nachvollziehbar. Doch das Mittel, das er nach seinen eigenen Angaben dafür gewählt hatte, verdiente keine Entschuldigung. Allerdings, schoss es Lenz durch den Kopf, hatte Florian nicht gerade ein anderes Motiv für die Tat genannt? Er hatte von seiner Verlobten gesprochen, der sein Vater offenbar Untreue unterstellt hatte. Doch auch das war keine Rechtfertigung für das Handeln des Sohnes.

»Was haben Sie gemacht, nachdem Ihr Vater zu Boden gefallen ist?«, nahm der Kommissar die Befragung auf.

»I bin zu ihm hin, hon in geschüttelt und auf ihn eingeredet. Er hot se net grührt. Nor hon i ihm den Puls gfühlt, obr do wor nix mehr zmochn. I hon in seine aufgrissenen Augen gschaugt und gwisst, es isch vorbei.«

»Und anstatt die Rettung zu rufen, sind Sie abgehauen.« Die nüchterne Feststellung des Kommissars bewirkte, dass Florian energisch den Kopf schüttelte.

»I hon schon mei Telefonino in dar Hond g'hob. Auf oamol sieg i, dass i bleckstitzet* wor. Hon i mir die Sockn

* barfuß

und die Schuach unglegt. In Vottr wollt i a net so doliegn lossn mit nackerte Fiaß. I hon ihm die Strimpf ongezogen und oan Stiefel. Auf oamol hear i eppern daherkemmen. I woaß net, wos in mi gforn isch. I hon die Panik kriegt und mi hintern nächschten Bam versteckt.«

Florian streckte die Hand nach der Mineralwasserflasche aus, die der Kommissar ihm reichte, und trank. Lenz fing Jennys Blick auf, der zu sagen schien: ›Ich weiß, was jetzt kommt.‹

Genauso verhielt es sich. Nachdem Saltner junior seinen Durst gestillt hatte, berichtete er, dass Paul Traminer die Unglücksstelle betreten und nach kurzem Innehalten den Wanderstiefel des Toten mitgenommen hatte.

»I wor gonz dertattert. Wos willsch'n mit dem Schuach, hon i welln ruafn. Obr i hon koa Silbn außergebrocht. Nor wor er schon wieder weg.«

»Das hat Ihnen derart die Rede verschlagen, dass Sie nicht einmal mehr telefonieren konnten.« Klotz, der mit dem Geständigen bisher ungewohnt behutsam umgegangen war, hatte zu seinem üblicherweise barschen Tonfall zurückgefunden. »Herr Saltner, olls wos recht isch, ober an Bärn kennen S' wen ondern aufbinden«, mischte sich nun der Südtiroler Dialekt in die sorgfältig auf Hochdeutsch getrimmte Sprache des Kommissars.

Ehe der so Zurechtgewiesene antworten konnte, fuhr der Arzt dazwischen. »Mir sollten besser ins Krankenhaus fahren«, mahnte er.

»Worten S', i bin glei' fertig.« Florian, mit seiner Beichte einmal begonnen, ließ sich nicht mehr stoppen. »Wie der Traminer Paul mit dem Schuach davon isch, hon i a Chance gsegn. Vielleicht moanen sie, er wor's, isch mir in den Sinn kemmen. I bin zu mein Wogn zruck und zur Hittn gforn.«

»Und haben in Kauf genommen, dass ein Unschuldiger der Tat bezichtigt wird.« Klotz hatte das ausgesprochen, was Lenz genau in dem Moment durch den Kopf gegangen war.

Erneut schüttelte der Angesprochene heftig den Kopf. »I wollt lei nochdenken, wie i olles am beschten regeln konn, damit die Olm net an ondern Bauschpekulanten zum Opfr follt. Obr i hon vorghobt, dass i mi stellen wer.«

»Die Frau Ilona, hat die von dem Vorfall gewusst?«, schnitt der Kommissar einen weiteren Aspekt an.

»Derzehlt hon i ihr nix. Obr sie hot gmerkt, dass eppes net stimmt …«

»Und Ihnen ein Alibi gegeben«, vollendete Klotz den Satz.

»Des wor mir net recht.« Florian wirkte regelrecht erbost. »Die Ilona hot nix damit zu tian. I hon a Geständnis obglegt. Mehr hon i net zum Sogn. Jetzt bringen S' mi in Tschumpus*.«

»Tach, kann man helfen?« Ein Wanderer mit einem kleinen Mädchen auf der Schulter war hinter Jenny stehen geblieben und lugte neugierig über ihren Kopf hinweg ins Innere des Wagens. Lenz erkannte Jürgen aus Bielefeld mit der kleinen Vivian. Seine Frau Anja, die sich am Pkw des Kommissars vorbeigeschlängelt hatte, schloss auf.

»Hallo, man kennt sich«, begrüßte der Mann Lenz und Jenny. Vivian lallte begeistert »Lauin.«

Klotz hatte sich von seiner Bank erhoben und baute sich drohend in der Wagentür auf. »Polizeieinsatz. Gehen Sie bitte weiter«, beschied er knapp.

Jürgen zog eine Grimasse, die seinen Unwillen über die Abfuhr zum Ausdruck brachte. »Sie blockieren den

* Gefängnis

Weg«, sagte er überflüssigerweise zum Kommissar. Dessen vernichtender Blick bewirkte, dass der Bielefelder sich besann. »Na dann«, murmelte er und trat den Rückzug an, nicht ohne sich noch einmal an Jenny und Lenz zu wenden. »Man sieht sich, vielleicht heute Abend auf dem Schlossfest«, meinte er salopp, bevor die drei weitergingen.

Lenz sah dem Gespann nach. Warum Jürgen sich so anbiederte, war ihm ein Rätsel. Er schob es der kontaktfreudigen Art des deutschen Gastes zu und konzentrierte sich wieder auf das Geschehen im Fahrzeug. Klotz hatte auf der Sitzbank Platz genommen und sah zu dem auf der Trage Liegenden hinab.

»Sie werden sich für Ihre Tat verantworten müssen«, nahm der Ermittler den Faden der unterbrochenen Einvernahme auf. »Aber ins Gefängnis bringe ich Sie nicht – vorläufig jedenfalls.«

Die Ankündigung bewirkte keinerlei Erleichterung bei dem Angesprochenen. »Warum nicht?«, fragte er aufgebracht.

Der Kommissar fixierte einen Punkt, der irgendwo außerhalb des Wagens lag, und antwortete emotionslos: »Die Kopfverletzung, die Sie Ihrem Vater zugefügt haben, war lediglich eine Platzwunde. So etwas blutet stark, ist aber selten tödlich.« Sein Blick wanderte zurück zu dem Geständigen. »Konrad Saltner ist an einem Herzinfarkt gestorben.«

Florian richtete sich jäh auf. »Schuld bin i trotzdem«, stieß er hervor. Mit einem gequälten Stöhnen ließ er sich auf sein Lager zurücksinken.

»Deshalb haben Sie sich in selbstmörderischer Absicht von der Laurinswand gestürzt«, hakte der Kommissar nach. Er war offenbar zur Auffassung gelangt, dass er den Verletzten lange genug mit Samthandschuhen angefasst hatte.

Falls Klotz gehofft hatte, Florian mit dieser Verhaltensänderung zu einem raschen Eingeständnis zu bewegen, wurde er eines Besseren belehrt.

Der Hüttenwirt hob abwehrend die Hände. »I hun mi net umbringen wellen. I versindig mi net. I hun mi net umbringen wellen …« Seine Augen weiteten sich, sein Blick wurde leer. Lediglich die Lippen bewegten sich wie von selbst und wiederholten gebetsmühlenartig die seltsame Litanei.

Der Arzt beugte sich über den Patienten und leuchtete ihm in die Pupillen. Florian Saltner zeigte keinerlei Reaktion.

»Der Mann muss dringend ins Krankenhaus. Ich kann hier nichts für ihn tun.« Der Mediziner gab dem Sanitäter Order weiterzufahren und schickte sich an, die hintere Wagenöffnung zu schließen. Klotz kam ihm zuvor. »Sie folgen uns«, befahl er Lenz und Jenny, besann sich kurz und fügte ein »Bitte« hinzu. Er schloss die Hecktür. Das Fahrzeug setzte sich in Bewegung.

SIEBZEHN

»Ein Blech noch, dann haben wir genug.« Johanna Schnabl wischte sich die mehligen Hände an der Küchenschürze ab. Zufrieden beäugte sie das Ergebnis der letzten Stunden. Auf mehreren Tabletts türmten sich hauchdünne Teigtaschen. Hier in der Gegend wurden sie Krapfen genannt, wiewohl die zarte Köstlichkeit mit ihren, ursprünglich ausschließlich während der Faschingszeit hergestellten Namensvettern nichts gemein hatte.

Nicht Germ, sondern eine Mischung aus Weizen- und Roggenmehl, Ei, Butter sowie Milch bildeten die Ingredienzen für diese Südtiroler Spezialität. Nach Verkneten wurden aus der Mischung ovale Blätter ausgetrieben, mit Zwetschgen- oder Marillenmarmelade gefüllt, zusammengeklappt und in Öl ausgebacken.

Johanna beobachtete, wie ihre Helferinnen die süßen Teilchen der letzten Charge mit Zangen aus der Pfanne nahmen und sie vorsichtig zum Abtropfen auf Kreppapier legten. Bei den Frauen handelte es sich um Touristinnen, die hier in der Küche von Schloss Prösels einen Kochkurs absolvierten. Lisi Kirchler, stets auf der Suche nach neuen Einkommensquellen für die das kostspielige Bauwerk erhaltende Stiftung, hatte die Idee dazu gehabt. Johanna, eindeutig die bessere Köchin als das Schlossfräulein, hatte sich erboten, die Leitung der Kurse zu übernehmen, die während der Sommermonate stattfanden.

»Werden Sie unsere Krapfen tatsächlich heute Abend beim Schlossfest verkaufen?«, fragte eine ihrer erwachsenen Schülerinnen.

Johanna bejahte, nicht ohne die Damen aufzufordern, zu allererst selbst tüchtig zuzulangen. »Aber heute müsst's mir was übrig lassen. Ihr wisst's, der Erlös kommt dem Schloss zugute«, mahnte sie.

Die Hobbyköchinnen murmelten zustimmend. Der Stolz, etwas produziert zu haben, was für Geld feilgeboten wurde und zudem einem guten Zweck diente, war ihnen in die vor Anstrengung und Hitze geröteten Gesichter geschrieben.

Nachdem die Frauen sich ihrer weißen Arbeitsmäntel und -mützen entledigt hatten, verabschiedeten sie sich. Einige versprachen, zum Fest zu kommen. Johanna winkte ihnen nach. Sie beglückwünschte sich zu ihrem Einfall, heute das heimische Backwerk ins Programm genommen zu haben. Damit hatte sie Zeit gespart. Zudem war eine weit größere Menge zustande gekommen, als sie allein geschafft hätte. Sie hatte keine Sorge, auf ihrem reich bemessenen Angebot sitzen zu bleiben. Die süße Mehlspeise war stets beliebt gewesen, die Gäste würden sie ihr heute wie immer förmlich aus der Hand reißen.

Das Schlossfest war ein weiterer von Lisis Einfällen zur Aufbesserung der Stiftungskasse. Es fand im Sommer statt und bildete die einzige Gelegenheit, das prächtige Gebäude und seinen Innenhof während der Abendstunden zu besichtigen. Dies hatte für Einheimische wie Fremde einen besonderen Reiz, entsprechend groß war der zu erwartende Andrang.

Johanna legte ihre Schürze ab und warf einen letzen prüfenden Blick auf die Tabletts. Die Teigtaschen glänzten goldgelb in der Nachmittagssonne und sahen zum Anbeißen aus. Sie konnte ihrem Drang, genau dies zu tun, nicht widerstehen und griff nach einer. In dem Moment läutete das Mobiltelefon. Vorsichtig nahm sie das Handy aus ihrer Handtasche.

Die Anruferin war Jenny Sommer, die berichtete, dass sie und Lenz unterwegs nach Völs waren. Ihr Freund würde von dort mit Arthur Kammelbachs Mercedes nach Neustift fahren, um Paul Traminer abzuholen. Ob Johanna mit ihrem eigenen Pkw hinterherfahren und die beiden zurückbringen könne, fragte Jenny.

»Ist denn der Paul nicht mehr verdächtig?« Johanna staunte, wie rasch ihr Lebensgefährte, ihres Wissens nach die Nummer eins auf Aldo Klotz' Liste möglicher Täter, rehabilitiert worden war. Ihr fiel das Notizbüchl ein, von dem Lisi ihr berichtet hatte. Offenbar war es dem darin gefundenen Vermerk zu danken, dass die Lage sich für Paul zum Positiven gewendet hatte.

Sie war im Begriff, Jenny mitzuteilen, dass sie bald zu Hause sein und selbstverständlich mitkommen würde, um ihren Liebsten abzuholen. Lenz' Freundin ließ sie jedoch nicht zu Wort kommen, sondern redete ohne Pause in den Apparat.

»I bin glei do«, sagte Johanna, nachdem Jenny geendet hatte. Die wenigen Worte waren das höchste, wozu sie fähig war. Die Nachricht über die Ereignisse am Tschaminbach hatte ihr nahezu gänzlich die Sprache verschlagen. Sie sank auf einen Hocker, der gerade im Weg stand, und bekreuzigte sich. Der Wirt der Rosengartenhütte, dem sie und ihre Mitstreiter von der Umweltgruppe für seinen verantwortungsvollen Umgang mit der Natur Respekt gezollt hatten, war ein Vatermöder. Schlimmer hätte es ihrer Meinung nach nicht kommen können. Dass der Alte nicht an seiner Verletzung, sondern an einem Herzinfarkt gestorben war, machte keinen Unterschied. Der

Junior würde mit dem Stigma der begangenen Gewalttat weiterleben müssen.

Die Ereignisse der vergangenen Monate gingen ihr durch den Kopf. Da war zunächst das rabiate Pferd gewesen, das Sylvia Karbon zu Tode getrampelt hatte, anschließend der Streit um das Hotelbauvorhaben, der zum unglückseligen Tod Konrad Saltners geführt hatte. Sein Sohn lag nun verletzt im Krankenhaus in Bozen und verfiel, wenn die Sprache auf seinen Sturz von der Laurinswand kam, in eine Art Wachkoma, wie Jenny berichtet hatte.

Die Rosengartenhütte selbst sah einem ungewissen Schicksal entgegen, war doch nicht vorhersehbar, welche rechtlichen Konsequenzen der Eintrag Josef Kirchlers nach sich ziehen würde, wenn erst die Bonells davon erfuhren. Hatte die Dorfgemeinschaft es seinerzeit als großes Unrecht empfunden, dass Saltner die Pächter von dort vertrieben hatte, so überwog inzwischen die Meinung, dass Florian der richtige Betreiber für die Almwirtschaft war. Just ihm hatte sich das Schicksal innheralb kurzer Zeit wiederholt von seiner schlimmen Seite gezeigt. Der Ausdruck ›sfigiert‹ kam Johanna unwillkürlich über die Lippen. Kaum hatte sie den Begriff, der einen vom Pech Verfolgten bezeichnete, ausgesprochen, fragte sie sich, ob nicht doch höhere Gewalt im Spiel gewesen war.

Ungeachtet des harten Steinfußbodens kniete sie nieder und begann, das Vaterunser aufzusagen. Den Zeilen ›und vergib uns unsere Schuld, wie auch wir vergeben unsern Schuldigern‹ widmete sie sich mit besonderer Inbrunst. Nachdem sie das Gebet beendet hatte, erhob sie sich und verließ die Küche. In der Überzeugung, dass Lisi Kirchler sich für die Neuigkeiten interessieren würde, schaute sie in deren Büro vorbei. Doch diese saß nicht an ihrem

Platz hinter dem Schreibtisch und war auch sonst nirgends zu entdecken.

Johanna entschied, dass die Angelegenheit bis zum Abend warten konnte. Sie würde rechtzeitig vor Beginn der Veranstaltung eintreffen und Lisi berichten, was sie erfahren hatte.

Auf dem Weg durch den Schlosshof begegnete sie einer Gruppe, die andächtig der jungen Führerin lauschte. Einige der Besucher hatten sich offensichtlich einen Scherz erlaubt und sich während der Besichtigung im Kostümfundus des Schlosses bedient. Eine Frau hatte sich einen bodenlangen Umhang übergeworfen, der Mann neben ihr trug die Attrappe eines Ritterhelms auf dem Kopf. Weitere Besucher hatten sich bunte Narrenkappen übergezogen, deren Schellen bei jeder Bewegung klimperten.

Johanna warf der Studentin, die mit der Führung betraut war, einen Blick zu, den diese mit einem Schulterzucken quittierte. ›Ich konnte nichts dagegen tun‹, schien sie zu signalisieren.

Johanna schüttelte den Kopf. Die Hilfskräfte, die Lisi während der Hochsaison beschäftigte, nahmen die Dinge allzu leicht. Kopfbedeckungen und Kleidungsstücke, allesamt Originalen aus dem Mittelalter nachgebildet, standen den Gästen für Anproben zur Verfügung. Doch die junge Frau hätte nie und nimmer erlauben dürfen, dass Besucher die Sachen anbehielten und damit herumspazierten. Sie hoffte, dass die Studentin dafür sorgen würde, dass die Leute die Utensilien wenigstens vor Verlassen des Schlosses an Ort und Stelle zurückließen.

Erneut hielt sie nach Lisi Ausschau, konnte sie jedoch nirgends entdecken. Sie nahm ihr Handy, um sie telefonisch darüber zu unterrichten, was ohne deren Wissen vorging. Sie meldete sich nicht.

Johanna hinterließ eine Nachricht auf der Mobilbox und strebte dem Ausgang zu. Am Tor drehte sie sich um. Die Gruppe war gerade dabei, den Pfeilersaal zu betreten, in dem sich die Waffensammlung des Schlosses befand. Eine Gestalt, angetan mit einem hüftlangen, roten Überwurf und gleichfarbiger Kapuze, ging am Ende der Gruppe. Etwas an der Erscheinung kam Johanna vertraut vor. Den Bruchteil einer Sekunde vermeinte sie zu erkennen, wer in dem Kostüm steckte. In der Überzeugung, dass es sich um einen Irrtum handeln musste, verwarf sie den Gedanken.

*

Auf ihrem Balkon in der ›Residenz Schnabl‹ legte Jenny Sommer das Mobiltelefon auf das Tischchen neben ihrem Liegestuhl. Sie hatte Arthur Kammelbach darüber informiert, dass der Konvoi zwecks Rückführung des Mercedes und Abholung Paul Traminers nach Neustift unterwegs war. Aus der geplanten kurzen Benachrichtigung war ein längeres Gespräch geworden. Jenny hatte Arthur auf den neuesten Stand der Dinge gebracht. Der Professor seinerseits hatte ihr seine These unterbreitet, die er seinen Angaben zufolge nach dem Studium einschlägiger Literatur und mittels zweier handbeschriebener Blätter entwickelt hatte.

Jenny war zunächst skeptisch gewesen. Florian Saltner habe die Tat gestanden, der Fall sei damit gelöst, hatte sie ihrem akademischen Mentor erklärt. Er hatte sich nicht damit zufrieden gegeben.

»Einiges deutet darauf hin, dass eine weitere Person an den Ereignissen beteiligt, vielleicht sogar der Auslöser der Geschehnisse ist«, beharrte er auf seiner Meinung.

»Was macht dich so sicher?«

Nach einer Pause, in der Jenny das Rascheln von Papier vernahm, antwortete ihr Gesprächspartner: »Erinnerst du dich an Dietleib aus der Laurinsage?«

Jenny bejahte, hatte sie doch erst vor zwei Tagen den Bilderzyklus mit sämtlichen handelnden Figuren eingehend in der Laurin Bar des Bozner Parkhotels studiert. Sie wäre allerdings nicht auf die Idee gekommen, speziell diesem einen von Dietrichs Waffenbrüdern eine besondere Bedeutung beizumessen.

Arthur allerdings hatte die Stunden der klösterlichen Komtemplation genutzt und die verschiedenen, scheinbar voneinander unabhängigen Ereignisse zu einem Puzzle zusammengefügt. Es könnte, so seine Überzeugung, kein Zufall sein, dass das Notizbuch separiert von den anderen in Sylvias Atelier gefunden worden war.

»Sie hat den Eintrag ziemlich sicher gelesen und jemandem davon erzählt. Kurz darauf ist sie ums Leben gekommen. Ich vermute, dass es hier einen Zusammenhang gibt«, sagte er ohne Umschweife.

»Am wahrscheinlichsten ist, dass sie ihrem Verlobten von der Entdeckung berichtet hat«, antwortete Jenny und wurde sich im selben Augenblick der Tragweite ihrer Annahme bewusst. Wenn sie stimmte, warum hatte Florian niemandem gegenüber etwas erwähnt? Warum hatte er seinem Vater nicht gesagt, dass die Pachtrechte der Bonells aufrecht waren, um ihn von seinen Plänen abzubringen – so wie Lisi Kirchler dies versucht hatte? Die Antwort auf beide Fragen war dieselbe: Florian Saltner hatte die Rosengartenhütte gegen jedweden verteidigt, der ihr hätte gefährlich werden können. Er hatte die Hand gegen den Vater erhoben und damit in jedem Fall riskiert, dessen Tod herbeizuführen. Ebenso gut war es denkbar, dass er zuvor seine Verlobte getötet hatte. Damit war der Hüttenwirt kein Opfer unglücklicher Begleitumstände, sondern ein vorsätzlicher Mörder, der seine Tat geplant und als Unfall getarnt hatte.

Sie erläuterte Arthur ihre Hypothese, bis dieser sie unterbach. »Sylvia könnte jemand anderem davon erzählt haben. Das ist unser Dietleib, der Mann, der wiederholt die Seiten gewechselt hat. Oder die Frau«, sagte Arthur knapp.

Jenny wunderte sich. Wie kam er auf Frau? Sie fragte ihn danach.

»Es gibt unterschiedliche Versionen. In den meisten ist Dietleib Simildes Bruder, in manchen ihr Verlobter. Ein Sagenforscher meint herausgefunden zu haben, dass es sich bei der Figur in Wahrheit um ein weibliches Wesen, eine sogenannte Schildmaid, handelte. Sie hatte sich in Laurin verliebt und war eifersüchtig auf die Prinzessin.«

»Die Ungarin«, entfuhr es Jenny spontan. »Die Serviererin auf der Rosengartenhütte und Florian Saltner haben ein Verhältnis. Heute habe ich von ihr erfahren, dass sie bereits kurz nach Ostern ihre Stelle angetreten hat. Sie war demnach schon ein paar Wochen da, als das Reitunglück passierte.«

Sie und Arthur erörterten diese Möglichkeit, kamen jedoch zu keinem schlüssigen Ergebnis. Der Professor hatte sich verabschiedet und versprochen, sich zu melden, falls ihm noch etwas einfiele.

»Möchtest du nicht nach Völs kommen und ein paar Tage mit uns verbringen?«, hatte Jenny spontan gefragt.

Arthur hatte abgewunken. Er würde sich noch bis morgen in klösterlicher Abgeschiedenheit seinen Studien widmen und anschließend nach Salzburg an die Universität zurückkehren.

Vor sich hin sinnierend betrachtete Jenny die Hänge des Schlernmassivs, die die Spätnachmittagssonne in ein zartes Rosa tauchte. Erneut griff sie zu ihrem Handy.

»Klotz«, meldete sich der Angerufene.

»Guten Abend, Herr Kommissar, ich hätte noch eine Frage«, begann sie das Gespräch.

»Schießen S' los«, antwortete Klotz mit einem Seufzer.

»Es ist wegen der Ilona von der Hütte. Wissen Sie, ob sie früher einmal etwas mit Pferden zu tun hatte?«

Jenny meinte, den Ermittler die Luft scharf einsaugen zu hören. Sie fürchtete, dass er es schlichtweg ablehnen würde, auf ihre Frage einzugehen. Wider Erwarten antwortete er: »Das könnte man sagen. Sie hat auf einem Gestüt in Ungarn gearbeitet. Worauf wollen Sie hinaus?«

Obwohl ihr bewusst war, dass ihre Theorie auf wackeligen Beinen stand, erläuterte Jenny sie Aldo Klotz. »Sie sollten das Tier, das Sylvia Karbon niedergetrampelt hat, untersuchen lassen. Vielleicht lässt es sich feststellen, falls es manipuliert wurde.«

Ihr Gesprächspartner schnaufte erneut. »Wos moanen Sie, wo des Viech jetzt isch?«, blaffte er.

Jenny schwieg betreten. Sie hatte sich keine Gedanken darüber gemacht.

»Das Pferd ist erschossen und zum Abdecker gebracht worden«, sprach Klotz weiter.

»Was ist mit dem Kadaver?«, ließ sie nicht locker.

Klotz brach in Lachen aus. »Wo soll der sein?«, fragte er, nachdem er sich gefasst hatte. »Auf dem Pferdefriedhof vielleicht?«

Jenny musste sich eingestehen, dass sie von der Materie keine Ahnung hatte. Sie kam zu dem Schluss, dass sie sich besser an Johanna gewandt hätte. Deren Bruder war Tierarzt. Er hätte Auskunft gegeben, ohne sich über sie lustig zu machen, wie es der Kommissar ganz offensichtlich tat.

»Frau Sommer«, sagte er nun um einen ernsthafteren Tonfall bemüht, »der Gaul ist längst zu Hundefutter verarbeitet worden. Da ist nichts mehr zu machen.« Seine Stimme nahm einen versöhnlichen Klang an. »Der Fall ist geklärt. Ich bin Ihnen und dem Herrn Hofer für Ihre Hilfe dankbar. Jetzt lassen wir's gut sein und machen endlich Urlaub. Ich tu's jedenfalls, sobald ich mit meinem Bericht fertig bin.«

Jenny verabschiedete sich. Aldo Klotz hatte recht: Es war tatsächlich nichts mehr zu machen. Wenn sie es recht bedachte, gehörten die Thesen, die sie und Arthur Kammelbach gewälzt hatten, wohl eher ins Reich der Literaturwissenschaft und hatten mit der Realität nichts zu tun.

Sie streckte sich in ihrem Liegestuhl aus. Die Schatten waren länger geworden und verbreiteten nach der Hitze des Tages eine angenehme Kühle. Lenz, seine Tante und deren Lebensgefährte würden bald zurückkehren. Jenny würde die Zeit bis dahin nutzen, um sich auszuruhen. Johanna hatte sie eingeladen, zum Schlossfest auf Prösels mitzukommen. Jenny fiel ein, dass auch der deutsche Feriengast davon gesprochen hatte. Sie würde ihm und seiner Familie bei dem Fest wiederbegegnen. Die Aussicht darauf hatte beinahe etwas Tröstliches. Die Urlauber bildeten eine – wenn auch rein zufällige – Konstante in ihrem bisher so turbulenten Aufenthalt in dieser Gegend.

Überzeugt davon, dass nun auch für sie ruhigere Tage anbrechen würden, schloss Jenny die Augen. Sie befand, dass es nicht schaden konnte, ein wenig zu dösen, um abends fit zu sein.

*

Zufrieden schaltete Aldo Klotz den Computer aus. Er hatte den Bericht über den Fall verfasst, durchgelesen und für gut befunden. Morgen musste er noch einmal in die Klinik, um Florian Saltners Geständnis unterschreiben zu lassen. Der Verletzte befand sich laut Befund des Arztes auf dem Weg der Besserung, bedurfte jedoch aufgrund des Schocks, den er bei dem Sturz erlitten hatte, der Schonung.

Klotz war überzeugt davon, dass der Mann keine Schwierigkeiten machen würde, die getroffene Aussage zu bestätigen. Wenn doch, konnten Jenny Sommer und Lenz Hofer sie bezeugen. Klotz hatte die Mitwirkung der beiden in seinem Protokoll erwähnt, sie als Passanten, die ihre Hilfe angeboten hatten, angeführt.

Damit hatte er seine Pflicht getan und befand, dass die Quästur in Bozen froh sein konnte, dass er den Fall gelöst hatte. Seine Vorgesetzte Franca Bertagnoll sah dies, wie sie ihm in seltener Einmütigkeit am Telefon versichert hatte, ebenso.

Sein Blick fiel auf den Obduktionsbefund, der auf dem Schreibtisch lag. Der Gerichtsmediziner hatte darin erwähnt, dass die Strümpfe des Toten feucht gewesen wären. ›Hatte er kurz vor seinem Ableben ein Fußbad genommen?‹, stand da vermerkt. Auch dieses Rätsel war gelöst, ebenso wie das des Wanderstiefels, der das Wasserrad der Säge blockiert und zur Entdeckung der Leiche geführt hatte.

Jenny Sommer und Lenz Hofer hatten ihn über den Grund für Traminers Handlungsweise aufgeklärt – und dabei zugegeben, dass sie an seiner Flucht beteiligt gewesen waren. Klotz hatte beschlossen, ihnen dies nachzusehen. Immerhin hatten sie ihm geholfen, Florian Saltner zu finden und den Fall aufzuklären.

Sommers fantastische Theorie, die sie ihm zuvor am Telefon unterbreitet hatte, fiel ihm ein. Mit einer unwilligen Handbewegung verscheuchte er den Gedanken daran.

»Hirngespinste«, murmelte er, erhob sich und verließ sein provisorisches Büro im Turmhotel. Auf dem Weg durch das Foyer entdeckte er ein Plakat. Es war mit ›Prösler Schlossfest‹ betitelt, darunter stand das heutige Datum. Besichtigung, musikalische Unterhaltung und gastronomische Spezialitäten wurden angeboten. Letzteres bildete den Ausschlag für Klotz' Entscheidung. Er war im Urlaub und würde sich kulinarisch verwöhnen lassen. Beschwingt von der Aussicht auf einen schönen Abend ging er zu seinem Wagen.

ACHTZEHN

Er stülpte sich eine Tarnkappe über,
sodass er unbemerkt
andere in Bedrängnis bringen konnte.
Einem schlug er so tiefe Wunden,
dass ihm das Blut aus der Rüstung rann.
Frei nach ›Laurin‹

»Das macht drei Euro, bitte.« Jenny überreichte Jürgen, Anja und Vivian die in Papierservietten gewickelten Südtiroler Krapfen. Die Familie aus Bielefeld war nicht ihr erster Kunde des heutigen Abends. Seit Beginn des Festes versah sie an Johannas Stand im Innenhof von Schloss Prösels den Dienst. Die erwartete Aushilfe war nicht erschienen, daher hatte Jenny angeboten, deren Vertretung zu übernehmen.

Lenz' Tante hatte dankbar angenommen. Sie gehörte zum Festkomitee. Ihre Aufgabe war es, die örtlichen Honoratioren zu begrüßen und umherzuführen. Da blieb ihr keine Zeit, sich selbst hinter den Verkaufstisch zu stellen.

Jenny hingegen machte es Spaß, die Mehlspeise feilzubieten. Lenz half ihr, indem er für Nachschub sorgte, wann immer es nötig war. Eben kam er beladen mit einem neuen Tablett aus dem Schlossinneren. Er hatte für den heutigen Anlass Jeans und T-Shirt gegen ein Hemd aus Leinen und eine kniekurze Lederhose getauscht. Jenny fand, dass ihm die Tiroler Tracht ausgezeichnet stand.

»Ich hätt gern einen Krapfen.« Jenny wandte sich der vertrauten Stimme zu. Aldo Klotz stand vor ihr. Auch er hatte sich umgezogen. Mit seinem locker sitzenden Sporthemd und der beigen Freizeithose sah er richtig lässig aus, sein frisch rasiertes Gesicht wirkte rosig.

»Guten Abend, Herr Kommissar. Immer noch auf Verbrecherjagd?« Lenz war zu ihnen getreten und stellte den Nachschub ab.

Klotz verneinte. »Ich bin zum Vergnügen hier.« Er biss in das goldgelbe Teilchen, das Jenny ihm gereicht hatte. »Schmeckt ausgezeichnet«, sagte er, bezahlte und schlenderte weiter.

Lenz gesellte sich zu Jenny und legte ihr den Arm um die Taille. Eng aneinandergeschmiegt beobachteten sie das bunte Treiben. Zahlreiche Gäste drängten sich an den Tischen, die mit verschiedensten Spezialitäten aus der Gegend beladen waren. In der Mitte des Schlosshofes hatte ein Feuerschlucker Stellung bezogen und schwang Aufmerksamkeit heischend seine brennende Fackel. Bald schon bildete die Menge einen Kreis um den Artisten, der mit seiner schwarzen Gesichtsmaske und dem nackten, tätowierten Oberkörper einen furchterregenden Eindruck machte.

Nachdem er seine Darbietung beendet hatte, strebten die Gäste dem Rittersaal zu. In Kürze würde dort das Konzert des ›Laurin Ensemble‹ mit Stücken aus mehreren Jahrhunderten stattfinden.

Johanna betrat den Innenhof und sah sich suchend um. Zu Ehren des heutigen Abends trug sie ihr Festtagsdirndl. Sie raffte den langen Rock, um eilig auf Jenny und Lenz zuzukommen. »Ich kann die Lisi nirgends finden. Habt ihr sie gesehen?«

Jenny und Lenz verneinten.

Johanna sprach weiter. »Ich suche sie seit heute Nachmittag. Am Handy meldet sie sich nicht. Sie ist hier quasi die Gastgeberin. Da kann sie doch nicht einfach, ohne was zu sagen, wegbleiben.«

Jenny blickte in Johannas besorgtes Gesicht. Die Veranstaltung war auch bisher ohne Lisis Zutun äußerst gut verlaufen. Dennoch konnte Jenny die Aufregung von Lenz' Tante nachvollziehen und fand Lisi Kirchlers Fernbleiben seltsam.

Sie sah zu Lenz hoch, der bedächtig seine Brille putzte. Ein Paar trat an ihren Tisch: Jürgen und Anja. »Wir benötigen eine Durchsage«, sagte der Bielefelder gewohnt forsch. Johanna, von ihrem augenblicklichen Kummer abgelenkt, blickte den Mann verblüfft an. »Hat jemand Ihren Wagen zugeparkt?«, fragte sie.

Anja schaltete sich mit sanfter Stimme ein. »Es ist wegen unserer Tochter. Wir haben sie verloren und dachten, vielleicht …«

»Sie müssen eine Durchsage machen«, unterbrach Jürgen. »Vivian aus Bielefeld, drei Jahre, blonde Haare, rosa Kleid. Wer sie sieht, soll mit ihr in den Schlosshof kommen. Ihre Eltern warten dort.«

»Wir verfügen hier nicht über Lautsprecher, die im gesamten Gebäude zu hören sind. Ich kann höchstens drinnen im Konzertsaal die Gäste fragen, ob sie ein kleines Mädchen gesehen haben«, erbot sich Johanna.

»Tun Sie das«, kommandierte der Deutsche. »Wenn sich keiner meldet, wird die Polizei verständigt.«

»Die ist schon hier. Was ist los?« Aldo Klotz war zu ihnen getreten. Offenbar war er auf den Tumult aufmerksam geworden, der sich an Johannas Krapfenstand abspielte.

»Unsere Tochter ist verschwunden. Wir machen uns große Sorgen«, schaltete Anja sich ein.

»Unternehmen Sie etwas«, befleißigte Jürgen sich weiterhin des Befehlstons.

Der Kommissar ignorierte ihn und wandte sich der Mutter zu. »Seit wann vermissen Sie die Kleine?«

Jürgen setzte zu einer Antwort an. Ein Schluchzen, das über den inzwischen nahezu menschenleeren Hof zu ihnen drang, hinderte ihn an seinem Vorhaben. Die Standler, die die Waren verräumt hatten und nun dem Konzert lauschen wollten, drängten an der Schwelle zum Schlossinneren und wandten überrascht die Köpfe. In dem Augenblick begann das Ensemble zu spielen. Die harmonischen Klänge fesselten die Aufmerksamkeit der Zuhörer und überlagerten das Wimmern, das eben noch zu vernehmen gewesen war.

Aldo Klotz bat Johanna, die Saaltüren zu schließen, was diese umgehend tat. Erneut hörten sie das Wehklagen, das stetig anschwoll, bis es schließlich zu einem ungehemmten Plärren ausartete. Der Kommissar, Jürgen und Anja stürmten in die Richtung, aus der das Gebrüll kam. Jenny, Lenz und Johanna eilten hinterher.

Vor einer unscheinbaren Holztür machten sie Halt. »Es kommt aus Sylvias Atelier«, sagte Johanna und drückte die Klinke. Das Schloss gab nach, die Tür öffnete sich einen Spalt. Johanna stemmte sich dagegen. Außer dass das Geheul kurz verstummte, geschah nichts.

»Vivian, bis du da drin?«, rief Anja.

»Mamaaa«, tönte es herzzerreißend aus dem Inneren.

Klotz trat vor. »Gehen Sie bitte zur Seite«, forderte er die besorgten Eltern auf, die Johannas Platz eingenommen und unmittelbar vor dem Atelier Stellung bezogen hatten. Widerspruchslos folgten sie der Aufforderung.

Der Kommissar ging ein paar Schritte zurück und hatte offenbar vor, das Atelier mit Körpergewalt zu stürmen, was ihm bei seinem Gewicht durchaus gelingen sollte, dachte Jenny.

Lenz' Tante legte ihm die Hand auf die Schulter. »Das hat keinen Sinn. Etwas blockiert die Tür«, sagte sie.

Klotz stutzte und verzog ob der ungebetenen Einmischung die Mundwinkel, besann sich aber gleich darauf. »Gibt es noch einen Eingang?«

Johanna schwieg. Ihrer betretenen Miene war anzusehen, dass sie mit sich rang, ob sie diese Frage beantworten sollte. Neuerliches Schluchzen aus dem Inneren erleichterte ihr die Entscheidung.

»Kommen S' mit«, sagte sie, raffte erneut ihren Rock und ging geschäftig zu einer Maueröffnung. Sie war breit genug, dass ein Kind bequem durchpasste. Erwachsene konnten sie nur im Seitwärtsgang passieren, wie Johanna es ihnen vormachte. Alle folgten ihrem Beispiel, wobei Aldo Klotz erheblich den Bauch einziehen musste. Schließlich gelang es auch ihm, sich durchzuzwängen.

Nachdem dies geschafft war, fand sich die sechsköpfige Gruppe in einem runden Schacht wieder. Der Boden war mit Kies bedeckt. Mehrere Meter über ihren Köpfen war eine grobmaschige Abdeckung angebracht, durch die schwaches elektrisches Licht hereindrang.

Das Burgverlies, schoss es Jenny durch den Kopf. Ihr spontaner Gedanke wurde durch Johanna bestätigt. »Hier wurden früher die Gefangenen eingesperrt. Die Öffnung hat die Verwaltung mit einem Gitter abgesichert, damit die Besucher vom oberen Stockwerk hereinschauen können.«

»Hätten Sie es bloß mal zum Schlosshof hin abgesperrt. Es ist unverantwortlich, dass Sie das unterlassen haben. Sie sehen ja, was passiert«, herrschte Jürgen sie an.

Johanna stemmte die Ellbogen in die Taille. »Das Schloss ist normalerweise nur im Rahmen von Führungen begehbar. Da kann niemand einfach so herumlaufen.«

Sie funkelte Jürgen an. Etwas versöhnlicher räumte sie ein: »Heute hätte man dafür sorgen müssen, dass keiner hereinkann. Das ist wohl vergessen worden.« Nachdem sie zu Ende gesprochen hatte, ging sie über den knirschenden Schotter zu dem gegenüberliegenden Teil der Mauerwand. Trotz des fahlen Lichtes bemerkte Jenny, dass sich dort eine Tür befand. Johanna stieß sie auf und machte ein paar Schritte. Ohrenbetäubendes Geheul erklang. Gleich darauf versiegte es und wich einem zarten Kinderschnüffeln. Einer nach dem anderen betrat das Atelier, das fast gänzlich im Dunkeln lag.

»Links von der Tür ist ein Lichtschalter«, sagte Johanna. Lenz, der am nächsten stand, betätigte ihn. Der Raum wurde hell erleuchtet. In einer Ecke stand Johanna. Sie hielt Vivian an der Hand und strich ihr tröstend über das Haar. »Mamaaa«, schrie die Kleine im Augenblick, da sie ihrer Mutter ansichtig wurde. Diese eilte gefolgt von ihrem Gatten auf das Mädchen zu und nahm es in den Arm. »Ist ja gut, brauchst keine Angst zu haben«, sprach sie beschwichtigend auf das Kind ein.

»Schauen wir, dass wir ins Freie kommen. Hier herinnen kriegt man keine Luft«, sagte Jürgen im gewohnten Feldwebelton. Er ging auf den Ausgang zu, der zum Schlosshof führte, und stoppte jäh. Jenny, die ihre Aufmerksamkeit gänzlich der wiedergefundenen Vivian zugewandt hatte, folgte seiner Blickrichtung. Am gegenüberliegenden Ende der Kammer beugten sich Lenz und Aldo Klotz über eine Gestalt. Sie trug einen langen Rock ähnlich dem Johannas. Doch im Gegensatz zu dem farbenfrohen Festtagsgewand der Tante handelte es sich um ein schlichtes Stück in schwarz. Obwohl Jenny das Gesicht der Frau nicht sehen konnte, erkannte sie sie: Lisi Kirchler lag an der Schwelle von Sylvias Atelier und blockierte die Tür.

*

Auf demselben Weg, auf dem er hereingekommen war, verließ Lenz das Atelier. Hinter ihm folgten die Bielefelder. Klotz hatte die Rettung verständigt, polizeiliche Verstärkung angefordert und war bei dem schwerverletzten Schlossfräulein geblieben. Die Blutlache unter ihrem Kopf war ein eindeutiges Zeichen dafür, dass die Frau einen größeren Schaden als eine Platzwunde davongetragen hatte. Johanna hatte es sich nicht nehmen lassen, bei ihrer Freundin auszuharren, bis medizinische Hilfe kam. Jenny wollte sich denen anschließen, die den Raum verließen. Der Kommissar hielt sie zurück.

»Frau Sommer, haben Sie die Kamera dabei?«

Jenny bejahte, woraufhin der Kommissar sie bat, Fotos vom Tatort zu machen. »Bevor der Arzt und die Sanitäter eintreffen. Die werden die Verletzte abtransportieren. So haben wir wenigstens ein paar Aufnahmen von der ursprünglichen Position der Frau«, begründete er seine Bitte.

Lenz trug er auf, am Schlossportal auf die Rettungsleute und die Carabinieri zu warten und ihnen den Weg zum Atelier zu weisen. »Hoffen wir, dass sie hier sind, bevor das Konzert zu Ende ist und wir den Hof voller Schaulustiger haben«, hatte Klotz gemurmelt und sich mit gefurchter Stirn der beinahe leblosen Lisi Kirchler zugewandt.

Über den Schlosshof hatte sich die Dunkelheit herabgesenkt, da und dort warfen Scheinwerfer Lichtkegel auf die Pflastersteine. Instrumentale Kläge, die gedämpft aus dem

Rittersaal drangen, zeugten davon, dass die musikalische Darbietung andauerte. Jürgen und Anja hatten sich mit ihrer Tochter auf einer der Bänke niedergelassen, die für die Besucher aufgestellt worden waren. Vivian hatte sich, kaum dass sie ihrer Eltern ansichtig geworden war, rasch wieder beruhigt und blickte aufgeweckt um sich. »Sauberer«, sagte sie unvermittelt und streckte das Ärmchen aus. Lenz folgte ihrem Zeigefinger. Er wies auf eine Gestalt, die, in einen hüftlangen Umhang und eine Kapuze gehüllt, gerade dabei war, das Areal zu verlassen.

»Das ist kein Zauberer, sondern ein Gaukler«, sagte Lenz zu dem Mädchen.

»Sauberer«, wiederholte es hartnäckig und spitzte die Lippen zu einem Schmollmündchen.

Wenigstens hatte das Kind den Vorfall gut überstanden, dachte Lenz. Es musste in einem unbeobachteten Moment durch die Maueröffnung geschlüpft und ins Verlies gelangt sein. Dort hatte es die Tür zu Sylvias Atelier entdeckt, sie geöffnet und den Raum betreten. Augenscheinlich hatte es im Finsteren die Orientierung verloren und war in Panik geraten. Was im Nachhinein betrachtet ein Glücksfall gewesen war. Andernfalls hätte es vermutlich länger gedauert, bis Lisi Kirchler gefunden worden und vielleicht jede Hilfe zu spät gekommen wäre. So hatte sie zumindest eine Chance durchzukommen.

Lenz erinnerte sich an die Bitte des Kommissars, am Schlosstor auf die Einsatzkräfte zu warten. Er durchquerte den Hof und postierte sich auf dem Zufahrtsweg zum Gebäude. Von hier konnte er das Gelände gut überblicken. Er betrachtete die Felder, die sich auf den Hängen vor dem Schloss erstreckten, und vom beinahe vollen Mond beschienen wurden.

Jemand betrat den Parkplatz, der sich unterhalb der Burganlage befand und von dort über eine Holztreppe erreichbar war. Wer immer es war, er musste das Fest vorzeitig verlassen haben, ohne dass Lenz es bemerkt hatte. Der Gaukler fiel ihm ein. Er war kurz vor ihm durch das Tor gegangen.

Lenz rückte seine Brille zurecht und kniff die Augen zusammen. Angestrengt blickte er durch die Gläser. Die Person, der sein Interesse galt, passierte einen Scheinwerfer. Für einen kurzen Moment wurde sie in helles Licht getaucht, sodass Lenz Umhang und Kapuze wiedererkannte. Der Verkleidete hielt nach seinem Fahrzeug Ausschau und wandte dabei sein Profil zur Reihe der geparkten Autos. Lenz erhaschte einen Blick auf das Gesicht: Es war mit einer schwarzen Maske bedeckt.

Lenz entsann sich der Schausteller: Da waren ein Feuerschlucker gewesen, ein Zauberer, wie Vivian richtig gesagt hatte, und ein Bänkelsänger. Ein Gaukler mit Umhang und Maske hatte sich definitiv nicht darunter befunden. Was also hatte er im Schloss zu suchen gehabt? Lenz war sich keineswegs sicher, hielt es jedoch für möglich, dass sich unter der Verkleidung die Person verbarg, die Lisi Kirchler niedergeschlagen hatte.

Der Rettungswagen traf ein, dahinter folgten die Carabinieri. Lenz erläuterte, wo sich die Schwerverletzte befand. Die Familie aus Deutschland tauchte auf. »Könnten Sie den Leuten zeigen, wie Sie zum Atelier kommen?«, bat Lenz Jürgen. Der Bielefelder bejahte, ohne zu zögern. »Kommen Se mal mit«, wies er die Männer an.

Währenddessen eilte Lenz zu Johannas Pkw, den er aufgrund ihrer hinderlichen Kleidung hierher gelenkt hatte. Da

Johanna zu den Organisatoren der Veranstaltung gehörte, genoss sie das Privileg eines Stellplatzes direkt vor dem Schloss. Beide Umstände kamen Lenz nun zugute. Er verfügte über die Wagenschlüssel, und das Auto befand sich in nächster Nähe. Er stieg ein und startete den Motor.

*

Der Allrad getriebene Kombi schnurrte die Schnellstraße entlang. Die Person, die am Steuer saß, lüftete mit einer Hand die Kapuze und nahm sich die Maske vom Gesicht. Anschließend knüpfte sie die Bänder des Umhangs auf und ließ ihn auf den Nebensitz gleiten. Nachdem sie sich der Kleidungsstücke entledigt hatte, genoss sie die wiedergewonnene Sicht- und Bewegungsfreiheit. Sanft trat sie auf das Gaspedal. Der Tacho zeigte eine Geschwindigkeit an, die unter dem erlaubten Höchstmaß lag. Es bestand demnach keine Gefahr, von einer Streife aufgehalten zu werden.

Um Haaresbreite war es ihr gelungen, die Anlage von Prösels unbehelligt zu verlassen. Wie schon einmal hatte ihr dabei das Kostüm des Gauklers einen guten Dienst erwiesen. Sie hatte sich damit Zugang zum Schloss verschafft, das außerhalb der Führungen nicht zugänglich war. Heute hatte sie der Studentin, die die Besucher am Tor erwartet hatte, gesagt, dass sie zu den Schaustellern des Abends gehöre und damit problemlos Einlass erhalten. Ihr Ziel war Sylvia Karbons ehemaliges Atelier. Sie wusste von dem Eintrag in das Notizbuch und vermutete, dass es sich weiterhin dort befand. Nachdem sie bisher vergeblich auf eine Chance gewartet hatte, sich dort unbemerkt umzusehen, verschaffte ihr das Schlossfest Gelegenheit dazu. Sie hatte vor, nach dem Notizbuch zu suchen und den abendlichen Trubel zu nutzen, die Anlage unerkannt zu verlassen. Just in dem Moment, da sie sich über die Kiste mit den Aufzeichnungen von Josef Kirchler beugte, tauchte dessen Witwe auf.

»Was tun Sie hier?«, fragte sie empört.

Gleich darauf war ihr forsches Auftreten der Angst gewichen, die ihr unzweifelhaft der Anblick der Gestalt mit der schwarzen Maske verursacht hatte. Augenblicklich hatte sie sich umgedreht und die Hand auf den Türgriff gelegt, zweifellos, um nach draußen zu eilen. Ein schwerer Bilderrahmen hatte dieses Vorhaben vereitelt.

Die Person am Steuer schaltete einen Gang zurück, um das Tempo der kurviger werdenen Strecke anzupassen. Sie hatte keine andere Wahl gehabt, sagte sie sich in Gedanken und sah vor ihren Augen die zusammensackende Frau. Sie war sicher, dass Lisi Kirchler sie nicht erkannt hatte. Trotzdem hatte sie Panik ergriffen, nachdem die Frau reglos vor ihr lag.

Sie hatte das Schloss so rasch wie möglich verlassen wollen und hatte sich durch die Maueröffnung gezwängt, über die sie ins Atelier gelangt war. Als Johanna Schnabl den Innenhof betrat, mischte sie sich unter die Besuchergruppe, um nicht von ihr erkannt zu werden. Während sie den Erläuterungen der Führerin lauschte, hatte sie eine Eingebung: Die Kirchler würde, wenn überhaupt, nicht so rasch wieder zu sich kommen. Daher beschloss sie, die verbliebene Zeit bis zum Abend zu nutzen und nach dem Eintrag zu suchen. Unauffällig entfernte sie sich von der Gruppe und ging auf dem Weg über das Verlies zurück ins Atelier.

Es kostete sie keine Überwindung, die Kiste im Beisein der Schwerverletzten zu durchwühlen und die roten Büchlein nach der betreffenden Notiz zu durchforsten. Allerdings ohne Erfolg. Schließlich entschied sie sich dafür, in Lisis Büro nachzusehen. Da das Fest zu diesem Zeitpunkt bereits in vollem Gang war, gelangte sie unauffällig zu diesem Raum, der wie vermutet nicht abgeschlossen war.

Ein weiterer Fehlschlag erwartete sie. Es lagen zwar alle möglichen Unterlagen auf Lisis Schreibtisch, doch von dem Büchlein oder wenigstens einem herausgerissenen Stück Papier mit dem gesuchten Eintrag gab es keine Spur.

Lisis Wohnung fiel ihr ein. Sie schien ihr der letzte mögliche Ort zu sein, an dem das Schlossfräulein das Fundstück verwahrt haben konnte. Sie verließ das Büro und beschloss, sich dort Zugang zu verschaffen. Als sie den zu dem Zeitpunkt menschenleeren Schlosshof betreten hatte, bemerkte sie, dass sie ihre Maske auf Lisis Schreibtisch vergessen hatte. Da sie nicht riskieren wollte, dass das Utensil gefunden wurde, ging sie zurück. Auf dem Weg durch den Hof fielen ihr auf einmal Leute auf. Es gelang ihr, sich ihnen nicht zu zeigen und im Dunkel der hereinbrechenden Nacht unbemerkt bis zum Tor zu kommen. In ihrem Rücken vernahm sie die helle Stimme eines Kindes, das sie für einen Zauberer hielt. Sie schenkte dem Gesagten keine Aufmerksamkeit und erreichte ihren Wagen. Während sie wegfuhr, bemerkte sie das Eintreffen der Einsatzfahrzeuge. Lisi Kirchler war demnach gefunden worden. Unter diesen Umständen hatte sie es nicht gewagt, zur Wohnung des Schlossfräuleins zu fahren und dort nach dem begehrten Objekt Ausschau zu halten. Der Gefahr, dass die Polizei auftauchen und sie auf frischer Tat ertappen würde, wollte sie sich nicht aussetzen. Stattdessen hatte ein anderer Plan in ihrem Kopf Gestalt angenommen. Erneut drosselte sie die Geschwindigkeit, um die Abzweigung nicht zu versäumen, die sie ans Ziel ihrer Fahrt führte.

*

Lenz Hofer konzentrierte sich auf die Rücklichter des Geländefahrzeugs vor ihm und verlangsamte. Bisher hatte er keine Sorge gehabt, dass der Verfolgte ihn bemerkte, da die Strecke in beide Richtungen gut frequentiert gewesen war. Nachdem sie Tiers passiert hatten, hatte der Verkehr deutlich nachgelassen. Nur wenige Fahrzeuge waren unterwegs. Er musste darauf achten, ausreichend Abstand zu halten.

Zum wiederholten Mal fragte er sich, wohin der Gaukler fuhr. Lenz hatte damit gerechnet, dass er aus einer der nahe gelegenen Ortschaften stammte und die Fahrt nach kurzer Zeit ein Ende haben würde. Nun hatten sie nahezu sämtliche Ansiedlungen hinter sich gelassen. So weit er sich erinnerte, gab es nur noch ein oder zwei Weiler, bevor die Straße in mehreren Kehren durch den Wald zur Passhöhe am Fuß des Rosengartens führte.

Eine Hinweistafel tauchte auf: ›Weißlahnbad‹. Es war jene Gemeindefraktion, in der sich das Naturparkhaus und die Steger Säge befanden, wo er und Jenny Konrad Saltners Leiche entdeckt hatten. Dieser Fall war geklärt, doch ganz offensichtlich trieb sich weiterhin jemand herum, der nicht davor zurückschreckte, Leute mit Gewalt aus dem Weg zu räumen. Der Gedanke daran gefiel ihm nicht, und es wurde ihm bewusst, dass die Gefahr für ihn desto größer wurde, je weiter er sich in unbewohntes Gebiet vorwagte.

Immerhin, redete er sich ein, bestand die Chance, dass der Wagen vor ihm nach Weißlahnbad abbog. Lenz beschloss die Verfolgung abzubrechen, kehrtzumachen und Aldo Klotz zu informieren. Er hatte die Wagennummer des Fahrzeugs vor ihm bisher nicht ausmachen können, aber ein Hinweis auf dessen vermutlichen Wohnort sollte ausreichen, um die Polizei auf die richtige Spur zu bringen.

Sie hatten Weißlahnbad hinter sich gelassen. Das Dorf am Eingang zum Tschamintal war nicht das Ziel des vor ihm Fahrenden. Sie passierten St. Zyprian, von wo aus die Straße in mehreren Kehren stetig bergauf führte. Lenz ließ sich zurückfallen, um nicht gesehen zu werden. Unschlüssig, ob er weiterfahren sollte, griff er zum Handy und rief Jenny an. Sie meldete sich augenblicklich.

»Wo bist du?«, fragte sie ungehalten.

Er erklärte es ihr und bat sie, den Kommissar bezüglich der weiteren Vorgehensweise zu Rate zu ziehen.

»Der befragt gerade die Schlossbesucher, ob jemand etwas gesehen hat«, beschied sie ihm und fügte sorgenvoll hinzu. »Die Lisi haben sie abtransportiert. Sie wissen nicht, ob sie durchkommt. Wer immer das getan hat, ist gefährlich. Dreh um und komm zurück!«

Er gab Jenny recht. »Bin bald da«, versprach er und hielt nach einer Ausweichstelle Ausschau, an der er wenden konnte. Im selben Moment bemerkte er, dass die Rücklichter des Fahrzeugs vor ihm nicht mehr zu sehen waren. Etwas anderes fiel ihm auf, das ihn dazu veranlasste, seine Absicht zu ändern.

NEUNZEHN

Verärgert versenkte Jenny Sommer das Smartphone in ihrer Handtasche. Sie war keineswegs über Lenz' Vorhaben erfreut und hatte ihn beschworen, umzukehren.

»Ich muss rausfinden, wer sich hinter der Verkleidung verbirgt. Er wird mich nicht bemerken«, hatte Lenz sie beschwichtigt, ihr das vermutliche Ziel des Verfolgten genannt und ihr aufgetragen, Klotz zu bitten, einen Einsatzwagen zu schicken. Mit gemischten Gefühlen strebte Jenny auf den Kommissar zu. Am liebsten hätte sie Lenz sich selbst überlassen. Die Angst, dass ihm etwas zustößen könnte, überwog.

Sie fand Klotz im Gespräch mit Carabiniere Conestabile, dessen Bekanntschaft sie auf Paul Traminers Jagdhütte gemacht hatte. Ohne Umschweife trat sie auf die Beamten zu und berichtete, was sie von Lenz wusste und wo er sich befand.

»Der Herr Hofer hat einen Gaukler gesehen und verfolgt ihn«, wiederholte Klotz bedächtig. »Und wir«, brauste er unvermittelt auf, »sollen hier alles stehen und liegen lassen und mit Blaulicht hinterherjagen.«

Jenny wollte ihm zustimmen. Das unwillige Kopfschütteln des Ermittlers hielt sie davon ab. »Er könnte in Gefahr sein«, sagte sie kleinlaut – und mit etwas mehr Selbstvertrauen: »Und uns zu dem führen, der die Frau Kirchler überfallen hat.«

»Einer der Festgäste hat etwas von einem Gaukler berichtet, der ihm aufgefallen ist«, schaltete Conestabile sich ein. »Der Vater des kleinen Mädchens …«

»Vivian hat ihn zuerst gesehen und für einen Zauberer

gehalten«, unterbrach Jürgen, der zu ihnen getreten war. »Ich habe das Kostüm natürlich sofort erkannt. So wie der sich davongeschlichen hat, hat er bestimmt was aufm Kerbholz. Sonst fress ich 'nen Besen.«

Aldo Klotz machte ein Gesicht, als würde er Jürgen genau das am liebsten empfehlen. Einer der Spurensicherer, die inzwischen eingetroffen waren, hielt ihn davon ab, indem er ihn bat, ins Atelier zu kommen. Der Kommissar leistete der Aufforderung nicht sofort Folge.

»Richten S' dem Herrn Hofer von mir aus, er soll die Verbrecherjagd bleiben lassen und umkehren«, sagte er in strengem Ton zu Jenny, bevor er sich der für ihn vordringlicheren Aufgabe zuwandte.

Enttäuscht blickte Jenny ihm hinterher. Sie sah sich nach Conestabile um. Auch er widmete sich inzwischen einer anderen Beschäftigung und nahm gemeinsam mit einem Kollegen die Personalien der Anwesenden auf, bevor diese einer nach dem anderen das Schloss verließen.

Jenny überlegte, was sie als Nächstes tun sollte. Sie bezweifelte, dass Lenz sich von seinem Plan abbringen lassen würde.

»Brauchen Se vielleicht 'ne Fahrgelegenheit?« Jürgen, der weiterhin neben ihr stand, sah erwartungsvoll auf sie herab. Unschlüssig blickte sie sich im Schlosshof um, der sich bis auf die Einsatzkräfte geleert hatte. Johanna war mit ins Krankenhaus gefahren. Paul Traminer hatte, von seinem unfreiwilligen Aufenthalt im Kloster zurückgekehrt, von vornherein auf eine Teilnahme an dem Fest verzichtet. Jenny und der Bielefelder waren die letzten verbliebenen Besucher.

»Warten Ihre Frau und Ihre Tochter im Wagen?«, stellte sie eine Gegenfrage.

»Nee, die sind weg. Bekannte aus unserer Pension haben sie mitgenommen.«

Was machte er dann noch hier?, fragte Jenny sich.

»Ich wollte noch abwarten, bis alles erledigt ist«, beantwortete er Jennys ungestellte Frage. »Berufskrankheit«, merkte er mit einem Augenzwinkern an.

Jenny war verblüfft. Was meinte er damit?

»Ich arbeite im Katastrophenschutz«, ließ er sie wissen, offenbar in dem Glauben, damit die Erklärung für sein Ausharren geliefert zu haben.

Welche Katastrophe?, dachte Jenny zerstreut, befand allerdings im nächsten Moment, dass es exakt darum ging, eine solche zu verhindern.

»Mein Freund …«, begann sie unsicher.

»Verfolgt den mutmaßlichen Täter«, fiel er ihr ins Wort. »Sie wollen nicht, dass er Schaden erleidet.«

Jenny nickte. Was immer man von Jürgens zackiger Art halten mochte, er hatte ein Talent, die Dinge auf den Punkt zu bringen.

»Na denn, kommen Se mal mit.«

Ohne ihre Antwort abzuwarten, schritt er zum Burgtor. Jenny folgte ihm. Sie hatte zwar nach wie vor keine genaue Vorstellung von Jürgens Profession, gewann allerdings zunehmend den Eindruck, dass er sich im Umgang mit schwierigen Situationen auskannte. Hatte er etwas mit Hochwasserprävention zu tun? Jenny befand, dass dies einerlei war. Die Polizei hatte sie im Stich gelassen. Daher baute sie ungeniert auf jemanden, dessen Metier es war, das Schlimmste abzuwehren.

*

Lenz Hofer schaltete den Motor ab. Durch die Windschutzscheibe von Johannas Wagen betrachtete er die Umgebung.

Die Baumriesen, in deren Schutz er das Fahrzeug bis hierher gelenkt hatte, waren einer Almwiese gewichen, auf die sich das helle Mondlicht ergoss. Hinter der nächsten Hügelkuppe befand sich die Rosengartenhütte.

Beinahe wäre er auf der Hauptstraße an der Abzweigung vorbeigefahren, nachdem er den vor ihm fahrenden Wagen nirgends mehr hatte entdecken können. Aufgrund der geöffneten Schranken des Forstweges hatte Lenz vermutet, dass der Gaukler diesen Weg genommen haben musste. Er überlegte, wer im Besitz eines Schlüssels für die Schranken hier heroben sein konnte. Florian Saltner fiel ihm ein. Doch der lag im Krankenhaus. Zudem hätte er vermutlich hinter sich abgeschlossen. Der Gaukler legte offensichtlich keinen Wert darauf. Das konnte nur bedeuten, dass er rasch zur Hütte und wieder zurückwollte. Was hatte er vor? Im Vertrauen darauf, dass die Polizei, alarmiert durch Jenny, rechtzeitig eintreffen würde, hatte Lenz sich dazu entschieden, die Verfolgung fortzusetzen.

Beim Anblick des freiliegenden Geländes vor ihm überkam ihn erneut ein mulmiges Gefühl. Mit einem Mal bezweifelte er, dass es eine gute Idee gewesen war, auf Verbrecherjagd zu gehen. Genau das hatten Jenny und er diesmal vermeiden wollen.

Das Bild des hilflos am Boden liegenden Schlossfräuleins beseitigte seine Bedenken. Derjenige, der das getan hatte, war ein gemeiner Schurke, dem es galt, das Handwerk zu legen. Lenz würde seinen Teil dazu beitragen und zugleich darauf achten, sich nicht unnötiger Gefahr auszusetzen. Er verzichtete darauf, den Motor erneut zu starten. Stattdessen lockerte er die Handbremse, entstieg dem Pkw und schob ihn auf die Wiese.

Nachdem er sichergestellt hatte, dass der Wagen kein nachkommendes Fahrzeug blockieren würde, machte Lenz sich zu Fuß auf den Weg zur Gastwirtschaft. Das Fehlen jeglichen Motorengeräusches gab ihm die Gewissheit, dass der heimlich Verfolgte sein Ziel erreicht hatte.

Lenz war beinahe am höchsten Punkt der Anhöhe angelangt. Vorsichtig ging er in die Knie und legte sich flach auf das Gras. Er robbte ein kleines Stück aufwärts, bis er einen freien Blick auf die Almhütte und den nahe gelegenen Stall hatte.

Unweit des Grundstücks stand ein Fahrzeug. Der Größe und dem Umriss nach handelte es sich um den Geländewagen, dem er gefolgt war. Von dessen Lenker fehlte jede Spur.

Auf allen vieren kroch Lenz den Hügel hinunter. Jemand kam aus der Hütte. Erneut legte Lenz sich flach auf die Erde und drückte das Gesicht auf den Untergrund. Der Duft von frisch gemähtem Gras stieg ihm in die Nase. Er wagte es, den Kopf ein wenig zu heben. Die Gestalt war verschwunden. Hatte es sich dabei um den Gaukler gehandelt?

Der Eindruck, den Lenz erhascht hatte, war zu flüchtig gewesen, um diese Frage zu beantworten. Ihn überkam das Verlangen, einfach liegen zu bleiben und zu warten, bis die Person wieder auftauchen würde. Er war sich allerdings dessen bewusst, dass er nicht unsichtbar war und man ihn im Mondlicht gut erkennen konnte.

Vorsichtig hielt er nach einem Versteck Ausschau, das ihm vorübergehend Schutz bieten sollte. Der Geländewagen stand wenige Meter von ihm entfernt. Ein Stück dahinter befanden sich der Gastgarten und die Hütte. Links daneben lagen die Käserei und der Stall, an den sich das Ziegengehege anschloss.

Von dort vernahm er ein Meckern. Er konnte die schemenhaften Leiber einiger Tiere ausmachen, die sich eng an die Außenmauer ihrer Herberge drängten. Aus dem Inneren kam schwacher Lichtschein.

Es war finster und ging auf elf Uhr abends zu. Lenz hatte gedacht, dass die Geißen um die Zeit schliefen – ob nun im Freien oder im Stall, vermochte er nicht zu sagen, dazu kannte er sich zu wenig mit der Materie aus. Dass die Tiere wach und darüber hinaus höchst aktiv waren, fand er äußerst ungewöhnlich. War es etwa doch Florian, den er zum Stall hatte gehen sehen, und die Vierbeiner waren angetrabt, um ihn zu begrüßen?

Lenz hatte allerdings nach wie vor keine Erklärung, warum die Tiere sich vor und nicht im Stall aufhielten. Er wusste noch, dass das Gebäude zwei Zugänge hatte: Einen, der am Weg lag, und einen zweiten, der zum Gehege führte, von wo die Ziegen direkt in die Unterkunft gelangen konnten. Dass sie davon nicht Gebrauch machten, kam Lenz eigenartig vor.

Das Meckern nahm an Intensität zu, heftiges Glöckchenläuten mischte sich darunter. Beides hatte nichts gemein mit dem fröhlichen Begrüßungsritual, dessen Zeuge Lenz Stunden zuvor geworden war. Irgendetwas schien die Herde zu beunruhigen.

Erneut nahm Lenz den Lichtschein wahr, der durch die kleine Öffnung direkt unter dem Dach zu ihm drang. Sie diente der Luftzufuhr und hatte vermutlich ein Pendant an der gegenüberliegenden Mauer. Er gewahrte, dass das Leuchten heller war als wenige Minuten zuvor. Wenn ihn sein Eindruck nicht trog, musste jemand im Stall sein und einen Schalter betätigt haben. Lenz bezweifelte, dass es eine Zeituhr gab. Welchen Sinn hätte es haben können, die Wattzahl nachts zu erhöhen?

Weitherhin auf Deckung bedacht, hob er den Kopf geringfügig an und rückte seine Brille zurecht. Er nahm einen Geruch wahr. Es handelte sich jedoch nicht um den erdigen Landduft, den er zuvor eingeatmet hatte. Dennoch schien ihm die neue, leicht verkohlte Note vertraut.

Ungeachtet der Gefahr, entdeckt zu werden, stand Lenz auf. Was er roch, war verbranntes Heu. So rasch es ihm seine etwas steif gewordenen Gieder erlaubten, rannte er zum Stall. Er drückte die Klinke, die Tür öffnete sich und gab den Blick ins Innere frei. Der Ausgang, der zum Gehege führte, war mit einem Keil verriegelt. Ein paar Ziegen standen davor und hielten ein klagendes Zwiegespräch, das sie jäh beendeten. Sie wandten ihre Köpfe. Unter lautem Gebimmel stürmten sie an Lenz vorbei ins Freie.

Er löste sich von der Schwelle und trat ein. Hinter einer brusthohen, steingemauerten Wand, die den rechteckigen Raum der Länge nach zu zwei Dritteln durchzog, stand Ilona. In der Hand hielt sie den Umhang des Gauklers.

*

Sie rochen das Feuer, bevor sie es sehen konnten. »Es brennt«, erklärte Jürgen lapidar und lief die Anhöhe empor. Jenny hastete hinterdrein.

Der Bielefelder hatte das Letzte aus seinem Audi herausgeholt, um gemeinsam mit Jenny das von Lenz angegebene Ziel, die Rosengartenhütte, zu erreichen. »Da vorne ist das Auto von Johanna«, hatte Jenny ausgerufen, kaum dass sie den Wagen gesehen hatte. Jürgen hatte sein Fahrzeug auf die Wiese gelenkt und geparkt. Nachdem sie sich davon überzeugt hatten, dass Lenz sich nicht in dem Pkw befand, waren sie in Richtung der Alm gegangen und hatten den Geruch wahrgenommen.

Sie erreichten die Kuppe. Die Gastwirtschaft und die

daneben liegende Käserei schienen unversehrt. Aus dem Stall hingegen züngelten bereits die Flammen. Es konnte nicht mehr lange dauern, bis sie das Dach erreicht hatten.

Jürgen nahm sein Handy aus der Hosentasche. »Brand auf der Rosengartenhütte«, meldete er und sprach weiter. Jenny hörte nur mit halbem Ohr hin. Wo war Lenz?, fragte sie sich und machte Anstalten, die Böschung hinunterzulaufen. Mit ausgestrecktem Arm hinderte Jürgen sie daran.

»Bleiben Sie hier. Gleich gibt's ein Feuerwerk«, verkündete er. »Das darf wohl nicht wahr sein«, stieß er daraufhin hervor und hetzte los. Seine Sorge galt offensichtlich einer Gestalt, die mit einem Gartenschlauch hantierte. Da die Person in Lederhosen steckte, dachte Jenny im ersten Moment, es sei Lenz. Sie erkannte ihren Irrtum. Es handelte sich um Ilona. Jenny schlug Jürgens Aufforderung in den Wind und folgte ihm zu dem brennenden Gebäude.

»Gehen Se weg da«, rief Jürgen Ilona zu. Sie drehte sich aber nur kurz um und richtete weiter den dünnen Strahl des unzulänglichen Löschwerkzeuges auf die Flammen. Jürgen packte sie von hinten und riss sie weg.

Er hatte gut daran getan, denn das Feuer hatte das Dach erreicht, Funken stoben in den Nachthimmel. Ilona machte Anstalten, sich gegen die rüde Behandlung zu wehren, kapitulierte jedoch und ließ sich von Jürgen aus der Gefahrenzone bringen. Er holte den am Boden liegenden Schlauch, der an einen Holzbrunnen angeschlossen war, ein und drückte Ilona das Gerät in die Hand. »Wässern Se lieber die Hütte, damit der Brand nicht übergreift.« Suchend sah er sich um. »Wo gibt's einen Feuerlöscher?«

Die Ungarin musterte ihn irritiert. »In der Käserei«, antwortete sie mit belegter Stimme. Nach kurzem Zögern griff sie in ihre Hosentasche und förderte einen Bund zutage, an dem verschiedene Schlüssel hingen. Sie deutete auf einen. »Der hier ist es«, sagte sie und drückte ihn Jürgen in die Hand, der losrannte, während sie weiter die Almhütte besprenkelte.

Der Bielefelder hatte das Gesuchte gefunden. Bewaffnet mit dem Handgerät baute er sich vor der Käseerzeugung auf und überzog das flache Dach mit einem Schaumteppich. »Das sollte das Feuerchen im Zaum halten, bis Verstärkung kommt«, meinte er zuversichtlich.

Jenny plagten allerdings ganz andere Sorgen. Sie konnte Lenz nirgends entdecken. »Haben Sie den Herrn Hofer gesehen?«, fragte sie Ilona. Die Ungarin sagte etwas. Die Antwort wurde jedoch von der Sirene des Löschfahrzeugs übertönt. Jürgen eilte auf die Männer zu und wies zum Stall. »Da lang«, sagte er überflüssigerweise. Einer der Feuerwehrleute gab Kommandos. Die Löscharbeiten begannen.

Ein Polizeiauto traf ein. Ihm entstiegen Aldo Klotz sowie zwei Carabinieri, den einen erkannte Jenny als Dante Conestabile. Ohne sich Gedanken darüber zu machen, was die Beamten schließlich dazu bewogen hatte, hierher zu kommen, eilte sie ihnen entgegen. »Lenz«, stieß sie hervor. »Ich kann ihn nirgends finden.«

Ilona, die Jenny gefolgt war, wiederholte: »Er ist ins Haus gegangen, um die Feuerwehr anzurufen.«

»Ich habe die Leute verständigt. Die wussten von nichts.« Jürgen hatte sich zu ihnen gesellt.

Ilona zuckte die Schultern. »Ich habe mich schon gefragt, was er so lange drinnen macht.«

Die Tür der Hütte ging auf. Die Umrisse einer Gestalt wurden sichtbar. Sie hielt sich am Rahmen fest und schien zu schwanken. »Lenz!«, rief Jenny aus und wollte losstürmen. Der Kommissar hielt sie zurück.

»Bleiben S' stehn«, wies er sie an und bedeutete den Carabinieri, ihm zu folgen. Sie gingen auf Lenz zu, der verwirrt dreinschaute und den Beamten zögerlich entgegenkam.

»Drinnen ist einer. Er wollt ein Feuer legen. Ich glaub, ich hab ihn ordentlich eins draufgegeben. Aber seien S' vorsichtig …« Er schwankte erneut.

Klotz packte ihn am Arm. »Bringen S' den Mann zum Wagen. Die Rettung ist unterwegs und müsste demnächst hier sein. Der Arzt soll ihn untersuchen.«

»Wir gehen rein«, sagte er zu Conestabile. Bevor Klotz losgehen konnte, legte Jürgen ihm die Hand auf die Schulter. »Hab was von 'nem Feuer gehört. Da komm ich mal mit«, schnodderte er und schwenkte das Löschgerät, das er weiterhin in der Hand hielt.

Klotz blickte ihn konsterniert an. Der Deutsche ließ sich nicht beirren.

»Jürgen Kraft, Brandmeister, Feuerwehr Bielefeld«, rasselte er herunter.

»Meinetwegen«, brummte der Kommissar und marschierte auf das Almgasthaus zu.

Jenny begleitete Lenz und den Polizisten zum Pkw mit dem Wappen der Carabinieri. Ihr Freund wirkte benommen und griff sich wiederholt mit der Hand an den Hinterkopf.

»Seh ich Feuer im Stall und bin hinein«, berichtete er, wobei er in den ihm eigenen Wortrap verfiel. »Drinnen steht die Ilona und hat das Gauklerkostüm in der Hand. Denk ich mir, sie will's verbrennen. Seh ich, dass sie versucht, die Flammen zu ersticken.«

Lenz schüttelte den Kopf, hielt jedoch jäh inne und verzog sein Gesicht, als verspüre er Schmerzen.

»So, wir sind beim Wagen. Da können Sie sich reinsetzen«, sagte der Beamte fürsorglich und öffnete die Autotür.

»Ich bleib lieber an der frischen Luft.« Lenz schlug die Einladung in vollendeter Grammatik aus und lehnte sich mit dem Rücken an das Fahrzeug. Jenny stellte sich neben ihn auf die Zehenspitzen und strich ihm vorsichtig übers Haar. Sie ertastete eine Beule und zog rasch die Hand weg.

»Geht schon. Ist nichts passiert«, beschwichtigte Lenz sie und sprach weiter: »Ich hab der Ilona klargemacht, dass sie den Brand nicht mit dem bisschen Stoff löschen kann. Wir sind aus dem Stall raus. Ich wollte die Feuerwehr rufen, hatte aber mein Handy im Auto gelassen. Die Ilona hat mich zum Telefonieren ins Haus geschickt.«

»Warum ist sie nicht selbst gegangen? Was hat sie um die Zeit im Stall zu tun gehabt? Wer hat das Feuer gelegt?« Jenny biss sich auf die Lippen. So viele Fragen sprudelten aus hier heraus, ohne dass sie auf Lenz' angeschlagenen Zustand Rücksicht nahm. »Tut mit leid. Warten wir lieber, bis der Arzt kommt«, sagte sie zerknirscht.

Lenz zog sie näher an sich heran und sprach weiter: »Die Ilona sagt, dass die Ziegen sie geweckt haben. Sie ist in den Stall, um nachzusehen, und wurde dort vom Feuer überrascht. Sie vermutet, jemand hat eine brennende Zigarette ins Heu geworfen.« Lenz unterbrach sich. »Glaub ich, setz ich mich doch lieber«, sagte er und ließ sich auf die Wiese gleiten, bevor er fortfuhr: »Die Ilona hat gemeint, sie kennt sich mit dem Schlauch besser aus. Daher bin ich in die Hütte gegangen.«

»Da hat ihnen jemand eins übergebraten«, warf der Beamte ein.

Lenz bejahte. »Ich bin zur Schank, wo das Telefon steht. Auf einmal merke ich, dass sich jemand von hinten nähert. Ich will mich umdrehen, aber es war zu spät. Das Nächste, woran ich mich erinnern kann, ist, dass ich zu mir kam und mir der Schädel brummte. Der, der mich niedergeschlagen hat, war gerade dabei, ein Feuer zu legen. Er hat ein paar Decken auf den Boden geworfen und sie mit Benzin übergossen. Keine Ahnung, wo er das herhatte …« Erneut legte er eine Pause ein. Abrupt wechselte er das Thema: »Frag ich mich, was die da drin so lange machen.«

Jenny stimmte ihm zu. Wo blieben Klotz und seine Begleiter? Obwohl sie sich über deren Ausbleiben wunderte, war es ihr wichtiger, zu erfahren, was passiert war, nachdem Lenz den Brandstifter entdeckt hatte.

»Er hat nicht gemerkt, dass ich munter geworden bin, so vertieft war er. Ich hab mich unauffällig umgeschaut. Seh ich eine Bratpfanne neben mir liegen. Die hat er mir vermutlich über den Schädel gezogen.«

Jenny unterdrückte einen Schreckenslaut, indem sie sich die Hand vor den Mund hielt.

»Brauchst keine Angst zu haben«, beruhigte Lenz sie. »Mir ist nicht viel passiert. Aber ich hab mir gedacht, was der kann, kann ich auch, und bin mit dem Ding auf ihn los. Er ist zusammengesackt, ich bin raus aus der Hütte.«

Mit wachsender Erregung hatte Jenny ihrem Freund zugehört. Obwohl er es herunterspielte, war sie überzeugt davon, dass er sich in großer Gefahr befunden hatte. Sie wollte sich lieber nicht ausmalen, was passiert wäre, wenn der Übeltäter sein Vorhaben in die Tat umgesetzt und das Feuer gelegt hätte.

»Sie kommen raus«, sagte der Carabiniere. Jenny wandte sich von Lenz ab und blickte zur Hütte. Drei Gestalten näherten sich. Bei der linken handelte es sich um die gedrungene Erscheinung des Kommissars. Ganz rechts überragte die hühnenhafte Figur Conestabiles das Dreiergespann. Zwischen den beiden Beamten befand sich eine Person mittlerer Größe. Ihre Arme waren nur bis zu den Ellenbogen sichtbar, wo Klotz und der Uniformierte sie auf beiden Seiten untergehakt hielten.

»Das ist er«, sagte Lenz und deutete auf den Mann, dessen Hände am Rücken mit Handschellen gefesselt waren und der benommen zwischen seinen Aufpassern einhertorkelte.

Die Männer kamen näher. Das Mondlicht fiel auf das Gesicht des Brandstifters. Jenny kannte es.

»*Er* ist der Gaukler?«, fragte sie ungläubig.

Lenz bejahte. »Er hat mich niedergeschlagen und vorher die Ziegen eingesperrt, indem er ihren Ausgang zum Gehege blockiert hat, den Stadl angezündet und sein Kostüm dort liegen gelassen, damit es wie alles andere verbrennt. Anschließend wollte er die Hütte zerstören.«

Jenny erfasste ein Grauen. Der Täter hätte die Tiere bedenkenlos ersticken lassen, Lenz hatte er wahrscheinlich dasselbe Schicksal zugedacht. Aber warum?

»Alles unter Kontrolle. Gefahr gebannt«, meldete Jürgen, der wieder aufgetaucht war. Jenny hatte ganz auf ihn vergessen. Sie dankte dem Himmel, dass ausgerechnet ein Florianijünger sie begleitet hatte.

Der Täter wurde in das Polizeiauto verfrachtet. »Kommen Sie bitte morgen zu mir ins Turmhotel. Ich brauche Ihre Zeugenaussagen«, wandte Klotz sich an die anwesenden Zivilisten, wobei er den katastophenerprobten Feriengast miteinbezog.

Der Wagen fuhr ab. Jenny, Lenz und Jürgen sowie Ilona, die etwas abseits stand, sahen ihm wortlos nach. Jürgen durchbrach das Schweigen: »Der Sägemeister. Hätt ich echt nicht gedacht. Was der wohl für ein Motiv hatte?«

Darüber konnte sie lediglich rätseln, dachte Jenny. Sie vertraute aber darauf, dass es Aldo Klotz gelingen würde, die Hintergründe in Erfahrung zu bringen.

»Lass uns heimfahren«, sagte Lenz und umschloss ihre Hand mit der seinen.

»Willst du dich nicht untersuchen lassen?« Jenny deutete auf das Rettungsfahrzeug, das auf dieser Reise zu einem vertrauten Anblick geworden war.

Lenz bewegte vorsichtig den Kopf von einer Seite zur anderen. »Ist nicht so schlimm. Unkraut vergeht nicht.«

Das hatte die Tante bereits geweissagt, fiel Jenny ein. Sie hoffte inständig, dass die Prophezeiung auch auf das Schlossfräulein zutraf.

ANFANG SEPTEMBER

ZWANZIG

Peter Bonell hatte gestanden, Lisi Kirchler niedergeschlagen, den Stall in Brand gesteckt und mit der Rosengartenhütte das Gleiche vorgehabt zu haben. Außerdem hatte er zugegeben, dass er die Schuld am Tod von Sylvia Karbon trug.

»Begonnen hat es damit, dass Sylvia das Notizbuch mit Josef Kirchlers Eintrag über die Pachtbestimmungen für die Rosengartenhütte gefunden hat«, berichtete Jenny. Sie und Lenz hatten ihre Aussagen gemacht. Aldo Klotz hatte sie – in Anerkennung ihrer Mitwirkung bei der Ergreifung des Täters, wie der Kommissar es jovial formuliert hatte – in die wesentlichen Punkte von Bonells Geständnis eingeweiht. Nun saßen sie mit Johanna Schnabl und Paul Traminer in der Bauernstube der Pension. Jenny hatte es übernommen, die Wissbegierde der Tante und das nachvollziehbare Interesse ihres Lebensgefährten zu befriedigen.

»Peter Bonell hatte nach seiner Rückkehr in die Heimat mit Sylvia Kontakt aufgenommen. Das innige Verhältnis, das sie in Jugendtagen verbunden hatte, lebte wieder auf. Im Gegensatz zu ihrer damaligen Schwärmerei für Peter sah Sylvia in ihm allerdings lediglich einen guten Freund. Ihrem Verlobten erzählte sie nichts davon, wohl wissend, dass die beiden jungen Männer seit dem Zerwürfnis der Väter nicht mehr miteinander verkehrten. Es war jedoch Sylvias Wunsch, die zwei zu versöhnen. Sie war überzeugt davon, dass die Notiz, die sie gefunden hatte, das richtige Mittel dazu wäre.«

»Was meiner Meinung nach naiv gewesen ist«, wandte Lenz ein.

»Da gebe ich dir recht«, bestätigte Jenny. »In ihrem Eifer, die einstige Harmonie wiederherzustellen, hat Sylvia die Lage falsch eingeschätzt. Anstatt ihren Verlobten zu informieren, hat sie Bonell in ihr Atelier eingeladen und ihm die Notiz gezeigt.«

»Und deshalb musste sie sterben?«, fragte Johanna ungläubig.

»Im Endeffekt, ja«, bestätigte Jenny.

Um die Geduld ihrer Zuhörerin nicht zu sehr zu strapazieren, entschloss sie sich zu einer Kurzversion der Ereignisse. Sylvia, so berichtete sie weiter, hatte Peter gesagt, dass sie Florian von dem Eintrag erzählen und ihn dazu überreden würde, die Hütte aufzugeben und sie den Bonells zu überlassen. Sie selbst hatte kein Interesse daran, mit ihrem zukünftigen Mann dort oben zu leben, und war überzeugt davon, dass sich alles in Wohlgefallen auflösen würde. Allerdings wollte sie erst nach der Eheschließung mit Florian sprechen, weil sie meinte, ab dem Zeitpunkt bessere Chancen für die Durchsetzung ihres Anliegens zu haben.

Peter wollte nicht so lange warten. Er befürchtete, dass Sylvia es sich anders überlegen könnte. Daher beschwor er sie, ihm das Büchl sofort zu überlassen. Zudem sagte er ihr, dass sie seine große Liebe und er nur ihretwegen zurückgekehrt sei. Im Gegensatz zu früher, wo er sich wenig aus Sylvia gemacht hatte, erkannte er nun, welch gute Partie die schöne Tochter wohlhabender Eltern war. Er gönnte sie Florian ebenso wenig wie die Hütte und sah die Chance, mit einem Schlag beides zu bekommen: die Frau und die Pacht.

Sein Interesse, die Almwirtschaft zu betreiben, war ebenso gering wie das von Sylvia. Er rechnete vielmehr damit, eine anständige Entschädigung für all die Jahre des entgangenen Verdienstes zu erhalten. Darüber hinaus sah er eine Möglichkeit, sich an Florian stellvertretend für das, was dessen Vater den Bonells angetan hatte, zu rächen, indem er ihm die Braut abspenstig machte.

»Peter hat den Leuten vorgespielt, dass er den alten Zwist längst vergessen hätte. In Wahrheit gab er aber Konrad Saltner die Schuld daran, dass es seinem Vater gesundheitlich und wirtschaftlich so schlecht ging«, erläuterte Jenny.

»Womit er nicht ganz Unrecht hat«, warf Johanna ein, wies allerdings sogleich darauf hin, dass dies keine Entschuldigung für eine Todsünde sei.

Ohne sich auf eine Diskussion zu diesem Thema einzulassen, sprach Jenny weiter. Sylvia hatte Peters Avancen nicht ernst genommen und ihn bezüglich der Hütte vertröstet. Er fand sich weder mit dem einen noch dem anderen ab. Sein ganzer Hass, den er für Konrad Saltner empfunden hatte, richtete sich gegen den Sohn. Er beschloss, Florian aus dem Weg zu räumen, um bei Sylvia freie Bahn zu haben.

Der Oswald-von-Wolkenstein-Ritt bot ihm dazu Gelegenheit. Peter entsann sich seiner Kenntnisse über aufputschende Substanzen, die er im Laufe seiner Reiterkarriere gewonnen hatte. In der festen Überzeugung, Florian töten oder zumindest schwer verletzen zu können, beschloss er, dessen Hengst zu manipulieren. An das geeignete Mittel heranzukommen, war für den ehemaligen Reitchampion nicht schwierig. Als Gaukler verkleidet verabreichte er Orlando eine Spritze, die ihn zur Raserei brachte. Peter rechnete damit, dass sein Rivale nach dem Tier sehen und von ihm niedergetrampelt werden würde.

»Erwischt hat es stattdessen Sylvia Karbon. Da der Hengst als leicht reizbar galt, wurde auf Unfall befunden und keine genauere Untersuchung durchgeführt. Darauf hat Peter Bonell spekuliert und genau das ist eingetreten, wenn auch seine eigentliche Absicht, Florian zu töten, schiefgegangen ist«, resümierte Jenny und schluckte. Es fiel ihr angesichts der heimtückischen Tat schwer, sachlich zu bleiben.

»Peter Bonell hat seinen Plan, das Notizbuch an sich zu bringen, zunächst aufgegeben«, nahm Lenz den Faden auf. »Er war froh, dass seine Tat unentdeckt geblieben war, und hielt es für riskant, sein Wissen um den Eintrag über die Pachtrechte preiszugeben. Zudem befand er, dass Florian mit dem Tod seiner Braut genug gestraft war.«

Jenny hatte sich wieder gefangen und setzte fort. Es traten zwei Dinge ein: Der Sägebetrieb der Bonells litt unter finanziellen Schwierigkeiten. Peters Verhandlungsgeschick hatte zwar neue Kunden gebracht. Aber um die Aufträge zufriedenstellend abwickeln zu können, hätten die Maschinen einer dringenden Modernisierung bedurft, wofür kein Kapital vorhanden war. Vom Turmwirt erfuhr der junge Bonell, dass Konrad Saltner aus der Rosengartenhütte ein gewinnbringendes Hotel machen wollte. Das war für Peter ausschlaggebend, nach einer Möglichkeit zu suchen, um seine Pachtrechte geltend zu machen und eine möglichst hohe Ablösesumme herauszuschlagen, die er in das Sägewerk investieren wollte.

Er beschloss, das Notizbuch an sich zu bringen. Da er nach dem Gespräch mit Sylvia nichts mehr davon gehört hatte, nahm er an, dass es sich weiterhin im Atelier befand. Nach wie vor scheute er sich, sein Wissen preiszugeben und jemanden nach dem Büchl zu fragen. Daher sann er auf eine Möglichkeit, unbemerkt ins Schloss zu gelangen. Es war nicht einfach, da das Innere nur während der Führungen und damit unter Beobachtung zugänglich war.

Das nahende Schlossfest schien Peter die geeignete Gelegenheit, das Gebäude unauffällig zu betreten, nach dem begehrten Gegenstand zu suchen und Konrad Saltner damit zu der gewünschten Zahlung zu bewegen.

»Den hat es dann aber auch erwischt. Ein Unglück kommt selten allein«, lamentierte Johanna, signalisierte allerdings gleich darauf mit gespannter Miene ihr Interesse an einer Fortsetzung des Berichtes. Jenny kam der unausgesprochenen Bitte nach: Nach Saltners Tod entschied Peter Bonell, sich am Junior schadlos zu halten. Er blieb bei seinem Plan und verschaffte sich am Nachmittag des Festes Zugang zum Schloss. Dabei wandte er den Trick an, den er schon beim Turnier benutzt hatte: Er zog sich das Gauklerkostüm an, wurde für einen der Schausteller gehalten und konnte ungehindert passieren.

»Ich habe ihn gesehen«, warf die Tante ein. »Ist das nicht der Peter?, habe ich mir gedacht. Aber wieso sollte der sich verkleiden …«

»Das wissen wir jetzt«, unterbrach Jenny. »Er hat sich auf diese Weise Zugang zum Atelier verschafft und Lisi, die ihn drinnen überraschte, mit dem Bilderrahmen niedergeschlagen. Während sie schwer verletzt neben ihm lag, hat er in aller Ruhe nach dem betreffenden Notizbuch gesucht.«

Die Tante bekreuzigte sich. »Wenigstens hat es die Lisi überlebt«, murmelte sie. Jenny pflichtete ihr bei. Das Schlossfräulein befand sich weiterhin im Krankenhaus, allerdings außer Lebensgefahr.

Jenny näherte sich dem Schluss ihres Berichtes: »Nachdem Bonell die betreffende Aufzeichnung nicht gefunden hatte, setzte er die Suche in Lisis Büro fort, wieder ohne Erfolg. Im Verlauf des Konzerts schlich er sich hinaus …«

»Und du bist ihm gefolgt, du Tolm«, tadelte Johanna ihren Neffen, da sie über diesen Teil der Ereignisse bereits Bescheid wusste.

»Was gut war, denn ohne mich wäre es Bonell wahrscheinlich gelungen, die Rosengartenhütte niederzubrennen«, konterte Lenz.

Jenny gab ihm recht, wobei sie der Ansicht war, dass weder die Gastwirtschaft noch sonst ein Gebäude auf der Welt das Risiko, in das ihr Freund sich begeben hatte, wert waren.

Es war allerdings, wie sie sich eingestand, ihm zu danken, dass Bonell überführt worden war. Peter war der Drahtzieher hinter den Ereignissen, der doppelgesichtige Dietleib der Sage, auf den Arthur Kammelbach hingeweisen hatte.

Genau betrachtet, hatte Bonell auch beim Tod Saltners eine Rolle gespielt. Denn Florian war erst auf seinen Vater losgegangen, als dieser Sylvia Karbon der Untreue bezichtigt hatte. Das rechtfertigte die Tat des Sohnes nicht. Doch seine Reaktion war darauf zurückzuführen gewesen, dass er einen Teil des Gespräches zwischen Sylvia und Peter belauscht und daraus die falschen Schlüsse gezogen hatte. Der Junior hatte zwar von dem Notizbuch nichts mitbekommen. An Sylvias verschämter Reaktion ihm gegenüber hatte er aber abzulesen vermeint, dass ihre einstige Schwärmerei für Bonell wieder aufgeflammt wäre.

»Hätte sie gleich ihren Verlobten eingeweiht, wäre all das nicht passiert«, meinte Lenz lapidar. Jenny gab ihm bis zu einem gewissen Grad recht, verwehrte sich jedoch dagegen, Sylvia die Schuld zuzuweisen. Denn auch wenn ihr Verhalten ungeschickt gewesen war und sie mit ihrer Heimlichtuerei die Ereignisse ins Rollen gebracht hatte, so gingen die daraus resultierenden Gewaltverbrechen allein zu Lasten der Täter.

Grund für die Brandstiftung, die Peter Bonell zusätzlich auf sein Schuldkonto gehäuft hatte, war sein Wunsch gewesen, Florian Saltner um jeden Preis zu schaden. Nach der Enttäuschung über die vergebliche Suche nach dem Notizbuch hatte Bonell, von Rachegefühlen übermannt, beschlossen, die Almwirtschaft zu zerstören – wobei er es ohne Weiteres in Kauf genommen hätte, wenn Florian bei dem Anschlag umgekommen wäre.

»Er wusste nicht, dass der junge Saltner nicht da war«, mutmaßte die Tante, nachdem Jenny ihren Bericht geendet hatte.

Sie bejahte. »Er hatte keine Ahnung, dass der Hüttenwirt von der Wand gestürzt ist und sich im Spital befand. Das war, wie Florian Saltner versichert hat, ein Unfall.«

Paul Traminer, der bisher schweigend zugehört hatte, schaltete sich ein: »Zem hot er Glick im Unglick ghobt«, konstatierte er. Niemand in der Runde hatte dem etwas hinzuzufügen.

CODA

Hier soll die Erzählung zu Ende sein,
von Dietrich und Dietleib,
von Similde und Laurin,
von Sylvia und Florian
und all den anderen
in diesem Kriminalroman.
Frei nach ›Laurin‹

Es war Abend geworden. Gemeinsam mit Jenny war Lenz der Einladung Florian Saltners gefolgt, der aus dem Krankenhaus entlassen worden war. Sie saßen auf einer der Bänke vor der Rosengartenhütte, um das Schauspiel der *enrosadira*, des Alpenglühens, zu verfolgen. Florian würde sie später mit seinem Wagen zur ›Residenz Schnabl‹ zurückbringen. Er war auf freiem Fuß und nur wegen Körperverletzung angezeigt worden. Aldo Klotz hatte gemeint, dass der Sohn, da ein kausaler Zusammenhang zwischen dem tätlichen Angriff und dem Herzinfarkt des Vaters nicht nachzuweisen wäre, mit einer geringen Strafe davonkommen würde.

Lenz wusste nicht, wie der Junior mit den Selbstvorwürfen, die er sich machte, zu Rande kam. Jenny war jedoch zuversichtlich, dass Ilona ihm dabei helfen würde, mit seinen Schuldgefühlen fertig zu werden. Lenz, der die Entschlossenheit der Ungarin während des Feuers erlebt hatte, glaubte dies gerne. Zurzeit, so wusste er, widmeten sich die beiden mit vollem Einsatz dem Wiederaufbau des abgebrannten Stalles. Florian hatte ihm zudem gesagt, dass er, ungeachtet der Taten Peter Bonells, die Eltern für das begangene Unrecht Konrad Saltners entschädigen wollte. Das war anständig, wiewohl es Luis Bonell und seine Frau nicht darüber hinwegtrösten würde, dass ihr Sohn ein Verbrecher war.

Lenz rückte näher an Jenny heran und legte ihr den Arm um die Schultern. Sein Vorhaben, mit ihr über die gemeinsame Zukunft zu reden, hatte er bisher nicht in die Tat umgesetzt. Das wollte er jetzt nachholen.

»Jenny …«, begann er.

»Schau«, sagte sie und wies auf die Laurinswand. Der schroffe Felsen zeigte sich in einem warmen Licht. Das kalte Blau der Oberfläche war einem goldenen Rot gewichen. König Laurins Rosengarten schimmerte in voller Pracht.

ENDE

REALITÄT & FIKTION

In diesem Kriminalroman durfte ich Sie, verehrte Leserinnen und Leser, an reale und fiktive Schauplätze führen. Für Erkundungstouren habe ich die folgenden Erläuterungen zusammengestellt:

Der Oswald-von-Wolkenstein-Ritt findet seit 1983 in der Regel am letzten Mai-/ersten Juni-Wochenende im Schlerngebiet an den im Kriminalroman beschriebenen Turnierstationen statt.

www.ovwritt.com

Schloss Prösels liegt auf einem Felskopf im Gemeindegebiet von Völs am Schlern und gilt als einer der bedeutendsten Burgenbauten Tirols aus der Zeit Kaiser Maximilians I. Nach häufigem Besitzerwechsel wurde das Schloss 1981 vom ›Kuratorium Schloss Prösels GmbH‹ übernommen und der Öffentlichkeit zugänglich gemacht. Neben Führungen und Ausstellungen bietet Schloss Prösels ein abwechslungsreiches Kulturprogramm.

Wesentlich zum Erhalt des Schlosses trägt die Völser Bevölkerung durch finanzielle Hilfe und ehrenamtliche Tätigkeit bei. Nicht wegzudenken war und ist hier die unentgeltliche Verwaltungsarbeit dreier Frauen aus dem Ort, die liebevoll ›Schlossfräulein‹ bezeichnet werden. Das ›Schlossfräulein‹ meines Romans ist ebenso wie sämtliche Ereignisse in und um Schloss Prösels erfunden. Ich habe mir jedoch erlaubt, den schönen Begriff des ›Schlossfräulein‹ auszuleihen.

www.schloss-proesels.it

Der Rosengarten ist ein Gebirgsstock östlich von Bozen. Er ist berühmt für das Alpenglühen, das die Felsen bei Sonnenuntergang in ein rot-goldenes Licht taucht. Der Name stammt vermutlich von dem alten Wortstamm ›ruza‹, der ›Geröll‹ bedeutet. Eine romantischere Erklärung bildet die Sage von König Laurins Rosengarten, einem Blumenhain, den sein Besitzer durch einen Fluch in Stein verwandelt hat. Die Erzählung ist in Form einer Volkssage und als mittelalterliches Heldenepos in mindestens 18 verschiedenen Variationen überliefert. Eine der höchsten Erhebungen des Rosengarten ist mit 2.813 Meter die Laurinswand, ein senkrecht aufsteigendes Felsmassiv.

Die ›Rosengartenhütte‹ dieses Kriminalromans ist fiktiv und nicht ident mit gleich- oder ähnlich lautenden Hütten in dieser oder einer anderen Gegend. Real dagegen ist die Brettljause, die Jenny und Lenz auf der Hütte zu sich nehmen. Ich habe sie z. B. auf der ›Hanicker Schwaige‹, einer Almwirtschaft im Rosengartengebiet, genossen. Jausenteller – bestehend aus heimischen Produkten wie Speck, Wurst, Käse und dem traditionellen Schüttelbrot – gibt es auf vielen Almhütten im Naturpark Schlern-Rosengarten sowie in ganz Südtirol.

Naturparkhaus Schlern-Rosengarten: Das Informationszentrum befindet sich im Gebäude der historischen Steger Säge am Eingang des Tschamintales. Das Naturparkhaus bietet in einem Schauraum einen Überblick über die Flora, Fauna und Wanderwege des Gebietes. Erhalten sind die ehemalige Wohnung des Sägemeisters und die ›Venezianer Säge‹, deren Funktionsweise im Zuge von Vorführungen demonstriert wird. Geöffnet: Mitte Juni bis Ende September.

www.provinz.bz.it/naturparke

Der Geologensteig führt von Bad Ratzes bei Seis am Schlern zu dem auf der Seiser Alm gelegenen Schlernboden. Die Wanderung ermöglicht es, auf zehn Stationen in 280 Millionen Jahre Erdgeschichte einzutauchen und die Entstehung der Dolomiten gesteinsnah zu erleben.
www.seiseralm.it

Der Laurin-Brunnen in Bozen wurde 1905 der Provinzhauptstadt vom Kurverein gewidmet. Das ursprünglich aus touristischen Überlegungen errichtete Denkmal erhielt im Zuge des Faschismus in Italien eine politische Bedeutung, wurde zerstört und wieder aufgebaut. Das Monument befindet sich heute im Bozner Regierungsviertel am Silvius-Magnago-Platz.

Das Parkhotel Laurin in Bozen wurde 1910 errichtet und ist eines der frühen Zeugnisse der touristischen Vermarktung des Zwergenkönigs. Der prachtvolle Jugendstilbau und die schicke Laurin Bar sind einen Besuch wert. In einem unscheinbaren Kästchen an einer der Säulen in der Bar befindet sich das ›MonocoLaurin‹, eine kleine schwarze Röhre, mit der die Laurin-Fresken detailgenau betrachtet werden können.
www.laurin.it

Das Turmhotel in meiner Geschichte ist fiktiv und nicht ident mit dem Hotel Turm in Völs am Schlern. Ungeachtet dessen empfehle ich Ihnen, das historische Haus mit seinem Turm aus dem 13. Jahrhundert, seiner schönen Sonnenterrasse und seiner gemütlichen Gaststube zu besuchen.
www.hotelturm.it

Die Bar Café Flora in Völs am Schlern bietet, wie in meinem Krimi beschrieben, herrliche Torten und andere Köstlichkeiten.

http://www.sentres.com/de/voels-am-schlern/bar-cafe-flora

Pufels: Die kleine Ortschaft gehört administrativ zur Gemeinde Kastelruth, geografisch zu dem in Gröden gelegenen St. Ulrich und damit zum ladinischen Kulturkreis. Vom Dorf aus führt ein Wandersteig auf den auf der Seiser Alm gelegenen Puflatsch. Berühmt ist der Ort für sein ›Rosarium‹, einen terassenförmigen Garten mit 6.000 Rosen aus 150 verschiedenen Sorten.

Das Augustiner Chorherrenstift Neustift bei Brixen ist eine höchst sehenswerte Klosteranlage, besonders beeindruckend ist die Stiftsbibliothek mit ihrem prachtvollen Rokokosaal.

www.kloser-neustift.it

Südtiroler Krapfen gibt es in vielen unterschiedlichen Variationen. Das von meiner Krimifigur Johanna Schnabl verwendete Rezept habe ich der Website ›Roter Hahn‹, eine Plattform bäuerlicher Schankbetriebe in Südtirol, entnommen.

www.roterhahn.it

Die dialektalen Passagen dieses Krimis sind der Südtiroler Mundart nachempfunden. Wie bei den meisten Dialekten gibt es auch in Südtirol unterschiedliche lokale Varianten und Schreibweisen. Wer sich näher damit beschäftigen will, dem empfehle ich das ›Lexikon Südtirolerisch-Deutsch‹ von Hanspeter Demetz (3., erweiterte Auflage, Bozen 2008) sowie die Plattform www.oschpele.ritten.org.

Viele der verwendeten Eigennamen sind typisch für die Gegend, in der dieser Roman spielt. Namensgleichheiten mit lebenden oder toten Personen sind dennoch nicht beabsichtigt und rein zufällig. Ebenso sind mit Inhabern öffentlicher Ämter wie Bürgermeister, Landeshauptmann o. ä. in meinem Roman zu keiner Zeit reale Personen gemeint.

In Südtirol hat es umstrittene Genehmigungen für den Bau von Zufahrtsstraßen zu Almen gegeben. Die Aus- und Umbauvorhaben dieser Geschichte sind jedoch frei erfunden. Mir ist darüber hinaus nicht bekannt, dass derzeit im Gebiet Schlern-Rosengarten diesbezügliche Pläne gewälzt werden. Und wenn doch, möge dieser Kriminalroman den Betreibern eine Warnung sein.

QUELLEN

Dolomiten. Unesco Welterbe. Provincia di Belluno, Autonome Provinz-Bozen Südtirol, Provincia di Pordenone, Provincia autonoma di Trento, Provincia di Udine, Regione Autonoma Friuli Venezia Guilia, Regione del Veneto. Alcione-Trient 2010.

Klaus Zatloukal (Hrsg.): 5. Pöchlarner Heldenliedgespräch. Aventiure – Märchenhafte Dietrichepik. Wien 2000 (= Philologica Germanica 22). Darin insbes.: Uta Störmer-Caysa: Kleine Riesen und große Zwerge? Ecke, Laurin und der literarische Diskurs über kurz oder lang. S 157 ff.

Joachim Heinzle: Einführung in die mitelhochdeutsche Dietrichepik. Berlin New York 1999 (De-Gruyter Studienbuch).

Elisabeth Lienert, Sonja Kerth, Esther Vollmer-Eicken (Hrsg.): Laurin. Teilband I. Berlin New York 2011 (= Texte Und Studien Zur Mittelhochdeutschen Heldenepik 6)

Karl Felix Wolff: König Laurin und sein Rosengarten. Höfische Märe aus den Dolomiten. Bozen, 13. Aufl 1999.

Ulrich Müller: Wie entsteht (möglicherweise) ein Heldenepos? Vom Bed-trick, von Verrat, Mord und Rache. Das ›Liet von Rosamunda‹. In: Studia Niemcoznawcze. Warschau 2011.

DANKSAGUNG

Ich danke
Helmut Bärtl, Vereinigung Kriminaldienst Österreich (VKÖ);
Elena Scherschneva-Koller, Pferdekennerin;
Richard, Marianne und Caroline für gemeinsame Wanderungen im Naturpark Schlern-Rosengarten;
dem netten Ziegenbauern aus eben diesem Gebiet, der mir viel über seine Tiere erzählt hat;
sowie meinem Partner Torsten.

Weitere Krimis finden Sie auf den folgenden Seiten und im Internet:

WWW.GMEINER-SPANNUNG.DE

Das Neueste aus der Gmeiner-Bibliothek

Unsere Lesermagazine

Bestellen Sie das kostenlose KrimiJournal in Ihrer Buchhandlung oder unter www.gmeiner-verlag.de

Informieren Sie sich ...

www ... auf unserer Homepage:
www.gmeiner-verlag.de

@ ... über unseren Newsletter:
Melden Sie sich für unseren Newsletter an unter www.gmeiner-verlag.de/newsletter

f ... werden Sie Fan auf Facebook:
www.facebook.com/gmeiner.verlag

Mitmachen und gewinnen!

Schicken Sie uns Ihre Meinung zu unseren Büchern per Mail an gewinnspiel@gmeiner-verlag.de und nehmen Sie automatisch an unserem Jahresgewinnspiel mit »mörderisch guten« Preisen teil!

GMEINER SPANNUNG

WWW.GMEINER-VERLAG.DE
Wir machen's spannend